北京中宣文化研究院资助出版

印象城市 一

江 铃 陈柳钦 著

知识产权出版社
全国百佳图书出版单位

图书在版编目（CIP）数据

印象城市. 一 / 江铃，陈柳钦著. —北京：知识产权出版社，2018.1
ISBN 978-7-5130-5316-7

Ⅰ. ①印… Ⅱ. ①江… ②陈… Ⅲ. ①散文集—中国—当代
Ⅳ. ① I267

中国版本图书馆 CIP 数据核字（2017）第 301827 号

责任编辑：宋 云 王颖超　　责任校对：潘凤越
文字编辑：褚宏霞　　责任出版：刘译文

印象城市（一）
江 铃 陈柳钦 著

出版发行：知识产权出版社有限责任公司　　网 址：http：//www.ipph.cn
社 址：北京市海淀区气象路 50 号院　　邮 编：100081
责编电话：010-82000860 转 8388　　责编邮箱：songyun@cnipr.com
发行电话：010-82000860 转 8101/8102　　发行传真：010-82000893/82005070/82000270
印 刷：北京嘉恒彩色印刷有限责任公司　　经 销：各大网上书店、新华书店及相关专业书店
开 本：720mm×1000mm 1/16　　印 张：15.75
版 次：2018 年 1 月第 1 版　　印 次：2018 年 1 月第 1 次印刷
字 数：240 千字　　定 价：58.00 元

ISBN 978-7-5130-5316-7

前　言

"人们为了活着，聚集于城市；人们为了活得更好，居留于城市。"两千多年前，古希腊哲学家亚里士多德的这句名言，诠释了近现代城市规划思潮的主体追求。城市象征高度发达的文明，她像一块磁铁源源不断吸引着人们前来谋生、求学、定居、繁衍，人口的增加继而又推动城市扩张，渐渐地，城市开始发生演变。孕育城市之美，主要是在生产、生活、生态之间保持和谐，并凸显城市个性与品位。城市之美更是彰显山水人文，塑造城市的特色竞争力。

"意欲寻君忘路远，入城还又出城来。"城市，多姿多彩，宛如颗颗璀璨明珠。赫赫京都，金瓦红墙庄重大气；南京广州，钟灵毓秀别有风情。大都市，流光溢彩书写盛世华章，仿佛大家闺秀风姿绰约，仪态万千；小城市，星罗棋布各有千秋，又似小家碧玉袅娜曼妙，自有迷人之处。

城市之美，美在风景。万里长城蜿蜒壮丽，桂林山水旖旎迷人，烟雨西湖摇曳多姿，阳光三亚风情万种，黄山迎客之处，丽江艳遇之城，九寨沟刚柔并济如梦如幻，鼓浪屿清新幽静世外桃源，张家界奇峰峻石妙趣横生，布达拉宫蓝天白云庄严神圣……我们可以漫步在苏州的古典园林中，唱一支昆曲，穿越千年的梦境；我们也可以沉醉在深圳的街市霓虹里，享受现代的繁华。

城市的山是美的，"横看成岭侧成峰，远近高低各不同"。那山，黄山、庐山、香山、祁连山、武夷山、青城山、岳麓山、普陀山，不畏浮云遮望眼，神州五岳千姿百态，珠穆朗玛峰傲视群雄。我们见青山多妩媚，苍翠巍峨重峦叠嶂，千峰万仞怪石嶙峋，各位可想与我们一起登上山之巅，“会当凌绝顶，一览众山小”？

城市的水是美的，“水光潋滟晴方好，山色空蒙雨亦奇”。那水，可以美得奔放，长江、黄河、黑龙江、松花江、珠江、澜沧江、怒江之水，天上呼啸而来，波澜壮阔；那水，可以美得温婉，泸沽湖、西湖、洞庭湖、鄱阳湖、白洋淀，一水护田将绿绕，翠绿如画，清澈灵动，打造鱼米之乡。更有飞流直下三千尺的瀑布，幽深的古潭和活泼的小河，只待君来访。

你一定难忘城市的美食，青岛的海鲜，肥嫩的花蛤在铁板上滋滋作响，鲜鱼活虾在舌尖上跳起了芭蕾；成都的火锅，又辣又麻，红艳艳的一锅，仿佛是热闹沸腾的人生；香港的奶茶，丝滑香浓；西安的羊肉泡馍，筋道有嚼劲……数九寒冬的哈尔滨街头，仍有人逍遥自在地吃着冰棍；你左手提一根天津的大麻花，右手拎一袋武汉的鸭脖子，尽情大快朵颐。

或许你会留心下城市的建筑，广州的骑楼，在寸土寸金的街面上，将店铺的门脸往后退几米，形成一条宽宽的长走廊，开阔疏朗；上海的弄堂，九曲十八弯，房顶开着安静的天窗，缠杂着上海人暧昧而柔情的日常；重庆的吊脚楼，依山傍水，窗格上有细致的雕花，飞檐翘起，各个角都悬挂着红灯笼，一片素净中透着几分妖娆。城市的建筑，或中或洋，是一首首凝固的音乐。

文化遗产连接着城市生活的过去、现在和未来，不同时期的文化遗产用特有的方式定格着历史的片段，是“历史的集体记忆”的人文需要。同时，文化遗产由于独具一格的资源链式效应，对于城市品牌的塑造、文化历史的传承、人文氛围的营造有着重要作用。正如德国哲学家施本格勒在《西方的没落》中所言：“人类所有伟大文化都是由城市产生的。”可以说，“人文美”是城市美的核心。2010 年上海世博会，不仅展示了“城市，让生活更美好”的申办主旨，还阐释了“文化遗产让城市更美好”的人文价值。

文化让城市的美有了底蕴，有了风骨。长安城的兵甲犹有森森冷光，静默的兵马俑遥望千年的古城墙；拜水都江堰，问道青城山，成都杜甫草堂里流淌着诗情；秦淮河桨声灯影，南京泛着脂粉香的河畔，也跳跃着一群群科举士子们匡扶天下的心；马王堆美人沉睡，岳麓山书声琅琅，长沙橘子洲头的伟人主掌起岁月沉浮。

城市是熙熙攘攘、人来人往的，东三省的汉子，粗豪直爽，爱交朋友肯讲义气；江浙沪的姑娘，水灵标致，出得厅堂下得厨房。天津卫的爷们儿，长沙城的妹陀，相逢在城市中，学一学北京人的儿化音，唱一唱安庆人的黄梅戏，闽南方言最是难懂，吴侬软语最是柔媚，在南腔北调里，细赏城市的风韵。

城市的美，千姿百态，似难描难画的一本书。《印象城市》将为各位揭开城市的面纱，与各位一起领略城市之美。

冰山一角，沧海一粟。在《印象城市（一）》中，我们精选了中国20个城市作为代表，其中有首都北京，有特别行政区香港，有金融中心上海，有经济特区厦门，有古都西安、南京，也有平凡小城安庆。有的城市时髦现代，有的城市质朴清新，每一个城市，都有自己的个性，都有自己的灵魂。

打开这本《印象城市》，你好比经历一场身心的旅行，可以看到每一个城市的旖旎风光，不是匆匆过客，而是身临其境。俯拾皆是风景，仰望可见人文，入乡随俗，精彩纷呈的城市，总有一样打动你的心。

春雨濛濛，我们在江南等你。攀下最嫩的一枝春柳，走进香醇甜美的梦境。陌上花正好，桃娇李嫩杏芳菲，嫣红姹紫处，说不尽妩媚风流。垆边人似月，明眸皓齿顾盼生姿，纤纤皓腕如凝霜雪。烟水照晴岚，卷起十里珠帘，撑一把油纸伞，款款走进唐风宋韵。

秋风瑟瑟，我们在塞北等你。拉起了胡琴，燃上了篝火，无边绿翠凭羊牧，一马飞歌醉碧霄。不要羞答答地低下头，已为你备下葡萄美酒，纵情高歌共赴一醉。更与你策马奔腾，任大漠风沙拂乱我们的鬓角。无边草原上，牛羊散漫落日下，野草生香乳酪甜。

旭日初升，我们邀你去城市看人间烟火，街心公园在打太极拳的老爷爷，仙风道骨怡然自得；匆匆送孩子上学归来的夫妇，眼角眉梢万缕柔情。

这斑斓多彩的城市，这有滋有味的生活，你怎会不爱呢？

夜月朦胧，我们邀你去城市赏百况人生。万家灯光燃起，每一盏灯下，都有一个故事。也许你可以倒一杯清茶，静静欣赏，细细品味，在这属于你的小世界，让时光悄悄地慢下来。

城市之美既见于宏观之美，又现于细节之美，讲求粗细交织，讲求远近相融，讲求浑然天成，而这一切都离不开文化的熏陶。让我们走进《印象城市》，一起领略城市之美。

江铃　陈柳钦

2017 年 9 月 6 日

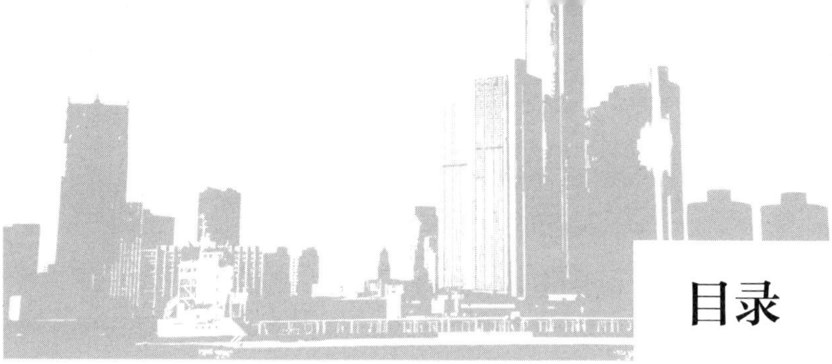

目录

尊贵北京　王者风范

清平乐·六盘山

毛泽东

天高云淡，望断南飞雁。
不到长城非好汉，屈指行程二万。
六盘山上高峰，红旗漫卷西风。
今日长缨在手，何时缚住苍龙？

赫赫京都，天子脚下。北京，中国的首都，华夏神州的心脏。在所有城市之中，它无疑是最尊贵的，它的一举一动牵动着全国人民的心。任何一个炎黄子孙，都对它怀着朴素的热爱，都以它的繁荣昌盛而自豪。北京，从某种意义上说，就是中国。

天子脚下的旅行

人一生中总要来一次首都北京，而且很多人是怀着朝圣的心情来的，一下火车，直奔天安门。看到红墙金顶的正中门洞上悬挂的毛主席画像和那空中飘扬的五星红旗，一颗心开始激动不安地乱蹦，满身的热血在沸腾。遥想1949年10月1日，天安门城楼上那一声："中华人民共和国中央人民政府今天成立了！”中国，东方的睡狮就此苏醒，以高傲挺拔的姿态屹立于世界民族之林。

升旗仪式是一定要看的，每天凌晨四五点钟，天安门广场已挤满了兴奋的人群。人们翘首盼望，当国旗护卫队迈着整齐的步伐走来时，“唰”的一声，刚刚还笑语喧哗的全场瞬间安静了，像被指挥棒点中了一样。队伍最前端的升旗手带着两名护旗手登上升旗台，国歌响起，英姿勃发的升旗手将国旗的一角用力一抛，五星红旗冉冉升起。在场所有人都会情不自禁地跟着熟悉的旋律唱起来，五星红旗飘扬在北京的上空，也飘扬在每一个中国人的心头。天安门广场上的人民英雄纪念碑，浮雕上刻着中国从鸦片战争以来可歌可泣的历史场景。多少年的风霜，多少年的奋斗，筚路蓝缕，江河浩渺。伟大的祖国，已容光焕发。辉煌的征程，正一路向前。

天安门城楼东西面阔九楹，南北进深五间，寓意九五之尊。以前只有皇帝可以出入的城门，现在普通百姓也可以参观了。红色是天安门的主色调，稳固的台基上是朱红色的城台，红漆柱顶上绘着金龙献瑞，飘扬着五星红旗，悬挂着大红灯笼。烈焰一般的中国红，是每个人心中的图腾。金色的琉璃瓦下是飞翘的屋檐，洋溢着古典美与东方韵味，不动声色地展示着北京城君临天下的非凡气度。天安门前的金水桥，是拱形汉白玉桥，桥分等级，状如飞虹，雍容华贵。四只白玉石狮立于左右，傲然雄视前方。华表上盘着龙，蹲着的石犼，曾是向皇帝进言纳谏的象征，现在则与天安门一起，接受着人们对祖国的敬意。

登上城楼，浮想联翩。想到开国大典时党和国家领导人在这里指点江山，万丈豪情；想到历次国庆盛大的阅兵式，列阵而过的海陆空军队庄严地经过天安门城楼。问苍茫大地，谁主沉浮？极目远眺，广场上鲜花怒放，富饶的祖国仪态万千。也许你想去毛主席纪念堂瞻仰水晶棺里的伟人遗容，毛主席遗体上覆盖着中国共产党党旗，安详合目，宛如熟睡。无论后人怎么评说，他为新民主主义革命所做的贡献是无可争议的，在老一辈人心中的形象更是神圣。在这里，常有人揩拭眼角的泪水，这泪水是发自内心的，是对革命先烈的礼敬，更是对繁荣昌盛大中华的颂歌。

皇城北京，也是古都城。故宫是明清皇宫，不是新中国，寻常百姓怎能进得了紫禁城？从明成祖朱棣迁都北京，到康熙、雍正、乾隆，再到末代皇帝溥仪，那些在书籍、文献、影视作品中出现的帝王生活，在这里揭开了神秘的面纱。芸芸众生，怀着好奇与向往踏上故宫之旅。

故宫为世界五大宫殿之首，昭显皇家风范。皇帝被称作真龙天子，所以龙是帝王象征，所以龙无处不在。故宫的殿堂上盘着龙，桥梁上雕着龙，石阶上刻着龙。时而游龙摆尾，时而飞龙在天。万龙朝圣，天下归心，是一种凛然不可侵犯的美。宫殿顶上是明黄色的琉璃瓦，这是皇室才能用的颜色，和皇帝的龙袍一样，是尊贵的颜色。红墙，长长地环绕紫禁城，是富贵与吉祥的象征。红墙黄瓦，紫气东来。从高大的午门进入，殿宇一重重，迷宫一般。前朝是天子议政之处，太和殿就是金銮殿，新皇在此登基，盛大的典礼在此举行。殿中高悬正大光明匾，皇帝把临终诏书藏于匾额后，诏书上会明示继承者人选。匾下就是龙椅，金光灿灿，象征至高无上的皇权。保和殿，会聚当时全国的人中龙凤，科举考试的前三甲，状元、榜眼、探花郎，从这里被天子钦点出来，一举成名天下知。乾清宫和养心殿，是明清两朝皇帝就寝兼处理日常政务的地方，神秘而高贵。

从秦始皇创立皇帝制度开始，处在封建社会末期的明清两朝，是封建君主专制最为强化的时期。明朝将传统的宰相制废除后，出现了内阁。它不是决策机构，只是皇帝的内侍，皇帝的智囊团。尽管由于皇帝不给力，也出现过内阁首辅权倾朝野的现象，但从制度层面上讲，他们是没有实权的。清朝又出现军机处，意味着皇权到达最高峰。在故宫可以实地参观内阁与军机处，它们是明清国家运转的重要枢纽。这里会聚饱学之士与社会精英，但皇帝才是真正的主角。皇帝的一喜一怒，天下风云变幻。皇帝的一念之间，决定生杀予夺，决定江山社稷的发展、黎民百姓的命运。

故宫珍宝馆里展有皇室的奇珍异宝。金龙凤冠，有五千多颗珍珠，饰以红蓝宝石。帽顶、领针、流苏簪、五凤细钗、手镯、耳环，皆是名贵珠宝。红珊瑚狮子、金嵌珠杯盘、翠玉白菜花插，看迷了人眼。龙袍朝珠、金印金册，让你近距离一窥帝王生活印迹。

后宫，是人们揣测最多的地方，也是紫禁城最妩媚的地方。穿过重重的宫墙，这里曾走过多少花一样娇美、诗一样动人的姑娘。她们怀着憧憬来到这里，憧憬获得帝王恩，给家族带来荣耀，保自己一世荣华。或许，她们也憧憬过爱情，但只敢在夜深人静时偷偷地、小小地憧憬一下，爱情在这个庞大威严的宫殿里，实在是太奢侈的事情。长长的红墙夹缝间是一道窄窄的蓝天，一批批秀女进宫，新的明亮的眼，年轻的粉色桃腮，后宫永远环肥燕瘦，绿腻红香。即便是曾住在坤宁宫、长春宫的皇后，艳压群芳，母仪天下，也不能保证荣宠不衰。后宫的女人，上至嫔妃下至宫女，漫长的岁月里陪伴她们最多的，唯有寂寞。

三宫六院转一转吧！慈宁宫住过孝庄，储秀宫住过慈禧。翊坤宫、咸福宫、永寿宫、永和宫、承乾宫等各处宫殿，也都住过千娇百媚的美人。电视剧里还珠格格住着的漱芳斋确实存在，但没有住过格格，不过是皇帝众多办公室中的一个。甄嬛与她的碎玉轩是不存在的，乾隆的母妃熹贵妃入住的是寿康宫，却是实有其事。

御花园的花朵依然在开放，这些美人与逝去的王朝一并归作尘土。一入宫门深似海，在幽深而昏暗的宫闱间，来这里看看一抹春光，只怕是她们能与大自然亲近的唯一方式了。花卉盛开的时候，她们拈起一支芬芳，深深一嗅，回想当年做女儿家时无忧无虑的时光。也许在入宫之前，她们有过青梅竹马的心上人，但现在他的样子已经模糊了，也顾不得去想念。生存，才是后宫之中第一要紧事，宫中生活步步惊心，宛如在刀尖上跳舞。纵然博得三千宠爱于一身，不免惹来众人嫉恨，明枪易躲，暗箭难防，虽不劳力却劳心，难免红颜薄命。譬如顺治帝的董鄂妃，芳华之龄香消玉殒，怎不叫人叹息。这还算好的，她好歹在紫禁城轰轰烈烈地爱过，绽放过。若是那不得宠的，更是凄凉，宫中之人最是趋炎附势，跟红顶白。长日无宠，恐怕连来御花园散心的机会都没有。她们如履薄冰地生存着，惧怕着，就像御花园枝头的花，随时有可能被人随意摘下，碾作尘土。

每年七月十五的盂兰盆会是宫人们期待的，数千盏荷花彩灯一齐被放到水上，狠狠地热闹一把。在后宫之中，很难有常在的温情，也很难留住爱情。故宫的东北角，是著名的珍妃井。貌美又聪慧的珍妃，一入宫就独获光绪帝宠爱。两情缱绻之时，她痴痴地问：“皇上如此待我，可怕他人猜忌?”光绪说：“朕是皇帝，谁敢奈你何！”言犹在耳，命运这只翻云覆雨之手轻易地摧毁了他们的爱情。生在乱世，又处在强权之下，即便是金銮殿上高高在上的皇帝，也保不了自己心爱的女人。光绪不是没有过理想的，他曾壮志豪情地和康有为、梁启超推行维新变法，然而力量太薄弱，他叹道：“奈掣肘何！”光绪本是慈禧手中的棋子，后来更变成了废棋子。掣他肘的人把他丢在瀛台，同样被囚的珍妃处境更为凄凉，她日盼夜盼，期望光绪帝复起，带她脱离苦海，然而等待她的是一口冰冷的水井。八国联军攻进了紫禁城，仓皇逃跑的慈禧不忘在临行前断送珍妃 25 岁的生命。同样主宰不了自己命运的光绪帝获知后，也只能悲愤战栗、饮泣而已。

不到长城非好汉

故宫是北京的象征，长城也是。北京的万里长城是独一无二的。在崇山峻岭之间，长城雄峙北方大地，如青灰色的巨龙盘旋于群山之间。每一块被风霜剥蚀的城砖，都是人工筑成。几千年的峥嵘岁月，一个个墙垛上写满悲壮与孤独。踏遍万里关山，仿佛听见征战的鼙鼓响起，旌旗招展，亘古不变的烽火台下，杀声阵阵，狼烟四起，金戈铁马之间，落日熔金，将长城染得如血般赤红。

修长城是为了防御，但挡不住南下的铁骑，更挡不住洋人的坚船利炮。潮起潮落，它目睹了无数个封建王朝更迭，亲历了近代半殖民社会百年的辛酸。作为中国的屏障，它曾深感无力过，孟姜女的泪水哭软了长城的心，粗砺的黄沙挟着北方的劲风吹来，“弯弓箭扣穷逐鹿，勒马长城啸西风”。乱石纵横，杂草婆娑，长城上有过往的忧伤与疼痛。

岁月如歌，中华民族崛起复兴。长城，抚平累累伤痕，不再萧索荒芜，而是像巨龙伸开鳞爪，自信地伏在绵延的山麓间，睥睨世界，谱写辉煌的华夏文明。腥风血雨已经远去，在和平的时代，长城敞开胸怀迎接四方来客，四野茫茫，人头攒动，长城已宠辱不惊。

站在八达岭长城上遥望四际，青山如黛，树木郁郁葱葱，长城与碧空相接，似乎一眼看不到边。壮观，雄伟，各种肤色的老外们在这里啧啧惊叹。长城，在每个中国人心中，都有着沉甸甸的分量。它是我们民族精神的象征，众志成城，它无疑是一道炎黄子孙的脊梁。国强才能民富，国泰才能民安。千千万万中华儿女的努力，为古老长城披上灿烂的霞光。走到好汉碑，看到上面毛泽东主席的题词："不到长城非好汉。"爬到这好汉坡，豪情满怀，雄心万丈，方觉得心愿得偿。

长城，是北京城凌厉的美，刚性的，粗犷的。北京也有柔性的美，那就是公园。北京的公园很多，天坛、北海、香山、颐和园、陶然亭、玉渊潭、大观园、八大处、奥林匹克公园……只怕一个月也逛不完。

颐和园的美是大气开阔的，它很大，背靠万寿山，怀抱昆明湖，是中国现存最完整的皇家园林。皇帝坐拥天下，也向往宫墙外的青山绿水，但不可能经常出巡。江南园林秀美无匹，于是借鉴江南的造园手法，把水乡的清丽婉约还原到帝都，造出风景绝佳的颐和园。但比起苏杭的淡泊，颐和园又有帝王家的富丽与霸气。排云殿建筑群，就如同故宫的风格，前院有汉白玉的金水桥，屋顶上覆盖黄色琉璃瓦，绘有金龙和玺彩画。江南园林哪有这个规格！佛香阁里有一尊千手观音佛像，让颐和园在湖光山色间多了一份宗教色彩与虔诚之心。颐和园中的那条彩绘长廊，被列入吉尼斯世界纪录，有728米长，将中华文化绘于廊中，绚丽迷人。长廊西端是大理石雕成的石舫，中式画船外形里是西式舱楼，亦中亦洋，富有雅趣。十七孔桥，是颐和园内最大石桥，桥栏望柱上雕着五百多个小石狮子，桥东卧伏镇水铜牛，桥下烟波浩渺，阳光照进十七个桥洞，宛如一串金色的珍珠嵌在白玉的桥体上。人们可以在昆明湖划船，从桥洞中穿行而过。湖畔桃柳成行，四季有景。江南四大才子文徵明题昆明湖："春湖落日水拖蓝，天影楼台上下涵。十里青山行画里，双飞白鸟似江南。"人在帝都，恍如江南。

圆明园的美是苍凉悲恸的，它本是万园之园，国之瑰宝。清朝皇帝曾将全国各处精妙园林复制于圆明园中，从建筑风格来说，已经美到极致，更何况园中收藏了价值连城的无数国宝。颐和园也曾几经劫难，但它是慈禧的心头爱，不惜挪用海军军费修缮，尽量保持原貌。圆明园却被英法联军付之一炬，唯剩断壁颓垣。去圆明园参观，不如说是去凭吊，凭吊一个末路王朝风雨如晦的命运。小农经济的滞后，封建专制的腐朽，使19世纪中后期的中国备受欺凌。鸦片战争让洋人尝到了甜头，他们再度复来，气焰嚣张。在清政府拒绝其无礼的修约要求后，他们悍然发动第二次鸦片战争，凄风苦雨再次笼罩北京城。英法联军冲进这座精美绝伦的皇家园林，肆意抢掠。他们蛮横地从古典家具上挖出镶嵌的宝石，从刺绣屏风上拽下拇指大的珍珠。金叶子、猫儿眼、祖母绿、红玛瑙、翡翠扳指，各种珠宝古董、名人字画、景泰蓝瓷器，能抢走的就抢走，抢不走的大物件就捣毁。最后，他们还纵火焚烧圆明园，大火烧了三天三夜，这座凝聚几代人心血的园林毁于旦夕之间，这是国之殇！残阳如血，照着圆明园静默的遗址，草木萧疏，废墟之上，隐隐间看到1860年的血迹，长歌当哭，圆明园留给后人无尽的沉思。

大观园是文艺多情的美。这是一座按《红楼梦》里的描述而建起的园林，不大却很有情调，是每个“红楼迷”必访之处。从被贾宝玉题名的“曲径通幽”处入口，豁然开朗，园中山水交映生辉。亭台楼阁，层层院落，都与书中同名，让人身临其境，红楼一梦。大观园本为元春省亲而建，后来觉得空着可惜，便让众位姑娘和宝二爷一起搬了进去。那个“两弯似蹙非蹙笼烟眉，一双似喜非喜含情目”的林妹妹，她住在潇湘馆中，众人称她为潇湘妃子。潇湘馆翠竹亭亭，绿意幽幽。斑竹又名湘妃竹，最是多泪，和林黛玉极配。她在这里幻想，又在这里幻灭。“鬓若刀裁，眉如墨画”的翩翩公子贾宝玉，爱红色，爱吃女儿家樱唇上的胭脂，他所住的怡红院明显要富丽得多，怡红院的俏丫头们簇拥着这位多情公子，多希望时光就此停住。蘅芜院相对冷清，贾母曾说薛宝钗的住处“如雪洞一般”，便是这里了，像她常年服用的冷香丸散发的清冷幽香。探春所住的秋爽斋，惜春所住的暖香坞，李纨所住的稻香村，还有书中常见的沁芳阁、滴翠亭、栊翠庵，凡其种种，一一还原到北京的大观园中。黛玉葬花、宝钗扑蝶、湘云醉眠、晴雯撕扇……联诗，赏雪，风流云散。捧一本《红楼梦》逛大观园，只恐沉醉不知归路。

北京的世界公园也是很有特色的，它将全世界的著名景点以微缩的形式收纳于园中，美国的自由女神像、法国的巴黎圣母院、英国的大本钟、埃及的金字塔、印度的泰姬陵、德国的天鹅石城堡，五十多个国家一百多处景点汇聚于此。虽然没有原址那么壮观，但一趟公园逛下来，就等于走马观花地游遍了世界。拍婚纱照，更是极好的，全球的风格轮流换，没有哪一个新娘能拒绝。其余呢，香山公园的红叶，层林尽染万山红遍；北海公园的湖中倒映着美丽的白塔……皇城的好风景让人应接不暇。

不到长城非好汉，新世纪的好汉，不再是一介莽夫，而是才华出众、智慧超群的人才。北京遍布高校，最令莘莘学子向往的，莫过于清华大学和北京大学。水木清华，那荷塘倾泻着温柔的月色。未名湖畔，那塔影辉映着嫣红的落霞。清华、北大，每个中国学子心中的圣殿。真正是谈笑有鸿儒，往来无白丁。从这两所校园里走来的学子，一个个神采飞扬，眉宇间充满了自信，他们来自全国各地，应该说，世界各地，在无数竞争对手中，他们一路披荆斩棘，才能进入清华、北大，没什么意外的话，他们都将成为国之栋梁。慕名而来的游客，特别是还未参加高考的少年，无不用一种崇拜而敬佩的眼神注视着他们。诚然，条条大路通罗马，行行出状元。但若能在一个名满天下的学术氛围浓厚的高校求学，实为人生一大幸事。北京，是藏龙卧虎之地，是天之骄子出没的地方。

胡同寻觅京味儿

作为中国首都，北京当然是一个现代化的城市，灰色的鸟巢由钢条编织，设计独特，充满霸气。水立方则像一整块蓝色的钻石，摩登时尚。奥运健儿们在这里展示风采，也把北京的形象展示给世界各地。北京形象就是中国形象，正如 2008 年奥运会主题歌所唱：“北京欢迎你，为你开天辟地，流动中的魅力充满了朝气。”

不过，很多来北京的人更想看看传统的北京，喝着大碗茶就着片皮烤鸭的北京，看着皮影听着京戏的北京。这种历久弥新的地道的京味儿。

四合院，是老北京的一个符号，很中式的，四面是青砖灰房屋，中心为院。院子是敞亮开阔的，可不像南方窄小的天井。院子里栽着石榴树，搭着密密的葡萄架子，挖着水井，养着海棠花。夏天是最舒服的，葡萄架下一地绿荫，水井里冰着西瓜，大水缸养着金鱼，屋檐的笼子里立着鹦哥。忒讲究了！四合院的住房也是讲究的，别说几进几出的豪华大院，小小的一处院落，也分为长辈住的正房、晚辈住的厢房，规矩齐整。院中青砖铺地、红漆大门、莳花饲鸟色色齐全。富贵人家更不用说了，建四合院时先看风水，占天时得地利，庭院深深几南几北的，院与院之中留着月亮门，有抄手游廊，下雨天也用不着打伞。名称也细致，有前院、后院、东院、西院、偏院、跨院……这就是大宅门了。各位主子爷住的上房，公子哥的书房，小姐们住的闺阁，丫头老妈子们住的下人房，马夫的车马间，断断不可混淆。垂花门上漆了红红绿绿的吉祥图案，高高挑出门檐，精雕细琢的，着实气派。院前还有个影壁，被称为四合院的灵魂之墙，可以阻挡邪气入侵。

“天棚鱼缸石榴树，先生肥狗胖丫头。”这是老北京人的理想生活。自家一个院子，坐北朝南，与外界隔开。推开大门是十里繁华的京城，合上院门幽静而封闭，与世隔绝一般，天子脚下的小桃源。四合院的设置安排，充分显示了中国的等级观念和家族观念，还有老北京的审美。院子四四方方，讲究对称与均衡，显得庄重又大气。疏朗宽绰的院子，如同北京的胸襟。什么人住什么屋，这是规矩，没有规矩不成方圆，大户人家的闺秀实实在在大门不出，二门不迈。一家人和和美美地住在一起，夫义妻贤，兄友弟恭，孝顺长辈，礼待下人，彰显中国人的伦理道德。

紫禁城是帝王家的四合院，恭王府是达官显贵的四合院。恭王府中轴线上有三进院落，大门是拱券门，透着晚清羞答答的洋味儿，第一个院落面阔五间带前后抱厦，抄手廊分隔东西两厢的明道堂和棣华轩。第二个院落就是典型的四合院了，当然与平常人家不同，这里堆山垒石造景，滴翠岩前，滴水成溪，岩上还设一厅，绿天小隐，可在此赏花望月。再往里走，又是一处院落，三进三出，凑成三福。在北京什刹海这一带，有不少名人故居，郭沫若、宋庆龄、梅兰芳故居都是四合院的。帽儿胡同里有冯国璋、婉容的故居，也是保存完好的四合院。还可以去鲁迅的院子看枣树，去齐白石的院子看玉兰花，去茅盾的院子看葡萄藤，在人稠物穰软红十丈的闹市里，四合院显得一片祥和。

有一个故事，说一个北京人，年轻时为了圆出国梦，卖了鼓楼大街的一套四合院，凑了 30 万元去意大利淘金，风餐露宿，大雨送外卖，夜半学外语，在贫民区被多次抢劫殴打，辛苦节俭了 30 年，两鬓斑白的他带着攒下的七百多万元回国养老，却发现当年卖的四合院已价值一个亿了。故事不论真假，现在北京四合院的价格的确已经高得令人咋舌了。想想看，在寸土寸金的皇城里拥有一套自家的院落，是多么奢侈的事情。

四合院与四合院之间，形成了胡同，这也是北京的一个特色。胡同是比较窄点的通道，上海人叫作“弄”，苏州人叫作“巷”。与南方不同，北京的胡同不是曲里拐弯、神龙见首不见尾式的。北京城规划整齐，就连胡同也是横平竖直的，像棋盘一样；又像性格直爽的北京人，有什么说什么，坦诚，不藏私。汪曾祺曾说：“北京城像一块大豆腐，四方四正。”因为道路整齐，北京人方位感强，到哪里都要看东南西北，所以去了外地就觉得乱，看到那些九曲十八弯的街道，难免头晕眼花搞不清状况。

胡同是很市井的，从命名就可以看出。胡同的名字千奇百怪，似乎是信手拈来，其实都是有说头的。江河湖海、花鸟虫鱼、人名地名，什么都能用来命名。柳树胡同，肯定是这里有株大柳树；耳朵眼胡同，明显是一点点大；果子胡同，因为这儿有卖瓜果的。小羊圈胡同后巷住着老舍，豆腐池胡同的槐树下是杨开慧的家。

老北京的胡同多如牛毛，比较有名的，像东交民巷，是最长的一条胡同，本来也没什么特别的，但在 1901 年的《辛丑条约》中被划为使馆界，界内不准中国人居住，使这条胡同从此登上历史教科书。当时有 11 个国家在东交民巷设立使馆，所以胡同里留下了很多西洋建筑。琉璃厂文化街，也是一条胡同，因元明时代在此烧琉璃瓦得名，各种陶瓷玉器、字画古玩汇集于此。春节庙会也在这里举办，最为热闹。无论八旗贵胄还是平头百姓，没事总喜欢去琉璃厂溜达下，开开眼，淘淘宝。

八大胡同，并不是一条或八条，而是指这一带，北京旧时的花街柳巷，公子王孙寻欢作乐的地儿，和南京的秦淮河一样，艳名远播。曾暗恋徐志摩的名妓赛金花，和蔡锷将军有一段旷世情缘的小凤仙，皆出自八大胡同，她们跌宕起伏的命运，使八大胡同的美更加扑朔迷离。

不管是单门独户的四合院，还是住着十几家的大杂院，从一个胡同过的，都是街坊。胡同是安静的，蜻蜓擦着头顶飞，半大的小伙子骑着自行车嗖嗖地和对面拿着油条的标致大妞擦肩而过，可能会瞅一眼，但不认识不乱搭讪，悠长的胡同只听见知了的声声叫唤。胡同也是热闹的，一大早就有人挑开门帘子来到胡同中吊嗓子，咿咿呀呀的，托着鸟笼的大爷出来遛鸟，鸟笼上还讲究地蒙一块布。晚上搬个马扎胡同口坐着，能嗅出各家晚上吃的什么菜，全北京的新闻也全听着了。

胡同里碰着了熟人，肯定要打招呼。老北京人很有意思，见面都称爷，要不喊哥，自信里透着那个客气劲儿，特讲礼数。“三爷早呀您啦！”或者“二哥您早喝茶啦？”说话中气十足，拖着长腔，跟唱戏似的，“得嘞您啦！”“回见您哪！”现在去北京打出租车，师傅甩着一口儿化音的京片子，也是一口一个“您”的，礼貌周全。知道你是外地来旅游，边开车边主动介绍，一副主人迎客的自豪姿态。路过百盛购物广场，你要说家那边也有这个，他可不乐意了，“别介，那可不一样！”

我们想象中北京的早晨，要从一碗热乎乎的豆汁儿开始，配上炸得金黄的焦圈儿，或者贴着碗吸溜鲜肝儿。当然，现在的北京涌进了那么多外地人和外国人，不可能全去喝豆汁儿，可想到京味儿却非它不可。还有那沾着粒粒的细豆面，卷着甜津津的赤豆沙馅的驴打滚儿；用猪肉丁加葱姜蒜和黄酱炸出香味，码上四季鲜蔬做成的老北京炸酱面；黄灿灿，入口即化的豌豆黄儿；红亮亮，水晶玛瑙一样的冰糖葫芦。吃货们会喜欢北京的，作为首都，它海纳百川，全国各地以及国外的风味都能品尝。王府井小吃街就是典型，北京的爆肚、四川的麻辣烫、云南的过桥米线、香港的牛肉丸，通通品尝得到。

穿上了瑞蚨祥的绸布大褂，蹬上了内联升的手工布鞋，吃上了全聚德的挂炉烤鸭，同仁堂去转了，荣宝斋也转了，西单的商场也逛了，后海的酒吧也都泡了。这还不够，品京味儿非得听京剧不可。严格地说，京剧不算北京地方戏，曲剧才是。但在北京怎能不听京剧呢？从乾隆年间徽班进京，京剧就已和北京血脉相融在一起。舞台上一声清冽的唱腔响起，红脸的关云长、白脸的曹操、黑脸的包拯一一粉墨登场，英姿飒爽的穆桂英挂帅，千娇百媚的杨贵妃醉酒，林教头夜奔山神庙，楚霸王自刎乌江边。在北京梅兰芳大剧院，细听细赏，似乎走进了北京的灵魂深处。

风沙与雾霾掩不住京城的丽色，御花园彩燕缤纷，什刹海荷香满池。长城，故宫，京剧，烤鸭，景泰蓝……京华烟云，钟灵毓秀，它是所有中国人心中尊荣高贵的、无与伦比的北京。

摩登上海　盛世繁华

上海

（宋）张蕴

梦断三更鹤，芦边系短篷。
听潮看海月，坐石受天风。
物至秋而化，年来我亦翁。
长歌相劳事，犹喜此樽同。

上海，是中国经济、金融、科技中心，流光溢彩的国际性大都市。“黄浦浪花千尘雪，东方明珠百度春，花满渚，酒满瓯，十里绮罗外滩烟。”它是东方的巴黎，世界的魔都；是纸醉金迷的风流绮梦，是火树银花的不夜之城。

有人说：“如果你厌倦了上海，那你就厌倦了生活。”因为，它值得全世界倾心相爱。

十里洋场富贵乡

正如说到巴黎，首先想到埃菲尔铁塔。说到上海，自动脑补客流如织的外滩，高耸入云的东方明珠。夜游黄浦江，浦东鳞次栉比的摩天大楼展示着上海的都市风采，而浦西的万国建筑博览群则在默默诉说上海的前世今生。

上海，是中国第一批开放的通商口岸之一。历史追溯到晚清，一场鸦片战争惊醒了中国人天朝上国、夜郎自大的迷梦，英国人的坚船利炮轰开了清政府闭关锁国尘封许久的大门。1842 年，中国近代史上第一个不平等条约《南京条约》签订，除割地赔款、协定关税外，明确规定开放五口通商，分别为广州、厦门、福州、宁波、上海。

在当时的中国人眼中，开放通商口岸是条约中最可怕的内容。而历史学家从辩证的角度认为，五口通商，客观上促进了中国的近代化。随着西方列强纷纷在上海设立租界地，越来越多西洋格调的建筑在上海涌现。今天外滩的万国建筑就是当年的缩影。西方的商品像潮水一样涌入中国，与之同时到来的还有西方先进的生活方式和思想观念。自给自足的自然经济被冲击得摇摇欲坠，工业文明取代农业文明，无论是地主阶级、洋务派，还是民族资产阶级，都首选在上海开办工厂。

1872 年，李鸿章在上海创办轮船招商局，这是洋务运动中第一家民用企业，也是中国第一家近代轮船航运公司，打破了列强对中国航运业的垄断。1876 年，由民族企业家方举赞创办的发昌机器厂制造出第一艘小火轮，这是中国近代第一家资本主义企业。1902 年，第一辆现代汽车在上海获得了牌照。

民国的上海滩，灯红酒绿，纸醉金迷。无数企业家创业致富，十里洋场歌舞升平。大街小巷里，穿梭着金发碧眼的洋人，长衫马褂的老先生，中山装五粒纽扣扣得死死的进步青年，还有穿着西服扎着领带留洋归来的新学生。有人喝茶，有人品咖啡；有人吃生煎饺子就清粥，有人切牛排蘸番茄酱；有人长裙曳地，有人旗袍裹身。留声机歌声唱起，舞厅霓虹闪烁，名媛雅士翩翩起舞谈笑风生。20 世纪 80 年代，由周润发、赵雅芝主演的一部《上海滩》红遍全国。“浪奔，浪流，浪里滔滔江水永不休。淘尽了，世间事，混作滔滔一片潮流。”人们在沉浸于剧情的爱恨情仇之余，更对上海这个远东巨埠悠然神往。东西方文明在上海碰撞交融，十里洋场莺声燕语，百乐门中歌舞笙箫。上海，它像一碗食材丰富的八宝饭，沉淀着中国几千年文化底蕴；又如一杯新酿的葡萄酒，红艳艳地闪烁着异国风情。

东方明珠电视塔内，有一个10000平方米的上海城市历史发展陈列馆。从入馆处一路行来，上海的历史风云尽收眼底。陈列馆中有七个部分，分别为华亭溯源、城厢风貌、开埠掠影、十里洋场、海上追踪、建筑博览、车马春秋，用栩栩如生的蜡像泥人、精致华美的建筑模型穿越时空，追寻魔都旧梦，品味沪上繁华。

东方明珠，是上海的标志性建筑，塔高468米，除了广播电视发射，还有文化娱乐、游览多种功能。它的设计十分特别，蔚蓝的天空下，两颗巨大的球体像圆润的红宝石，加上错落有致的小球体，正如一串宝光流动的明珠。在各种钢筋混凝土的建筑中，有着让人过目不忘、一眼发现的高辨识度。登上东方明珠的观光层，可临空俯瞰上海美景。“凌霄步道”是全球首个360度全透明观光层。站在透明钢化玻璃往下看，楼层林立，人小如蚁，一种自豪感油然而生。上球体有一个空中旋转餐厅，每小时转一圈，可以一边品尝美食，一边欣赏美景。夜幕之中，东方明珠塔光彩夺目，行走在浦东，一抬眼就能看到。各种灯光有着不同含义，“三八”妇女节，东方明珠是粉红色的；四月二日的世界自闭症日，东方明珠是蓝色的。三月最后一个星期六晚上八点半，东方明珠熄灯一小时，响应世界自然基金会提倡的“地球一小时”节能减排活动。

摩天大楼，是今日上海的新形象。东方明珠附近，布满了这些高大魁梧的邻居。金茂大厦高421米，上海环球金融中心高492米，上海中心大厦更是中国第一高楼，高632米，有121层，拥有九个空中花园，主楼玻璃幕墙140000平方米，重重防护，被誉为世界顶级幕墙工程。2017年4月26日，位于大楼第118层的“上海之巅”观光厅正式向公众开放。其外形似一个吉他拨片，呈螺旋式上升，能有效抵抗疾风；也像一条巨龙，傲然直立于上海滩，飞龙在天。

上海，是富贵温柔乡，寸土寸金的城市。进入21世纪，上海的房价像坐上了火箭，蹿得比摩天大楼还高，兜里没个几千万，不敢想买房的事情。上海的地铁线四通八达，每天早晨挤满了行色匆匆的上班族，手里拎着早点，眼睛浏览着新闻，耳朵里塞着耳机学英语。地铁里挤得一身臭汗，出来稍一整理，依然是城市精英。由于市中心房价贵，很多人住得很远，一天有几小时的时间在路上。外地人尤其多，就是所谓的海漂一族。高房价没有吓退他们，快节奏的生活在他们眼中更有挑战性，压力变成了动力。为什么这么多人热爱上海，拼了命要留下来？正因为它的富丽堂皇，像华丽的宫殿熠熠生辉，每一层台阶、每一扇窗都有无限机会和可能。

不来上海，不知人间富贵。在近代历史长河里，曾经有个外国人说："中国没有城市，除了上海。"即便是中华民族伟大复兴的今天，面对众多欣欣向荣的城市，上海也是骄傲的，特别是在一些土生土长的上海人眼中，除了上海，哪里都是乡下。

乡下人逛大上海，肯定要去南京路、淮海路，买不起也要看一看热闹。上海有无数条商业街，纵横交错川流不息，车如流水马如龙。四衢八街处处人声鼎沸，装潢高雅浪漫，物品琳琅满目，餐饮、娱乐，一条龙服务应有尽有。久光百货、巴黎春天、恒隆广场等各大商圈充满了国际顶级品牌，是一个个奢华考究的购物天堂。价格，肯定是昂贵的，但销售量从来不用发愁。单从上海的房价看，这里的每一个业主都是千万富翁。有些富豪并不显山露水，甚至穿得随意，但看中什么心爱之物时，十几万的价格眼皮也不眨的，轻描淡写甩出一张卡，爽快地打包拎走。刚毕业的年轻人喜欢去寻些小小的店铺，价格有得商量。上海的小店铺唯美小资，名字都透着甜蜜。"张小姐家""晴晴家"，里面往往坐着一位美貌精明的老板娘，嫩白如春葱的十指涂着红蔻丹，舌灿莲花地介绍着店里的商品，绝不肯放你空手而归。

夜上海是最迷人的。有一首老歌唱得好："夜上海，夜上海，你是个不夜城，华灯起，车声响，歌舞升平。"灯光，让夜色中的上海千变万化，像落下了满城繁星。夜上海，哪里都是风姿绰约，万家灯火中的上海美妙得让人无法安睡。黄浦江两岸，全是兴致勃勃的游客行人，摩肩接踵，手机、单反忙个不停，再多的内存也储存不下上海的风姿。江风徐来，灯火辉煌的上海醉了人的心。黄浦江上穿梭着豪华游轮，不同于苏杭的画舫洋溢着古典，黄浦江的游轮时尚而摩登。排队买票上船，舱内室明几净亮如白昼，有各色水果点心。你也可以坐在露天甲板上，有来自世界各国的歌手艺人在甲板上唱歌助兴。也许她的丝袜破了个小洞，但丝毫不影响她的万种风情。她一头如藻的长发在风中飞舞，曼妙的歌声融进了大上海的华丽背景。游轮载着人们缓缓驶个来回，这边，万国建筑博览群金碧辉煌；那边，东方明珠金茂大厦溢彩流光。光投射到江面，闪烁不停，巨大的广告写着“我爱上海”。无须提醒，这般风景，谁能不爱。

市井弄堂侬好伐

北京有胡同，上海有弄堂。弄堂带着烟火气，缠杂着上海人暧昧而柔情的日常。弄堂房顶的老虎天窗是安静乖巧的，屋檐上青灰色的瓦细工细排，窗台上养着娇嫩的月季，院子里绽放着云霞一般的夹竹桃，不经意间，一支春色出墙来。山墙的裂纹里布满青苔，衬着夹竹桃与月季花的粉色，格外艳丽，是一点一点工笔细描的画意与诗情。鸽子在屋顶咕咕地叫，不慌不忙数着一天的光阴。弄堂的房屋很密集，亲亲热热地挤在一起。灯光忽明忽暗，照着竹竿上晾晒的花红柳绿的内衣裤，水一滴滴往下落，若有若无地透着性感。老妈子打开镂空雕花的矮铁门，急匆匆走进厨房，一边忙着择刚买的菜，一边大声交换刚刚听到的劲爆新闻。“嗞”的一声，空气里是爆葱花的香味。二楼一般是闺房，大小姐下了晨课，书包往床头一丢，倚着窗台眺望街上的风景。有时会掐了花盆中的凤仙花染指甲，心里嗔怪街尾的哥哥怎么还不来看她。

弄堂，是上海文化的一个承载体，是一种特殊的民居形式，正宗的老石库门，不管是江南民居风格还是中西合璧的尝试，总给人感觉很市井，很家常。弄堂最早出现于租界地，一种成本低廉的联排式木板房，租给租界的华人住。太平军起义，富商大户心慌意乱，两耳不闻窗外事，躲进小楼成一统。弄一个乌漆实心的厚木做门扇，围着厚重的石头门框，门楣的雕花繁复而精致，慢工出细活，只要好看。这门也就格外夺目，称为石库门建筑。门一关，听不见外面的战火纷飞。庭院深深，木扶梯往上，有厢房，有小阁楼，有亭子间。天井里没有老北京的大石榴树，但可以养几盆杜鹃或者山茶。“小楼一夜听春雨，深巷明朝卖杏花。”弄堂里少不了沿街叫卖的小贩，不过不是杏花，往往是各种小吃。卖葱油饼，卖爆鱼面，卖海棠糕枣泥汤圆，卖香菇干贝瘦肉粥，小贩拖着长腔，唱歌一样吆喝，还没吃上，听名字已经香掉了鼻子。早晨有鲜肉小笼汤包配着阿婆豆浆，夜深了来叫卖热乎乎的鸡汤小馄饨。大姑娘不肯下楼，就从阳台探出身子，一根细麻绳拴个竹编小篮，慢悠悠荡下去，篮里放着青瓷小碗，粉红的绣花手绢里塞着零钱，卖馄饨小哥手疾眼快，盛上馄饨顺着墙角提溜上去。“侬拿好，勿要烫。”稳稳当当，还不忘往上丢个笑微微的眼风。

渐渐地，墙面用青砖红砖代替石头，天井敞开了，新式里弄风头大盛，花园洋房炙手可热，英伦风的、美式乡村风的、西班牙风格的各式各样，花园里有洁白的大理石雕像，假山上装着人工喷泉，豪华又浪漫，但不如老弄堂的亲切家常。弄堂邻里关系一团和气。一条弄堂，对外面是私密的，对内却公开化，张家娶了如花似玉的新媳妇，李家的老娘舅留洋回来了，这种小道消息像长了翅膀一样一秒就飞遍弄堂每个角落，讲的人眉飞色舞，听的人津津有味，消息在舌头尖上翻炒几遍，就可以下酒喝。弄堂口是最热闹的，小女孩蹦来蹦去跳房子、跳橡皮筋，花裙子上下翻飞露出藕白的小腿；老阿婆支着竹凉席乘凉扯闲篇，内容精彩得连天上的星星都忘了眨巴眼；顽皮的男孩滚着铁环呼啸而过，不小心碰倒了小凉凳上摆着的下酒菜，大人追在后头骂“小赤佬”，却也不是真生气。

弄堂里，跳跃着上海市民的百味人生，有着浓得化不开的上海情结。上海人之间喜欢讲上海话，这一点常常引起外地人不满，因为听不懂，总感觉自己被隔到一墙之外。但在上海人看来，也是出于与生俱来的上海情结。“阿拉上海人”一句话，是藏也藏不住的自豪感。见了面，不管熟不熟，先来一句：“侬好，碰到侬交关开心。侬切饭了伐?”天气不好，埋怨一声：“今朝老勿适意咯。”叮嘱别人做事：“侬帮帮忙拎伐清，勿捣糨糊。”细细一品，上海话其实是五味杂陈兼收并蓄的，本来就是个移民城市，往上数三代，尽是外地人。广东话的云吞，宁波话的千张，上海直接采用。国外的新名词一样拿来就译，电车、自来水、雪花膏、小瘪三、老克拉，十分鲜活。上菜市场买菜，说去“白相”，手眼要“灵光”，“买几个小菜吃吃伐”。家常里带着点小精致，似乎在撒娇。

上海人就是爱精致，弄堂九曲十八弯，繁杂拥挤。住的空间窄小逼仄，甚至祖孙三代一同住在50平方米的屋里，但也要分得清爽，厅是厅、阁是阁的，还得养上花花草草，笼子里有鹦哥，小厢房有贵宾犬。哪怕吃一个橙子，也要去了皮去了筋络，切得一瓣一瓣的，放在金边描花小碟子里，插着细牙签。藏在霓虹灯背后的市井，是真实的，也是精细的。上海人把日子很仔细地过着。上海男人绝对是好男人典型，出得厅堂下得厨房。下了班公文包放稳妥，围上围裙就是家庭煮夫，洗衣、修灯、通马桶，十八般武艺样样精通。在很多外省人眼中，上海人小气又爱充面子。喜欢去饭店请客，但讨价还价，绝不含糊，“阿拉拎得清”。不过甲之蜜糖，乙之砒霜，上海人觉得这是会过日子，精打细算中的有滋有味。你若问他，他可能会说：“关侬啥事体?”

是有几分傲气的，这就是上海市民。一出门就是繁华耀眼的十里长街，这份傲气有底气支撑。上海女人，尤其典型。“贞女传和好莱坞情节并存，阴丹士林蓝旗袍下是高跟鞋，又古又摩登。”这是王安忆笔下的弄堂女儿，王安忆写上海弄堂写到了极致。旧上海的女儿在闺阁里坐，心里想着四面八方，每一个闺阁里坐着一个王琦瑶，漆黑的额发遮着黑亮的眼睛，读书绣花，那么楚楚动人。张爱玲书里的公馆少奶奶，沪上名媛，天涯歌女，一个个艳丽如花优雅浪漫的上海女人，傲气中带着妖娆，带着烟视媚行的女人香，娇娇的，嗲嗲的。精明得有点狡黠的白流苏，坎坷中坚忍顽强的顾曼桢，都是上海女人最好的注脚。小说毕竟是小说，张爱玲本人就是典型的上海女人，隽永多情，“一袭华美的袍”，清高里透着一点苍凉，将生命活成一个传奇，豪门与市井交织在一起，化作怒放的一朵海上花，热烈地去爱，毅然决然地放手离开。上海女人始终是骄傲的。

今天的上海女人，更加独立，也更加有魅力。对于时尚，她们天赋异禀，不论国金中心的奢侈品，还是七浦街淘来的便宜货，上海女人都有本事穿出气质，引领潮流。香水、手包、化妆品，居家必备，哪里都是她们的舞台。化着精致的妆容，她们是职场的白领丽人，一转身又是温柔贤惠的妻子，爱撒娇，爱粘老公，也有手段管得老公服服帖帖，但在外人面前，还是会给足老公面子。上海女人又能作又能乖，收放自如，动静相宜。

上海城隍庙豫园，是一个放大的市井，挤挤挨挨的人群窥伺着上海的花团锦簇，感受着上海的喧闹繁荣。朱檐碧瓦的道教宫殿里香火旺盛，风味小吃层出不穷。泥人、剪纸、古董、字画、玉吊坠、雪花膏、珍珠纽扣、绣花围巾……市井人爱这个，这是五光十色的上海。眼睛看花，嘴巴更不闲着。城隍庙首先是一个舌尖上的申城，绿波廊的三丝眉毛酥，油炸的表皮淡黄，像一层层的波浪，又似一道弯弯的眉毛，酥脆的外皮里裹着鲜笋、香菇、精肉丝等丰富的馅料；松月楼的素什锦炒饭，红是红、绿是绿的各种时蔬，色香味俱全；南翔馒头店的小笼包，小小的一只卧于笼中，玲珑可爱，小笼包皮薄馅大，夏有虾仁秋有蟹粉，即便最寻常的大肉馅，也比别处的正宗地道。蟹壳黄烧饼，上海美食中名列前茅，上海人不会忘记这个，油酥的饼皮上撒着星星点点的白芝麻，形状圆乎乎的，真像个蟹壳趴在那里。

城隍庙附近有老街，有弄堂。浮华背后，藏着上海人的柴米油盐。深深的弄堂，长长的小巷，兜兜转转间别有洞天。弄堂中的上海呈现出魔都另一个面目，一个真实的接地气的魔都，一个上海小市民的浮世绘，它默默地注视着光阴的流淌，感受着岁月的变迁。

风物长宜放眼量

1978年，党的十一届三中全会召开，纠正“文革”错误，全面拨乱反正，以经济建设为中心，并提出改革开放的伟大战略。从五个经济特区开始，形成全方位、多层次、宽领域的开放态势。开放的选择是从沿海到内地。1990年，改革开放总设计师邓小平说：“抓上海，就算一个大措施。上海是我们的王牌，把上海搞起来就是一条捷径。”上海浦东，是大时代赐予的一个惊喜。这是20世纪90年代具有战略决策意义的开发，作为内地开发的代表，党中央以浦东为龙头，形成辐射，带动整个长江三角洲的经济腾飞。

曾几何时，浦东是落后的象征。老上海们犹记得这句话，“宁要浦西一张床，不要浦东一间房”。而如今，陆家嘴金融贸易区，万丈高楼身披霞光；张江高科技园区人才济济，激荡着思想的火花。浦东宣传部部长陈高宏曾说过：“对于改革开放，深圳是破冰之旅，上海是攻坚之役。”从田园牧歌到霓裳丽影，浦东完成了一个华丽的转身。经济发展速度令人咋舌，成为中国改革开放的象征，打造出上海的王牌效应。1993 年，邓小平在新建成的上海杨浦大桥漫步，桥如一道长虹横卧于黄浦江上，两边的斜拉索仿佛巨大的琴弦，改革开放的春风正奏着激昂美妙的音乐。邓小平俯视崛起中的浦东，信口吟道：“喜看今日路，胜读百年书。”

20 世纪 90 年代，美国兴起了一种“新经济”。历经“二战”之创，渡过 70 年代经济滞胀、布雷顿森林体系崩溃这些糟心事之后，在美苏争霸走向尾声的时候，美国经济持续十年高速度增长，全世界都在关注这种奇特的新经济，由此它迅速风靡全球。这是一种以知识经济为基础，以信息技术为主导的经济，是在经济全球化背景下的创新经济与智慧经济，高就业、低通货膨胀，出口贸易狂飙，财政赤字减少。知识经济走向亚洲后，上海迅速成为领跑者。

在 2017 年 1 月香港发布的中国城市综合竞争力排行榜上，上海位列第一，这是上海第四次夺冠。上海如旭日东升，光照神州。21 世纪是人才的竞争，大上海吸纳了来自五湖四海的社会精英，是国际一流创新创业人才会聚地。这是一个智慧的城市，拥有一流的师资，一流的教育与科技水平。复旦大学，雄厚的学术底蕴，有着兼收并蓄的科技氛围与人文环境；上海交通大学，被余秋雨誉为“搭建了通向现代化的第一座渡桥”；同济大学，名士风范，领先创办了全国第一个建筑学院，打造“同济模式”，具有世界眼光；华东师范大学，温文尔雅，腹有诗书气自华，传道授业解惑，是培养人类灵魂工程师的核心基地。科技就是生产力，人才就是竞争力。

上海人重视教育，并且从小抓起。有人展示孩子的假期安排表，满满的辅导班课程：上海的小学生，晚上做功课到十点多钟是很平常的事情。孩子们没有轻松的童年，家长们也为之疲于奔命。其实比起国内其他城市，上海的孩子已处于有利形势，天生就高起点。正所谓“条条大道通罗马”，他们就出生在“罗马”，为什么要这样努力？因为身边就是这个环境，所有人都在拼。这是上海人强烈的竞争意识。对于教育，上海人舍得投资，投资时间、投资金钱、投资精力。他们一向是精明的，投资是为了高收益，这收益就是孩子的未来。另外，上海的很多家长希望把孩子送出国，为了继续深造，术业有专攻。早些年这种做法被人诟病为崇洋媚外，但现在已得到更多的理解与认同。作为国际化大都市，上海不仅要海纳百川，更要与世界接触。

通天入地，对于上海来说不是什么难事。上海拥有两个国际机场：浦东和虹桥，随时可飞往世界各地。上海的地铁，四通八达，遍布整个城市而畅通无阻，随处可见小吉祥物畅畅的迷人微笑与温馨提醒。黄浦江上有大桥，“一桥飞架南北，天堑变通途”。上海的大桥气势如虹。黄浦江下依然畅通无阻，深深的隧道藏在湍急的江底。在高架上开车，在钢筋混凝土的楼群间飞驰，像一只鸟张开翅膀飞进城市森林。人才的振兴，科技的发展，经济的腾飞，交通与通信的高速发展都加速了上海走向世界的步伐。

自 1991 年苏联解体后，“二战”以来的两极格局结束，世界的多极化趋势加强，呈现出包括中国在内的“一超多强”的局面。和平与发展成为当今世界的主题，经济上呈现经济全球化与区域集团化的趋势。国家之间的经济文化交流增强，而中国作为最大的发展中国家，必然要抓住机遇，迎接挑战。在 1991 年 11 月，中国加入亚太经合组织，即 APEC。亚太经合组织致力于贸易投资的自由化、便利化与经济技术合作，它是世界上规模最大的多边区域经济集团化组织，成员的意识形态、经济发展水平、文化习俗与宗教信仰各异，对促进亚太经济发展与共同繁荣有重要意义。2001 年 10 月，亚太经合组织会议在上海举办。当时，浦东的上海国际会议中心热闹异常，高朋满座宾主尽欢，在柔缓的《友谊地久天长》曲声中，一场盛大的焰火晚会呈献给各方宾客，礼花在空中绽放，形成“APEC”图案，壮美无边，礼花落到黄浦江里，与两岸的灯光交映生辉。人们赞不绝口，一起欣赏上海的美。

睦邻友好，是中国一向坚持的政策。2001年6月，上海合作组织成立。这是一个由中国主导的国际组织，足以载入外交史册彪炳千秋。它在巩固地区安全和稳定、促进成员之间互利互动与联合发展方面起到积极作用，形成了一种“上海精神”：互信、互利、平等、协商，尊重多样文明，谋求共同发展。这充分体现了上海合作组织的宗旨和原则，也反映了中国的气度与胸襟。

2010年，第41届世界博览会在上海举行，这是中国举办的首届世博会，规模空前，有190个国家、56个组织参展。选择在上海举办，理由不说自明，凭实力说话。世博会让上海更精彩。这一年，似乎全中国、全世界的人都涌进上海。人流如织，但丝毫不乱，到处秩序井然。园区有80000名志愿者，热情洋溢地为参观游客提供服务，走到哪里，都能看到亲切的笑脸。世博会突出一个主题：“城市，让生活更美好！”在主题曲《微笑上海》中，人们呼唤“如果我们就是城市的细胞，请用尽力量来让它奔跑；如果城市就是地球的细胞，一起来让它健康的微笑”。“每种语言融合灯火的颜色，地图的轮廓开展新突破，每个笑脸融合皮肤的颜色，让我们发现更好的生活。”这是一场举世瞩目的盛会，全世界把目光投向中国，投向上海，东方魔都敞开了胸怀，向世界各国展示鼎盛中华的美好形象。

世博会中最耀眼的中国馆，现已更名为中华艺术宫，是矗立于上海的一座红色东方之冠。天下粮仓，富庶中华。馆内有国之瑰宝“一号铜车马”，有巨型动态版的“清明上河图”，乘坐梦幻轨道游览车，可领略中国各处城市风貌。展馆浓缩了中华文化，在岁月流金的上海挑起一抹灵动的中国红。

上海的大事件层出不穷。2016年6月，中国内地首座迪士尼主题乐园在上海开园。乐园充满奇思妙想，是人们心中的童话王国。十二朋友园是迪士尼在上海的全球首创，将中国十二生肖的文化融入迪士尼故事中；幻想曲旋转木马有72种绚丽的颜色。园区有很多可爱的动画明星，七个小矮人憨态可掬，米奇、米妮活泼可爱；白雪公主、长发公主翩翩起舞。这是上海的又一个世界级旅游景点，全世界的人又像潮水一样涌入上海，不管什么年龄的人都能在这里寻回童年的梦想与快乐。迪士尼乐园是体验经济的代表，而上海成为体验经济的先行者，这对上海的经济社会发展有极大的助推力。

“雄关漫道真如铁，而今迈步从头越。”上海，不断探索不断创新，是一个既有地方特色又具国际化的大城市。它充满活力，又正值青春，谁也阻挡不了它的发展。它如一轮红日，喷薄而出，又沉静优雅，永远是镶嵌在蔚蓝色地球上一颗最璀璨夺目的东方之珠。上海是一种情怀，爱上它，你就爱上了生活。

快乐天津　岁月静好

天津感事

（宋）邵雍

名利从来本任才，行人不用苦相猜。

壶中日月长多少，闲步天津看往来。

作为中国四大直辖市之一的天津，似乎没有其他几个城市以鲜明的特色夺人眼球。北京是天子之都，上海是经济龙头，重庆的火锅香飘全国，天津则从容淡定，自在生活。这构成了天津的城市气质，它悠然自得地享受这种生活方式。快乐天津，岁月静好。

卫嘴子相声满堂彩

天津人嘴皮子溜，这是全国人民公认的，“京油子，卫嘴子”嘛，卫指天津。在大明朝时期，朱元璋把王位传给心爱的皇长孙朱允炆，四皇子朱棣不服啊，他心想，凭嘛呀，论才华、论威望自己比那乳臭未干的小子强多了。养精蓄锐地忍了几年后，他从北京城杀了过来，途经直沽，一路势如破竹夺下皇位。后来就将直沽命名为天津，天子渡口的意思。朱棣即为明成祖，永乐皇帝，他很重视军事防御，在天津开始筑城，使其成为护卫京城北京的羽翼，所以有天津卫一说，相当于军事重镇，后来慢慢壮大。

由于京杭大运河的前段在天津城，所以天津一直是漕运之地。五湖四海三教九流的人会聚于此，形成了天津海纳百川又自成一家的方言。天津和北京一样，爱说儿化音。但北京说得柔些，天津的语音咬得重，直不愣登的，声若洪钟，咯嘣儿脆，砸地上起个坑。“哎，您介是干嘛?”这“哎”与“嘛”是高频词汇，“哎”字起势，是舞台上锣鼓铿锵的一个亮相，集中听话人注意力，增强了说话人的气势。“嘛”字收尾，是舞台大幕落下的余韵袅袅。一个“嘛”字意味多端变化无穷，上扬一点，是赞赏、是喜悦、是激动；重重地掷下，是惊讶、是愤怒、是抱怨；婉转的、此起彼伏的，是质疑、是感慨、是叹息。配合着脸上生动的表情变化，无论什么复杂的情绪，都能囊括在这抑扬顿挫、百转千回的“嘛”字里。

天津人说方言自带表情包，幽默风趣。外地人听天津人说方言，总感觉在听相声段子，你一句我一句话赶话，可乐。由于城市的发展，天津的年轻人渐渐都说普通话了，似乎泯灭了天津的城市个性。天津应该是市民的天津，与方言相得益彰。街头巷尾拉着大板车卖西瓜的，鼓楼的天桥下啃着冰糖葫芦听说书的，自家的小庭院里铺着凉席纳凉的，是天津的市民，特别是须发皆白的老头老太，一口地道的天津方言，简洁有力。卫嘴子，说得简洁凝练，爱两个字两个字的往外蹦，高门亮嗓的，连说带比画。话虽简洁但表达能力很强，特别爱说俏皮话，时不时地抖个包袱。说的人乐在其中，听的人忍俊不禁。

哏，是天津的一个文化符号。有好事者把天津称为“哏都”，甚至更直白的“嘴都”，就是说天津人的嘴皮子风趣得味。哏，多音字，滑稽有趣的意思，又作凶狠呆愣，可褒可贬。在天津就是打趣贫嘴逗乐子，可见天津人民欢乐多。

从马三立到冯巩、郭德纲，天津以相声之都为人们熟知。相声，是天津卫人民的必需品。作为民间曲艺代表，相声极富有生活气息。它源于华北，走向世界，尤其是在天津发扬光大，成为一朵艺术奇葩。相声寓庄于谐，让人在捧腹大笑之余反思社会现实。表演手法多样，以“说、学、逗、唱”为主要方式，可一人说，就是单口相声，类似于说书，一个人把控节奏调动情绪。两人说，一搭一唱，主讲的是“逗哏”的，主导话题走向，一个包袱一个包袱往外抖；搭对的是“捧哏”的，适时接话发问，推动情节走向高潮，这种对口相声，最为普遍。也有群口的，分工更细更明确。天津的相声，讽刺味儿足，搭档之间配合默契。以说功见长，故事全须全尾的，笑点多，逗你玩！

“逗你玩”这仨字来自相声界泰斗马三立，典型的津味相声，方言打底，妙趣横生。马三立的相声没有什么花哨的动作，全靠一张嘴巴说。他的作品关注天津人的市井生活，有烟火气。浓郁的天津方言，幽默的家长里短的故事，让听众乐得前仰后合。马三立说，相声“北京是发源地，天津是发祥地”。天津是相声的大舞台，说相声的艺人不去天津卫历练历练，总感觉有点遗憾。

郭德纲的爆红无疑让相声又在大众视线里火了一把，郭德纲是在北京办德云社红的，但人们说起他，还是先想到天津。郭德纲是天津人，在天津的大小园子里摸爬滚打过。此人桀骜不驯，个性十足，和天津的相声界似有些恩怨。这些且不论，他的相声确是独树一帜的。现在德云社在天津成立分社，爱听郭德纲相声的人可以大饱耳福了。

听相声，是老天津人最爱的消遣。忙活了一天的老少爷们儿，不爱听繁缛的大戏，就喜欢进相声场子里找点乐子。茶楼最常见，天津城遍布茶楼，一般都比较实惠，几十块钱乐呵一晚上。有茶有香瓜子，寻个座儿，跷起二郎腿，听着台上人说学逗唱，没心没肺地咧着嘴傻笑几小时。笑一笑十年少，一场相声听下来，什么烦恼都不是事儿！天津老字号名流茶馆，宾客如云，场地不大却异常火爆，许多相声界的名家在这献过艺。人多有点挤，得提前占座去。相声虽是听的，但也是表演艺术，坐前排和后排差别大了去了，前排能看见相声演员脸上的表情，时而挤眉弄眼的，时而一本正经的，生动有趣，和台词配在一起，喜感十足。谦祥益文苑、鼓楼茶馆、明月茶楼、西岸相声会馆都名声在外。装修一般都比较古朴，台子上一个条桌铺着红布，布上写着茶楼的名字，一把折扇压在红布上。出来表演的，有如日中天的角儿，也有新学艺的潜力股，高矮胖瘦不一，年纪大的有，面嫩的也有，一水的长衫大褂，走两步衣襟抖一抖，脚下配双布鞋，要的就是这个劲儿。

可能是听多了相声的缘故，天津人幽默实在，也比较知足常乐。相对于北上广的快节奏，同样作为一线城市的天津则慢得多，闲适得多。这闲适里有几分无奈，但更多的是怡然自得。天津人健谈，上到国家大事天文地理，下到家长里短鸡零狗碎，天津人反正嘴巴闲不住，和本地人聊，和外地人也聊，一见如故，透着热忱。说话的声音大，语速也快，若是吵架跟炸雷似的，咚咚咚震耳朵。但由于天津话的俏皮劲儿，对骂的倒像在讲对口相声，围观的不免笑场。平时说话，天津人也爱调侃，话里话外藏着小包袱，耐人寻味。连体育频道都有说相声的，天津当之无愧相声界的领跑者。

作为曲艺之乡，天津其实是百花齐放的，相声只是百花中的一朵。明清时的天津，“戏园七处赛京城，纨绔逢场各有情”。到了民国，天津人还是爱捧角儿，提着蛐蛐笼子往戏台上扔银圆，那是常事。天津有京韵大鼓、京东大鼓、西河大鼓、评书、单弦、话剧、天津快板、天津时调，等等。大鼓书，顾名思义，肯定得有个鼓了，但不仅仅那么简单。京韵大鼓表演者，边说边唱，自击鼓板，节奏很重要，旁边还得有伴奏的。天津快板也是一边说一边手打快板，三弦伴奏，全用天津方言，爽朗明快，原汁原味。在天津听曲艺，可以听个饱。三五个听众一桌，摆着果子瓜子，边喝茶水边听，一样样不带重复的，听到妙处，仿佛搔着了心头痒，忍不住大喊一声好，满桌的一齐喝彩，台上的表演者倍儿有劲，台下的陌生人也成为朋友。

对于自己的家乡，天津人是很自豪的，甚至有点护犊子，自己可以冷嘲热讽，批评这批评那，却不能容忍别人说三道四。天津离北京很近，交通便利，但天津人就爱搁家乡待着。说到性格，天津人身上透着一股狠劲儿，比较粗犷，有人觉得太直，有攻击性。天津卫嘛，军人风范，又受码头文化的影响，不拘小节，喜欢比划两下，霍元甲可不就是天津的吗？但这并不是不友好，相反，天津人很讲义气，热心肠，不计较细枝末节，见人不分年龄大小，亲热热地唤一声“大哥”“姐姐”。水果摊前来个十一二岁的小姑娘，满脸褶子的摊主堆开笑脸："姐姐，您介看点儿嘛？"男的稍有点大男子主义，生活低调却又爱面子，吃个煎饼果子敢叫板吃满汉全席的，天津就是有几分霸气。

狗不理包子誉全球

冯巩在央视春晚上有一段经典的天津快板："竹板这么一打哎，别的咱不夸。我夸一夸，这个传统美食狗不理包子。这个狗不理包子，它究竟好在哪？它是薄皮儿大馅儿十八个褶，就像一朵花。"说的是狗不理包子，天津三绝之首。人们去北京要吃全聚德烤鸭，去天津就非得吃狗不理包子，否则总感觉落了什么。狗不理的金字招牌是打出去了，其实就是肉包子，但可以算精品肉包子。就像快板里说的，皮薄馅大，包子小巧玲珑的、雪白的、胖嘟嘟的，筷头轻轻一碰，凹下去一个小坑，像小宝宝嫩脸蛋上的小酒窝儿，筷头收回，酒窝消失了，饱满如圆月。包子上的十几个褶细致匀称，纹丝不乱地攒向顶端，像开了朵白菊花儿。馅里有汤汁，是配着高汤拌的，格外的鲜，但不是像汤包那样可戳个吸管喝。狗不理包子舍得放馅，却又恰恰好收住了，蒸出来馅不会冒顶，也不会跑油。这蒸，也是有讲究的，火候时间都要掐好，蒸久了会破相，火候大了，面皮也老了，肉馅也不嫩了；蒸的时间短了，火小了，半生不熟更吃不得。配料也是很重要的，馅全是瘦肉也不行，柴巴巴的。狗不理包子是有祖传秘方的，做出来一个个银元宝一样，端端正正摆在笼中，看着就有食欲。

为啥叫狗不理呢？这么香的肉包子，狗能不理吗？扔过去绝对是有去无回。原来这里的狗是个绰号。这家老掌柜的乳名叫狗儿，店里生意太好了，忙得没空搭理客人的闲聊，就传出了这么个店名，倒是来自民间的鲜活语言。天津的狗不理花样翻新，馅就有几十种之多，鸡、鸭、鱼、肉、虾仁、蔬菜，都可做馅，最招牌的是猪肉的，肥而不腻。

因为名头太响，狗不理包子现在有点贵族化了，不少人抱怨价格贵，不吃后悔，吃了心疼钱包。好在是包子，再贵偶尔去品尝一下还是能承受得起的，再说包子本身是比较平民的食物。津门三绝的另两样小吃，也是如此。耳朵眼炸糕，名字像狗不理包子一样亲民，有故事感，它可不是小得像耳朵眼，而是因为做炸糕旁边的巷子窄窄小小的，名叫耳朵眼。炸糕由江米裹着红糖赤豆馅，炸得金黄，桂花味儿，趁热吃，酥脆又绵软，赤豆甜糯入口生津，吃一屉狗不理包子，来两三个耳朵眼炸糕，配碗白粥、一碟小咸菜，这样的早晨美得冒泡。若是还不够饱，去买十八街麻花去。天津人牙口好，爱吃麻花，桂发祥十八街麻花个头特别大，拿在手里跟棍子似的，能当防身之器。麻花可不仅是面粉做成，里头大有玄机，青梅桂花，桃仁瓜子，黑芝麻拌着青红丝，做成什锦酥馅心，又好看又好吃，新出锅的特别脆，放几天也不会绵。来天津的人总要捎点回去给家人尝鲜，这是纯正的天津风味。

天津三绝让天津人骄傲的，不仅仅是小吃的味道，更有天津人对老字号传承中的一种深厚的感情。天津三绝在某种程度上是天津的象征，民间气息浓，草根文化深，就像天津的街道，纵横交错弯弯绕绕，不分东南西北，只图便利。小吃也是一样，从走街串巷的叫卖到登堂入室，恰如一代代天津人奋斗的轨迹，以及不显山露水、好吃、地道、惬意的津门日常生活。

爱吃，是天津的一个特征，很多人专为天津美食而来。天津美食以小吃打头阵，特别重视早点。数九寒冬滴水成冰的时候，天津人也不赖床，就为了出门吃早点。花样其实也不算特别多，但天津人念旧，长情，就吃那几样，也吃不腻。煎饼果子，小区门口早早候着了，对于天津人来说，正宗的煎饼果子里是不带火腿肉、香肠、海带、土豆丝的，那不成手抓饼了吗？他们会嗤之以鼻。天津的煎饼果子里的果子特指油条，煎饼是面做的，油条也是面做的，一套吃下来倍儿扛饿，忙活一上午都没问题。煎饼必须绿豆粉，别的就不正宗。有趣的是，天津人买煎饼果子爱从家里自带鸡蛋，买的人多，就把鸡蛋搁架子上排着队，自己闲搭搭地到旁边的菜摊上买把小青菜，转身回来听见师傅喊：“好咧！拿稳啦您。”虽说世界上没有两个一模一样的鸡蛋，但摊煎饼的师傅不是达·芬奇，他是怎么从一堆排队的鸡蛋中识得是张三还是李四带来的呢？这恐怕只有天津人自个儿知道了。

一到清早，满街都是吃煎饼果子的路人，有人行色匆匆，边走边咬一大口；有人则悠闲地喝碗豆腐脑，细嚼慢咽。刚出锅的煎饼果子烫嘴，蛋汁融进了面里，点缀着黑芝麻。爱喝汤的，来份锅巴菜，这也是天津独创，其实是带汤的煎饼果子，把煎饼切成细长条，和着鲜香卤汁儿下锅，有嚼头，汤也好喝，有很多是清真馆子，用羊汤熬的，透鲜。卫嘴子们怎么会亏待自己的嘴呢？和狗不理包子相对的，天津出了个猫不闻饺子，名字逗人。栗子风头也很盛，逛街的、下班的手里都捧着一袋，特别是秋风乍起，糖炒栗子的香味飘满了天津城。买一袋拿着，暖手又暖心。小宝栗子扬言要成为天津三绝的候补，粟肉粒粒金黄，很容易剥开，边走边丢一颗在嘴里，甜滋滋的，回味无穷。

天津的民间艺术，也有三绝之说。别看天津人嗓门大，其实心灵手巧，高手在民间。天津工艺三绝皆为国家级非物质文化遗产项目，分别是泥人张、风筝魏、杨柳青年画。

作家冯骥才写过一篇《泥人张》，说是手艺道上的泥人张排第一，没人敢争的，捏什么像什么，有点钱就嘚瑟的海张五取笑他，泥人张捏了他的小像满天津卫卖，活灵活现的，差点没把海张五气死。泥人张从道光年间传下来，也有好多个年头了。普普通通一团泥，有了鼻子眼睛，有了筋骨，有了灵气。捏好的泥人经过高温烘烧，脱胎换骨了。泥人张的作品是源自生活的，捏一个人物，要揣摩他的身份职业，把自己代入进去，有真情实感。同样是街头小贩，剃头师傅和吹糖人师傅，动作表情可全不一样，要的是形神兼备，吹口气就能活的。从塑形到上色，整个工艺流程一丝不苟，既得有雕塑家的水平，还得有绘画的底子。泥人张的作品风吹日晒也不会开裂变色，遇水也不怕。天津的古文化街里有泥人张的铺子，可以现场给顾客做泥塑。师傅仔细端详着，抓住人物典型特征，不一会儿，一个栩栩如生的人物像捏好了，连衣服鞋袜都一模一样。

和泥人张一样，风筝魏也传了好几代传人。风筝魏的风筝经过技术改良，是软翅风筝，能折叠，一条几十米长的蜈蚣，折叠起来能装进一个大信封里，不占空间。打开可以迎风而上，飞上蓝天深处。在 1915 年巴拿马国际博览会上，天津风筝魏的风筝大大露了把脸，斩获奖项。天津的风筝飞到了日本，飞到了欧洲，飞到了美国，飞到了全世界。就连飞机的发明者莱特兄弟也喜爱风筝，还特意收藏了风筝魏的风筝，仔细研究它御风而行的秘密。如今，风筝魏的风筝更精致了，巨龙腾空而起，蝴蝶上下翻飞。风筝魏的风筝立体感强，跟真的一样，给天津的天空带来了更多的活力。逢上节假日，一家三口一起去郊外放风筝，成为天津的亮丽风景。

杨柳青年画，源自天津杨柳青镇，元末明初就已产生。杨柳青镇上家家会这个活技，它是一种半印半画的形式，木版刻出线纹印出来，再用彩笔描画，刻版点染都怠慢不得，刻版时胸中有丘壑，还要丹青妙手，慢工出细活。年画嘛，图个喜庆，娃娃题材特别多。最经典的莫过于白白胖胖的小娃娃，抱着一条大红鲤鱼，甜甜地笑着，这是“年年有余”。活泼可爱的娃娃，胖手胖腿胖到没脖子的娃娃，擎着碗口大的桃子或莲花，热热闹闹的，年味儿十足。这也是人们对生活最美好的祝愿。过年了，贴张年画在家里，看着心里敞亮。风调雨顺，五谷丰登，双喜临门。新的一年开始了。

从天津的小吃三绝到工艺三绝，可以一窥天津城的民风。天津卫天津卫，为防卫而设的天津是淳朴而低调的。天津的民间文化气息尤其浓厚。尽管进入21世纪，天津的发展日新月异，但天津的老百姓仍然热爱这种民间生活，财不外露，不骄不矜；吃着煎饼果子，听段相声快板，捏个泥人儿，原汁原味的，自在，舒坦。

多情天津眼看全城

来到天津，肯定听说了天津之眼，名字取得好，过耳难忘。天津之眼是摩天轮。它圆圆的造型恰似一只睁开的眼睛，又很高，登上它可以俯瞰全城，这功用更像眼睛了。随便走到一个城市，随便一家公园都会有摩天轮，而天津硬是做出了新境界。天津之眼是世界上唯一的建在桥上的摩天轮，这与众不同的构思与设计足以让人为它点个赞。它有48个座舱，可容纳三四百人同时观光。虽有大名鼎鼎的伦敦之眼珠玉在前，但天津之眼毫不逊色，而且隐隐有后来居上的趋势。有人笑谈，去不了伦敦，可以来天津遛遛。天津和伦敦还真是像。天津以前有英租界，所以它的景观建筑有很多英伦风。小白楼音乐厅和英国圣保罗教堂仿佛姊妹，一模一样的圆形屋顶。走进海河两岸，就像目睹英国的泰晤士河风光，夜色迷离，辉煌的灯火下，不知身在何处。天津之眼和伦敦之眼一样如梦如幻，只是夜间伦敦之眼是蓝色的，天津之眼是以红色为主，似乎更明亮耀眼。

摩天轮是和幸福联系在一起的。传说天津之眼的每一个轿厢，都满载着幸福。人在桥上仰望天津之眼，就是仰望幸福。坐上去，就是与幸福同行了。而且，当摩天轮升到最高处时，如果和心爱的人相拥相吻，就会一生永远在一起，多么浪漫！所以有很多情侣来同坐，哪怕排上几小时的队也在所不惜。天津之眼的轿厢比较宽敞，你可以舒舒服服地坐着，也可以站起来走动走动。它会转动半个小时，很稳当，越升越高，美丽的天津城在脚下。夜景最美，天津之眼的影子投射到海河里，变成一对善睐的明眸。从高处往下看，处处灯光闪烁，似一串串明珠，公路上车水马龙，海河的水泛着幽蓝的光泽。如画的风景就在眼前，相爱的人就在旁边。让人不禁感叹：良辰美景如斯，岁月静好知足常乐。

幸福的人坐天津之眼摩天轮，这幸福会加倍。它浑圆的，没有起点没有终点，不知疲倦地一圈圈转下去，仿佛是无休无止的爱与满足。它缓缓地却大幅度地升高了，地面越来越远，有一点小惊险小刺激，像是爱情里的调料。但又不像过山车那样把人的心晃荡得七上八下的，摩天轮是很稳当的，像是爱情中的细水长流。在最高处对视，轻轻一吻，留下甜蜜的滋味，似乎整个天津城都见证了这场爱情。下了摩天轮，依依不舍地回望，像是爱情里的意犹未尽，略带着遗憾，更多的是对未来的期待。而心情不好的时候来坐天津之眼，则别有一番滋味在心头。怀着孤独与落寞，摩天轮在眼中成了一个简洁的句号，有几分伤感之美。一个人在喧闹的人群中越众而出，一言不发地坐进去，隐隐有悲壮感，从天津之眼看到的海河水好比一汪眼泪，不免顾影自怜。及至升到高处，视线渐渐开阔，低处的人群显得格外的渺小，不由胸中一荡，豪气丛生，抑郁之情也就淡薄了下去。

海河里有游船可以乘坐，泛舟在这条天津的母亲河上，又是一番风景。

天津的眼在天上，又在水里，迷幻的、闪烁的，要与你深情凝视。仰头是它，俯视也是它。专注地凝视着你，眼波流转，含羞带怯的，要与你倾诉心事一般。色彩在变化，天津之眼又像一盏巨大的花灯，一只彩绘的盘子，美得都不真实了。掬一把海河水，涤净岁月的风尘，天津在耳边低诉：欢迎你的归来。

用天津之眼看天津，它的美很别致。天津，是中西合璧的城市，这明显体现在它的建筑风格上。天津的房子很值得一看，它又质朴又洋气，造型多变，随时给你一个惊喜。

津门故里的古文化街是明清风的，门楣有人物花鸟的彩绘，朱廓青墙，细长条的窗，木制的店堂门前挂着匾额，中国味十足。它是古玩的世界，也是小吃的王国。天津那些绝技，泥人张、风筝魏、砖刻刘、杨柳青年画，这里都能找到。天津那些风味，炸糕、麻花儿、包子，推着小车贩卖的，比大店里便宜，滋味也不赖。吹糖人的老伯，眨眼工夫变出一个孙猴子猪八戒，小孩子看傻了眼。卖煎饼的大嫂，麻利地磕进一个鸡蛋，一条街泛着油香。熟梨糕花花绿绿的，大茶壶里的茶汤正沸，您不来点吗？古文化街除了天津本地特色，还是兼收并蓄的。景德镇的瓷器，细白釉上描着雅致青花。苏州的刺绣，飞针走线姹紫嫣红的，这里也都看得见。爱淘旧物的来这里，不会空手而归，古书、古画、旧家具、文玩古董，可劲儿挑，就看你有没有眼力见儿。珍珠、水晶、玛瑙、碧玉，也是有的，不亚于上海的城隍庙。逢到春季的皇会，舞龙灯的，踩高跷的，扭秧歌的，唱京戏的，锣鼓喧天，一条街都活了。

五大道和意式风情街恰恰相反，玩的是异国情调。五大道的花园洋房一幢幢，英吉利的，法兰西的，西班牙的，意大利的，德意志的，真正的民国古建筑，上百年历史了。古典主义、浪漫主义的各种风格都有，这都是租界留下来的，天津的沧桑感也在这里。五大道有不少名人故居，像西安事变时的少帅张学良，美国大萧条时期的总统胡佛。意式风情街当然主打意大利风格，独门独院私密性足，袁世凯、黎元洪、梁启超等一众名人曾选择在此安家落户。钟楼上尖尖的顶是意大利味的，马可·波罗广场是意大利味的，雪白的门楼修长的立柱是意大利味的。洋气！在这里逛，可不就是感受一个洋气嘛！五大道和意式风情街，满眼是富丽的装饰，精细的雕刻，尖形拱门或是浑圆的穹顶，甚至连窗棚上深绿的遮布，都是洋气的。你可以闲庭信步，也可以叫个马车，像欧洲的绅士名媛一样优雅地坐上去，仿佛赶去赴一场盛大的宴会。骑单车也可以，一下午游遍欧洲。

听说过瓷做的房子吗？天津有，一枝独秀，举世无双。似乎是从童话书里走出来。瓷器的英文名和中国的英文名一样，在外国人眼中，瓷器就代表中国，瓷房子博物馆即为中国文化的缩影，中国制瓷业历史悠久。东汉时青瓷成熟，南北朝时白瓷成熟，唐朝时形成南青北白两大体系，青瓷类玉类冰，如新雨洗过的晴空；白瓷类雪类银，通透莹润一尘不染。唐朝时瓷器就已顺着丝绸之路走出国门，在国际上大放异彩。宋朝有五大名窑：定、汝、哥、官、钧，各有千秋，争芳斗艳。元朝青花瓷异军突起，素雅而清新。明清时小家碧玉看腻了，五彩瓷、珐琅彩瓷流行起来，正如雍容华贵的名门闺秀。

来瓷房子不用翻教科书了，这是一本活的瓷器书。太奢华了！一座百年的法式小洋楼遍身嵌满瓷器，美得让人屏住呼吸，这么细致娇贵的物件儿就这么大剌剌地摆在这里，让人生怕碰坏了。数条瓷龙气宇轩昂地盘在屋顶上，青花瓷瓶齐齐地码进墙里，数百只瓷猫枕憨态可掬。一颗两亿年前的恐龙蛋默然细数流逝的光阴，段祺瑞的三彩琉璃狮在入口处站岗，慈禧钟爱的铜鹿在厅内迎客。瓷房子大厅敞亮，中空设计，从一楼仰头可看见四楼天花板。一只只鱼纹瓷盘高悬在头顶，君子碗里盛满各色宝石。厅内有很多瓷片拼的名画，家具是镶了贝壳的，价值昂贵。各个朝代官窑、民窑的瓷器这里都有，阳台上到处是天然水晶和玛瑙，楼梯的扶手也是瓷片贴的，连厕所都是由瓷器装饰。瓷房子里还有很多佛像，据说其中一个北魏时期的佛头就价值一亿元，整座房子的价值令人无法想象。

南开大学的学生是可以免费参观瓷房子的。南开大学是天津的骄傲，是周恩来总理的母校，秉承“允公允能、日新月异”的校训，培养了无数天之骄子。来南开走一走周总理走过的林荫道，想象一下周邓二人相爱相知的

岁月。天津还有周恩来、邓颖超纪念馆，当他们之间的通信被世人翻阅时，“纸短情长，还吻你万千”的文字让人们惊叹伟人那细腻而炽热的爱情。

天津的美景还有很多，盘山清奇险峻，雄伟幽深；黄崖关长城蜿蜒起伏，龙盘虎踞；水高庄园四季常绿，果实累累。爱吃麻花、炸糕、煎饼果子的是天津，爱听相声、爱捏泥人、爱贴年画的是天津。“潞卫交流入海平，丁沽风物久闻名。京南花月无双地，蓟北繁华第一城。”它是自在随心的，风趣幽默的，亲切家常而舒适惬意的天津卫。

热辣重庆　雾里看花

白帝下江陵

（唐）李白

朝辞白帝彩云间，千里江陵一日还。

两岸猿声啼不住，轻舟已过万重山。

山城重庆，常年云雾迷离。薄薄的雾气如一层雪白的轻纱，笼罩着巴蜀之地，像在盛装打扮一个娇羞的新娘。长江三峡是她的绿腰带，她鬓边有怒放的山茶花。火辣、热情、奇幻，重庆之美，要得！

吃着火锅唱着歌

重庆的夏天很热，简直是中国最热，有“火炉”之称。暴热时达 45 摄氏度，地表温度近 60 摄氏度。磕一个鸡蛋扔地上，“嗞”熟了，立马变成香喷喷的煎蛋。穿着帆布鞋走在路上，感觉踩上了风火轮。公园的椅子是不敢坐的，怕变成一个巨型铁板烧。明晃晃的太阳照着，两个陌生人一见面，嘿，变“熟人”了。

这么暴热的重庆，却是以火锅名扬全国。一提到重庆，人们脑海中首先闪现的是一锅沸腾的、麻辣鲜香的火锅。

中国是美食大国，火锅就是极富代表性的创造。火锅历史也很悠久，乾隆皇帝摆千叟宴，摆上了一千多个火锅。锅里滚汤烧开，各种食材随意丢进去，边涮边吃，边煮边吃，吃得热气腾腾大汗淋漓。有人风雅地发问："绿蚁新醅酒，红泥小火炉。晚来天欲雪，能饮一杯无？"有人直爽地呼唤："我只想和你在一起，叫我声亲爱的，其他什么都别说，然后我们吃着火锅一起唱首歌。"

火锅，中国到处有，但重庆最具特色。小天鹅、德庄、刘一手，各种知名火锅品牌开遍全国。重庆人也引以为傲，将火锅列为重庆文化符号之首。不吃火锅，你好意思说你到过重庆？重庆火锅主打重口味，麻、辣、鲜、香。辣椒多多地放，熬出一锅红艳艳的汤汁。虽然成都火锅也辣，但不麻。重庆火锅却要撒下一大把花椒粒，再把切好的姜片、蒜头通通丢进去。火开得旺旺的，锅里红浪翻滚，煞是好看。毛肚、鸭肠、牛血旺拾掇好了，放进冒着泡的火锅里涮，香味早跑得满屋子都是，一涮就熟，一熟就吃。挟起来，顾不上烫，急急地丢在舌头上，舌头先被辣了一跳，接着麻酥了，乖乖地细品这鲜香味儿。毛肚又嫩又筋道，吸饱了汤汁，在味蕾上欢快地打起滚儿，香得叫人恨不得把舌头吞下去。

重庆火锅最早就是毛肚火锅，给苦力们吃的，干了一天活，骨头累散了架子。桥头边有人支上铁锅，各种下水内脏，价格便宜，热乎乎的红汤烫着，随取随吃，吃得鼻梁沁出汗珠，毛肚从舌头跑到胃里，香喷喷辣乎乎的，一天的疲乏随之而去。火锅作为大众美食，很接地气，老百姓爱吃。

越是天热，火锅生意越好。满屋子挤挤挨挨的人，汗流浃背的，谈笑风生的，吃、吃、吃。与时俱进，重庆火锅也推出清汤锅、药膳锅等多种花样。食材无所不包，火锅旁边有很多盘子盛放着食材，切得薄薄的牛羊肉卷，圆滚滚的肉丸鱼丸，粉嫩的蟹棒虾仁，雪白的冻豆腐，碧绿的时蔬……天上飞的，地上跑的，荤的素的，尽可下锅。不管青壮劳力，还是老弱妇孺，无不爱食。鸳鸯锅最受喜爱，一个大锅从中一分为二，一边麻辣一边清淡，红是红、白是白的，相互对照，正如鸳鸯成双，可以满足不同人群的需求。挑剔的食客，在此基础上发展出四格甚至九格火锅，口味分得更细。也有一人一锅的形式，自得其乐。火锅的调味碟，更是五味杂陈，有蒜蓉酱，有芝麻酱，有麻油花生酱，有豆豉辣椒酱，无数个品种，涮好菜在调味碟里轻轻蘸一点，又是一种滋味。

重庆多雾，湿气重，人们一年到头吃火锅，祛风除湿，活络筋骨。火锅更是一种富有亲和力的美食，外国人吃西餐，一条长长的桌子斯斯文文地坐着，各人盯着自己盘子里的食物慢慢地吃，谁也不敢大声讲话，顶好找个人在旁边弹钢琴曲，吃的是一种优雅和浪漫。而火锅却吃的是热闹，特别是重庆火锅，嗜麻嗜辣，天儿又热，一桌人团团围坐，高谈阔论，雾气蒸腾，各种各样的菜在锅里翻滚，挟起来烫烫地吃上一口，鼻尖冒出汗珠，话题源源不断。火越烧越旺，衣服湿答答地粘在身上，一杯啤酒灌下肚，又感到神清气爽，平时沉默寡言的人也变得健谈起来，恨不得坦诚相见掏心窝子说话。这便是重庆火锅的魅力。

除了火锅，重庆还有与之异曲同工的美食：重庆小面、重庆酸辣粉，也是麻辣鲜香，但价格更亲民，市井味儿足。央视《舌尖上的中国》播出“嘿，小面”后，重庆小面更加火爆。“小面”之“小”体现在哪里？比起北方面注重熬得浓浓的汤料，南方面注重花样翻新的浇头。重庆小面风格比较简洁，从备料到上桌，手起面好，绝对不拖泥带水。简洁可不是简单，重庆小面“麻雀虽小，五脏俱全”。调料最重要，一碗面，半碗调料，其中油辣子、花椒、猪油、味精、葱花必不可少，花生米、榨菜粒、芽菜末画龙点睛。面条可粗可细，沸水里煮得柔韧劲道，趁热捞出来铺在碗里的调料上，刹那间，灰姑娘被施了魔法，一碗素面变得精彩纷呈，汤色红亮，面条微黄，香味醇厚。重庆小面虽是一碗简单素面，却也可以吃得奢华。牛肉片、鸡杂、排骨、肥肠，凭君喜好尽可添加。各种菌类，各种蔬菜，也可以像麻辣烫一样选择。走在重庆的大街小巷，会发现人人对小面情有独钟。无论是装修高档的酒楼，还是设备简陋的路边摊，都有重庆小面的身影。这时候，管你是绅士还是淑女，尽可放下身段，提起筷子火辣开吃。

酸辣粉顾名思义，主料是粉条，一般由红薯粉与豌豆粉按比例混合而成。重庆酸辣粉有“天下第一粉”的美誉。跟重庆小面相比，也是有辣子花椒，也是趁热下肚。但酸辣粉中另有一位神秘嘉宾，那就是醋，特别是四川名醋保宁醋，调在辣汁里，酸爽开胃。酸辣粉一般浇上肉末香菜，很少重荤，但也和重庆小面一样，可以按自己喜好调味。

人们说："撑死在重庆，辣死在重庆。"重庆美食实在不胜枚举，比如鱼，大江南北各有吃法，而在重庆，又是辣椒当道。做鱼三大招牌菜：水煮鱼、酸菜鱼和烤鱼，皆源自重庆而风靡全国，又各有千秋。水煮鱼和酸菜鱼均以草鱼为主，水煮鱼肉质鲜嫩，用的是一种小小的干红辣椒，大火反复煮也仍然红艳欲滴，又香又辣又麻，片好的鱼肉裹层蛋清腌制后下锅，嫩滑下饭；吃完后，汤汁可煮沸再加蔬菜，就是现成的火锅底料。酸菜鱼是用泡菜中的酸汤汁中和了辣味，传说有厨师不小心将要烹调的鱼片误放入煮酸菜的锅里，误打误撞创出了这道名菜。酸菜鱼的汤汁是金黄色，片片酸菜浮在锅中，酸中带辣，爽口开胃。水煮鱼、酸菜鱼自 20 世纪 90 年代起就是各大餐厅必备菜。烤鱼则是新秀，21 世纪开始流行，烤鱼不像水煮鱼、酸菜鱼把鱼肉片好，而是一条完整的鱼，鱼身上裹一层面粉，油锅里先煎一下，再送上铺有洋葱香菜的烤架，成品后奇香喷鼻，隔一条街都能闻到。因为有汤汁，烤鱼不会干，还可以在吃完香辣的鱼肉以后继续烫菜，尽情大快朵颐。

重庆是美食的天堂，离不开一个辣字。串串香拎个竹签在辣汤里自烫自食，辣子鸡则是在满盆辣椒里找鸡丁。馄饨，在重庆叫抄手，也是红油抄手，辣乎乎的。重庆人似乎无辣不欢，初来的人连吃几顿可能就受不了。传闻有人在重庆点一份素什锦，特意说明不论什么菜，都别放辣椒，结果端上桌一尝，辣椒是没有，菜还是辣的，理直气壮地去质问，厨师抱歉地解释：可能是我们的炒菜锅是辣的！食客无可奈何，只有入乡随俗。

在重庆吃辣，看重庆人吃辣，都是一件有趣的事情。人人哆嗦着舌头，麻得晕乎乎的，辣得直喘气，热气一熏，帅哥的眼镜片模糊起来，索性摘下；美女漂亮的外套脱掉，妆花了也无所谓，额头上冒出大颗汗珠，都不管它，只顾开怀大吃，酣畅淋漓地吃出了气吞万里如虎的感觉。可能因为天天吃辣的缘故，重庆人一般都很爽快，爱交朋友，做事干脆利落，说话掷地有声。酒逢知己千杯少，一顿火锅见真情。锅里的红汤已煮沸，各种荤菜素菜整齐地码在盘中，什么也别说，先吃。吃到兴起，一个餐厅都是兄弟姐妹，大伙眉开眼笑，其乐融融。没有什么事是一顿火锅解决不了的，如果有，那就两顿。在重庆，大家一起吃着火锅唱着歌，天大的烦恼也会烟消云散。

温泉水滑洗凝脂

能够与美食平分秋色的，当属美人。重庆美女号称全国第一，“不老美人”刘晓庆，“清纯玉女”蒋勤勤，“收视女王”殷桃，还有陈紫菡、杨若兮这些娱乐圈美女，都是重庆人。走在重庆街头，美女如云，十分养眼。有人甚至说：“在重庆最热闹的解放碑，平均每分钟能看到五个美女，三步一个林青霞，五步一个张曼玉。”这固然有些夸张，但满街的时髦女郎确实是重庆一道最亮丽的风景线。

重庆美女有很多鲜明的特征。身材都很苗条，纤腰一束，我见犹怜。这和重庆特殊的地形地势是分不开的。重庆是山水之城，整个城市建在一座山上，正所谓“蜀道之难，难于上青天”。重庆地势高高低低，房屋却无处不在，山顶山腰山脚，桥上桥下，错落有致。重庆随处可见长长的台阶，重庆邮电大学里有“夺命天梯”，共115级，学生从食堂吃完饭回宿舍，一趟“夺命天梯”爬下来，摄入的卡路里消耗殆尽。没有最强只有更强，四川外国语大学的石梯修了整200级，众学子每天上下课之余强身健体，站在最下面的一层台阶，梯顶如在云端，故取了个诗情画意的名字“彩云梯”。重庆山路九曲十八弯，立交桥宛如迷宫，不是老司机不敢轻易上路。步行的话，每天都要翻山越岭，坐公交则可以体验云霄飞车的感觉，一会儿经过一个高高的山头，一会儿经过一栋大楼的楼顶。有恐高症、心脏病的人是不适合生活在重庆的，楼与楼之间的天桥高高地悬在半空，轻轨如游龙般穿梭于崇山峻岭之间。重庆人都很皮实，在重庆生活久了，去黄山、泰山无论什么山去游玩，都能噌、噌、噌一口气爬上山顶。尤其是重庆的美女们，高跟鞋是不能丢的，街更是要逛，时长日久被训练出来，跋山涉水如履平地，一个个健步如飞。整个城市就是一座大健身房，重庆的姑娘怎么能不苗条呢？

另外，重庆嗜辣，这也是美女燃烧脂肪的秘诀，马路上常见水灵灵的重庆辣妹子，手里握着一把红彤彤的串串香，大踏步地拾级而上。巴渝美女的美，是非常有个性的。如果以花来作比喻，不是温柔的白玉兰，不是清秀的山桃花，而是一朵带刺的玫瑰，一枝怒放的牡丹。重庆美女美得张扬，她们总要走在时尚最前沿，流行什么，她们穿什么；或者说，她们穿什么，就必然流行什么，她们是潮流的领跑者。重庆天热，美女们穿着短裙、热裤、清凉的小吊带，招摇过市。可能因为常食麻辣的缘故，重庆美女不像苏州美女那么温婉，而是性格豪爽，快人快语。开心的时候，她会拉着你走街串巷边吃边逛，看见美食两眼放光，不担心变胖，也不会扭扭捏捏装淑女；不开心的时候，她也不会眼里蓄满泪水，楚楚可怜地找你倾诉，更可能拎来一打啤酒，和着眼泪和辣椒油喝下去，明天又是新的一天。重庆美女是清新自然的，绝对不矫揉造作。她们从小在家就是公主，被宠在掌心长大。长大嫁作人妇后，在家也是很有地位的，男人一般都被治得服服帖帖。她们有自信，当然也就有魅力。

雾都重庆，走出一个个花样美人。重庆一年有三分之一的时间都是雾天，雾锁山城，烟波缥缈，高楼与大树影影绰绰，朦朦胧胧地浮在雾气中，如海市蜃楼，又如蓬莱仙境。车辆与行人在雾里穿梭，有点如梦如幻的感觉。早晨雾最浓，十米以外不能视物，整个重庆氤氲在迷雾之中，所以一定要有灯，灯光落在雾里，像一颗颗闪亮的宝石。慢慢地，太阳升起，雾气转薄，如轻纱一般，重庆美女的面容可以看得真切了。因为从立秋到第二年初春，重庆总被雾气萦绕，气候温和湿润，重庆的美女们省了做面膜的钱。好山好水养出好肌肤，天然保湿，随时保养，美女们细嫩又白皙的脸蛋吹弹可破。功课做得足，即使盛夏骄阳似火，美女们也无所畏惧，绝不会芳容失色。

当然，除了以上几种优势，重庆美女得以傲视全国，还有一个重要的法宝，那就是重庆的温泉。

中国有很多地方有温泉，中国矿业联合会也评出一些温泉之都，比如济南、厦门，而重庆温泉则更加大名鼎鼎。2012 年，世界温泉及气候养生联合会第65届年会暨国际科学大会召开，来自欧洲、非洲及亚洲16个国家和地区的七十多名全球顶级专家评审参会，经过激烈讨论和层层筛选，重庆成为全球首个“世界温泉之都”。

温泉，是一种来自地下的泉水，是自然产生而不是人工加热的，温泉中有各种对人体有益的微量元素，对心血管疾病、风湿性关节炎、痛风、神经衰弱、心脏病、高血压、失眠、腰肌劳损等各种疾病都有一定疗效。泡温泉，不仅能增强人体抵抗力，增强体质，而且能养颜护肤。在细腻温暖的温泉水中一泡，全身筋骨得到放松，各种皮肤问题消失得无影无踪。肌肤变得紧实，弹性十足，又光滑细致。重庆的温泉更是世界级的旅游资源，由于得天独厚的地理优势，重庆温泉资源丰富，开发历史也十分悠久。有“浴罢温汤生趣横，花溪舟楫换人回”之妙的南温泉，早在明清时期已被发现，民间相传明朝靖难之役，建文帝朱允炆曾在此避难。抗战时期，重庆作为陪都，国民政府的高官显贵流连于此，重庆温泉大量发展。重庆久负盛名的东温泉风景区，还有露天裸浴的古风，不论男女，一律赤条条泉中相见，现在仍然是当地的奇观，引得很多不明真相的人慕名而来。这边风景极美，青山苍郁，翠竹亭亭，泉水叮咚，满江碧流。到了这里，你必被当地淳朴的民风吸引，宽衣解带进入绿池玉盆之中，坦然自若地释放天性。虽是男女裸身同浴，但心中没有什么不洁之念，尽可放松享受大自然的恩赐。

重庆有各种各样的温泉，有的十分豪华，堪比一个大型休闲养生中心，配有水疗室、水上运动馆、阳光SPA房、网吧、棋牌室、亲子乐园、风味自助餐厅、购物广场，等等，温泉里还可以添加各种名贵的中草药，提高疗效。如果你有足够的钱和足够的时间，尽可以在这里逗留个三五天，这里可满足你的一切需求，在养生保健的同时享受上帝一般的服务。如果你囊中羞涩，或者说只是单纯想泡泡温泉，那么，重庆也贴心地打造了许多温泉小站，价格美丽，服务也很周到。它们往往隐藏在青山绿水之间，远离城市喧嚣，只是安安静静的一处泉水，汩汩流淌着，几丛野花，朴素地开放，仿佛一个小小的世外桃源。你什么也不必想，升学的烦恼、就业的压力、婚姻的苦闷……通通抛诸脑后，舒舒适适地躺倒在温泉中，把自己摊成一个“大”

字，暖暖的泉水像一只温柔的手，轻轻抚摸着全身，像在细心地为你舔舐伤口，又像在默默地听你诉说心事。

温泉水滑洗凝脂，重庆美女的肌肤就在温泉的洗涤中变得更娇嫩。泡温泉，对于重庆美女来说，是家常便饭。经历了一个夏天火炉般的炙烤，皮肤难免有些干燥，天天吃着漂满油辣子和花椒的火锅与小面，保不准嘴角要起几个火气疙瘩。好在秋天来了，清凉的雾水兜头兜脸地扑下来，每个毛孔都吸饱了水分。天气一转冷，喊上几个闺蜜，泡温泉去！地道的重庆美女，都是泡温泉的行家，各处温泉的优势劣势、水温环境，她们心知肚明。不用提前做攻略，她们轻车熟路地寻得一处心仪的所在，笑着闹着走进大堂，脱掉臃肿的羽绒服或厚重的大衣，麻利地换上性感的泳装，像一尾尾可爱的美人鱼陆陆续续跃入水中。

温泉里也有小小的鱼儿，轻轻地在她们身上吸吮。这种小鱼很妙，可以把人体中老化的皮屑和毛孔分泌物吸食掉，让人一身轻松。许是吸得痒了，重庆美女扭动娇躯，笑得花枝乱颤。她们是无拘无束的，大声地唱歌，快乐地嬉戏。重庆美女白莲藕一样的手臂上挂满晶莹的水珠，在冬日的暖阳里发出晶莹的光芒。若是泡得累了，可以在旁边的小木屋里小憩一下。屋子里铺设一排石板，石板下是高温的泉水。石板微烫，躺在上面，湿答答的泳衣很快干了，全身经脉感到十分畅通。可以唤来专业的按摩师放松筋骨，也可以什么都不做，就这样惬意地躺在石板上，展示重庆美女玲珑有致的好身材。

山城风景美如画

美食撩人胃，美女动人心。而重庆的美景，也是让人无法拒绝、不忍离去的理由。无论是自然风景还是历史人文，重庆都有拿得出手的胜境。

抗日战争爆发后，日军直逼南京，形势严峻，国民政府决定迁都重庆，把重庆作为战时陪都，主要是看中了重庆特殊的地形地貌。重庆环山而建，又有长江和嘉陵江天险，易守难攻。由于国民政府的缘故，重庆形成了陪都文化，有很多历史遗迹。

以蒋介石官邸为代表，这里有很多当时的风云人物、达官贵人和抗战名将的公馆和私宅，比如宋庆龄故居，布局典雅，庭院清幽。这里有苏联大使馆，有中英联络处，有美国酒吧，有西班牙别墅。陪都重庆，就是一部抗战史。由于重庆的地形，日军无法从陆路水路进城，就从空中疯狂轰炸。重庆不肯退却，伤痕累累。今日参观这些历史遗迹，可以感觉那呼啸而过的时光，那些炮火中的伤痛与顽强。

在国共两党统一战线组织下，中国人民众志成城，取得了全民族抗战的胜利。但日军投降后，国共两党再次走向分裂。1946 年，毛泽东飞抵重庆，与蒋介石谈判。之后，内战打响。

《红岩》中有一个让人难忘的人物，他叫小萝卜头，一直跟父母生活在暗无天日的监狱里，每天吃着发霉的饭菜，由于营养不良，他长到七八岁还像四五岁的幼童一样瘦小，难友们亲切地叫他小萝卜头。他非常聪明好学，在这么恶劣的条件下还争取一切机会学文化。小萝卜头也很懂事，他会收集一些破布给妈妈缝鞋子，会在大人开会议事的时候给他们放风。然而，让人心疼的小萝卜头最终被无情地杀害了，看《红岩》的人都忍不住掉眼泪。

故事里的小萝卜头是有真实人物原型的，他叫宋振中，父亲是杨虎城将军的秘书。关押小萝卜头的地方，就是重庆的渣滓洞，它位于重庆歌乐山麓，是内战期间国民党军统关押普通革命者的地方。另外还有白公馆，关押着身份更高一点、更重要的革命领袖。歌乐山脚下有一个红岩魂广场，在重庆解放前夕，国民政府全线溃败，在这里杀害了三百多名红岩先烈。面对屠刀，这些红岩先烈视死如归，他们为新中国的解放奉献出了宝贵的生命。

红色旅游，总是让人心情沉重的，特别是在重庆，看到渣滓洞陈列的各种可怕的刑具，上面还有斑斑血迹，听着特务们审讯折磨江姐的故事，十根竹签子活活钉入她纤细的手指，不由得让人心惊胆战，遍体生寒，由此更对英勇就义的革命烈士产生深深的敬意。另外，歌乐山麓环境优美，它被称作山城重庆的一颗绿宝石，绿意盎然。除了去缅怀革命先烈，在这里也可览胜探幽。冰心、老舍等众多文豪曾在歌乐山挥毫泼墨，留下千古佳句。歌乐山云雾锁山腰，林间有清泉，满山绿树形成天然氧吧。攀上狮子峰，站在歌乐山观云台上，可以一睹山城秀色。清风过境，密林间松涛齐鸣，声如天籁，这就是著名的歌乐灵音，得静心去听方能领略其中妙处。

有山就有水，在重庆可游长江三峡。“朝辞白帝彩云间，千里江陵一日还。两岸猿声啼不住，轻舟已过万重山。”李白的诗说的就是这里，诗中的白帝城位于重庆奉节县的长江北岸，三国时期刘备曾在这里悲情托孤。长江三峡是世界上唯一可以乘船游览的大峡谷，有豪华游轮可饱览江景。两岸奇峰怪石林立，江水奔腾不息。山光水色两相交映，呈现出如诗如画的壮美奇观。

在重庆游三峡，著名的景点有历史气息浓厚的白帝城，有一夫当关万夫莫开的夔门，有虽短却扼巴鄂咽喉的瞿塘峡，更有引人入胜的巫山十二峰。巫山云雨迷离，变幻莫测，元稹曾写下深情的诗句：“曾经沧海难为水，除却巫山不是云。”传说巫山十二峰是天庭的十二位仙女，其中最美丽的神女峰就是西王母的女儿瑶姬。她们感佩大禹治水的丰功伟绩，就自愿奔波于三峡之间，制伏洪水中兴风作浪的恶龙，解救黎民百姓。在这个过程中，她们爱上了这里，不愿离开，便化作十二峰永远守护在这里。毛泽东游三峡时曾诗兴大发，吟道：“截断巫山云雨，高峡出平湖。”结果，勤劳智慧的中国人民真的把这一梦想实现了，正如毛泽东所言，若神女有灵，也会叹为观止。

作为山水之城，桥梁必不可少。重庆是中国唯一的桥都。无论是数量规模、技术水平，还是桥的风格多样化，在全国首屈一指。重庆的桥有几千座，斜拉桥、悬索桥、拱桥、梁桥样样齐全，星罗棋布地散落在重庆的各个角落。即便是土生土长的重庆人，也没有把重庆所有的桥走遍。在重庆过桥，是很有意思的事情。有的桥跨江而建，气贯长虹；有的桥拱如弯月，古色古香。长江大桥，结实稳重，风姿雄伟，是推动重庆经济发展的大动脉，在平坦宽阔的桥面上俯视奔腾的江水，心中有豪情万丈；丰都鬼城的奈何桥，令人浮想联翩，是不是在桥头喝一碗孟婆汤，就真的忘掉了前尘往事？很多人想走过奈何桥，摘取彼岸花，将人生再精彩地过一回。

吊脚楼，是重庆一个独特的景观，住着重庆的旧时光。吊脚楼是少数民族的一种别致的民居建筑。重庆是山城，吊脚楼依山傍水建成，正屋在实地上，其余三面悬空，用柱子支撑，形成一个空中楼阁，这种设计非常巧妙，可防蛇虫鼠蚁。吊脚楼一般三层，下层是不住人的，可以养家禽、堆杂物。楼上有堂屋有卧房，并有绕楼的曲廊，可晾晒衣物，可欣赏风景。曲廊配有栏杆，老人小孩行走也安全无虞。吊脚楼一般是木质的，窗格上有细致的雕花，雕的都是一些吉祥图案。飞檐翘起，各个角都悬挂着红灯笼。吊脚楼的颜色本是素净的，这红灯笼恰到好处地显出几分妖娆。如果在雾天或黑夜，白茫茫或黑黝黝的背景中，吊脚楼的红灯笼格外明亮夺目，惊艳极了。

重庆洪崖洞，就以吊脚楼为特色，全部依山就势而建，一眼望去，层层叠叠，楼上有楼，立体而奇幻。这里可体验典型的巴渝文化。洪崖洞本是穷苦人家栖身之所，现在却热闹非凡。沿街全是各种商铺，吃的玩的，应有尽有。特别是晚上，华灯齐上，吊脚楼本是清丽的小家碧玉，现在珠翠满头，更觉娉婷可爱。

若说起夜重庆之美，精华处还得数解放碑。这是重庆的标志性建筑，也是重庆核心商圈所在地。解放碑最初建于1940年孙中山逝世纪念日，在新中国成立后第二年改名为重庆人民解放纪念碑。碑高7.7米，寓意“七七事变”全面抗战开始。日军空袭时解放碑几遭损毁，经历了历史的沧桑。如今，它已是重庆的繁华地带，商业大楼、酒店饭店、购物商场汇聚于此。解放碑最易邂逅美女，但不易邂逅爱情，因为美女们的眼光被解放碑的浮华世界吸引，没空搭理你。

夜晚的解放碑和上海外滩一样人声鼎沸，这是重庆最迷人的时候，山城夜景，人间仙境。这得归功于重庆特殊的地势，重庆三步一阶五步一坎，整体倚山筑城，山势蜿蜒起伏，楼房参差重叠，万家灯火齐燃，形成了瑰丽多彩的山城夜景。仰视有灯光，似在山巅云端倾下一斛明珠；俯视有灯光，江面波光粼粼，桥梁雄跨两岸。平视也有灯光，照着匆匆走来的重庆美女，灯光下傲娇的辣妹子显得温柔多情。欣赏重庆夜景的方式很多，可登高鸟瞰，可漫游车河，可闲庭信步，无论用什么方式，都能看到一个流光溢彩的重庆。

“君问归期未有期，巴山夜雨涨秋池。何当共剪西窗烛，却话巴山夜雨时。”重庆不能只去一次，它的美景太多。喜欢文史宗教的，可去大足石刻，它以佛教造像为主，是世界石窟艺术代表，技术娴熟精湛，表情生动传神；喜欢自然风景的，可去佛影峡生态旅游区，体验勇士漂流、星空野营多种户外挑战项目，惊险又刺激；红色旅游区访一访，感受革命豪情；火锅啤酒嗨起来，享受乐活人生。漂亮的重庆美女向你招手，何当共剪西窗烛？重庆走起！

休闲成都　天府之国

咏史诗·成都

（唐）胡曾

杜宇曾为蜀帝王，化禽飞去旧城荒。

年年来叫桃花月，似向春风诉国亡。

这是一座来了就不想走的城市，“晓看红湿处，花重锦官城”，说的是四川成都，富饶的天府之国，它休闲却不懒散，时尚而有内涵。锦江烟水绿，蓉城气象新，金铺玉砌起华堂，垆边美人似皎月，成都让人如沐春风。李白曾诗云：“九天开出一成都，万户千家入画图。草树云山如锦绣，秦川得及此间无。”

仰望青城天下幽

成都是三国时蜀汉都邑，中国十大古都之一。随着经济重心的南移，唐宋时的成都经济非常繁荣，成为全国数一数二的城市，有“扬一益二”之说，益州就是成都。北宋的时候，成都人有一大创举，发行了封建王朝唯一的纸币——交子，这也是世界上最早的纸币。虽然昙花一现，却显示了当时成都富可敌国的实力，以及成都人敢为天下先的精明头脑。

成都平原沃野千里，都江堰浩浩荡荡，如奏一曲永不落寞的青春之歌。都江堰被誉为“世界水利文化的鼻祖”，它位于成都平原岷江之上，岷江遥从天际而来，千里穿越，连天绿波。岷江是豪放而随性的，常年旱涝无常。它水流湍急，若在暴雨连天时形成江洪，就将成都淹没在一片汪洋中；但如果在旱年，岷江水涸，赤地生烟，也一样民不聊生。蜀郡太守李冰主持修建都江堰，将岷江分流，既引水灌田又防洪减灾，从此水旱由人，造福成都平原。

都江堰鱼嘴，堤形如鱼嘴，吞吐河床的泥沙，江水更为清澈；飞沙堰泄洪排沙，固若金汤；宝瓶口如一只俏丽的花瓶，装着甘露，为人们输送汩汩清流。盈盈一水间，“恩波浩渺连三楚，惠泽膏流润九垓”，使天府之国不知饥馑，人口日益稠密，农业发达，物产丰富。古诗有云：“稻米流脂粟米白，公私仓廪俱丰实。”

余秋雨怀着深情感叹：“中国历史上最激动人心的工程不是长城，而是都江堰。”长城凝重，而都江堰是灵动的，金戈铁马的寒风不再在长城呼啸，都江堰却依然水沃平川，伏龙观前急流浩荡，不是海水但也一样壮美无边，水的咆哮声里吟诵一个亘古不变的话题：风调雨顺，国泰民安。

游览都江堰，不免感怀李冰的奇功。在没有任何机械化工具的时代，他用一把锸和胸中那颗救民于危困的赤诚之心，修建了如此规模宏大、彪炳千秋的工程。开凿宝瓶口时，用烈火炙烧岩石，再取冰雪激之，使得巨石碎裂于江水之中。伏龙观和二王庙中都立有李冰的塑像，两千年后的人们仍在蒙受他的恩泽，他赫然成为人们心目中的水神。江流滚滚，玉垒森森，都江堰是巴蜀的生命之源，也是劳动人民智慧的结晶。

安澜索桥横架于都江堰上，无比险峻，但风景绝佳，战战兢兢走上去，桥身晃动不歇，心慌意乱的游人死死抓住铁索，胆小的人则不敢往下看。桥下正怒涛澎湃，仿佛顷刻间地动山摇，江水澎湃翻滚，几欲冲上桥面。但江水依然是驯服的，都江堰好比缚龙锁，将蛟龙一般的岷江缚住了，使它不得任性肆虐，而如余秋雨笔下所言，是一种“壮丽的驯顺”，咆哮到让人心魄俱夺，也没有一滴水溅错了方位。岷江臣服于都江堰中，豪放奔涌的万顷碧涛中呈现了脉脉柔情，历经两千年，它已爱上了成都这片沃土，也甘心为它放下高傲的身段，只为了使它变得更美好。

“拜水都江堰，问道青城山。”四川成都青城山，林木葱茏，四季常青，正如一座碧青的城池。青城山是中国四大道教名山之一，有着深厚的历史文化积淀，群峰环绕，丹梯千级，最是幽洁静谧，空气非常新鲜，是国家首批5A级旅游景区，道教文化更增添了它的魅力。

被道教称为祖天师的张道陵，便是在青城山创立了天师道。他本名张陵，是一个传奇人物，出生时天降祥瑞，满室异香，长大后聪慧博学，腹藏锦绣。汉朝天子多次赐官，但张陵坚辞不受，他说：“我志在青山中。”并奉劝皇帝清心寡欲，以无为而治维护天下稳定，这也是道家思想精髓。张陵一路云游传道，居龙虎山时龙虎齐出相拜，居鹤鸣山时石鹤引颈长鸣。传说太上老君特意下界授其法术，后至青城山，设下道坛伏妖降魔，佐国安民。

青城山中有数十座道教宫观，以天师洞为核心，正是张天师修道降魔之处。主殿三清殿的匾额为康熙墨宝：丹台碧洞。为什么题这几个字呢？康熙年间全真道士在此主持教务，如今青城山道教所传正属于全真道龙门派丹台碧洞宗。但人们说起道教，首先想到的还是张天师，他在此潜心修炼，服灵丹以健体，驱俗念以强身，并以符水治疗百姓疾病。巨石挡路，张天师挥剑击之，遂裂为三块，得名三岛石，石边有股清泉，叮咚作响，景致宜人。张天师作符时掷下的笔，则形成幽深的峡谷，称作掷笔槽。白雾迷离，似乎仍有仙人踪迹，恍惚间，如见张天师悠然从满山的绿意中驾云而出，衣袂飘飘，气度威严庄重，眉目间却流露出对天下苍生的仁慈。

青城山有前山后山之分，前山多道观庙宇，侧重古迹，后山则为一片大好自然风光，青山叠翠，溪流潺潺，飞瀑溅起晶莹的水花，不愧“青城天下幽”的美名。

去后山一般经过五龙沟，传说此处有五条神龙出没，故得此名。而今也见五条山脊，状如飞龙，当地人称作“五龙抢宝”。有沟必有水，苍峰幽谷间，不时闪现天然的瀑布流水，水质明净透彻，岩石被洗得透亮，和煦的阳光下，每一个水滴欲语还休，仿佛在诉说青城山古老的故事。有的瀑布很大，飞流直下气势雄浑，像征战沙场的将军；有的则温温柔柔，小家碧玉一般，俏生生地立在面前，让人心生怜爱。

泉水很多，尤以三潭雾泉为美，三道飞泉呼啸而下，激流奔涌，疑是瑶池水从天上倾泻而出，洞中水雾弥漫，云蒸霞蔚，缓缓地注入潭中。微风轻拂，水波荡漾，似春闺少女的眼波，含着脉脉情意。又像是一方光洁的宝镜，有多少美丽的姑娘，在此莲步蹁跹，临镜梳妆？三潭雾泉还有一个可爱的别名，叫金娃娃沱。传说天宫的一对金童玉女曾在这里戏耍，胖胖的小手臂掬起泉水，像水中长出了白莲藕，山间回荡着银铃一般的笑声。

“山重水复疑无路，柳暗花明又一村。”从金娃娃沱走过，来到又一村，这是青城后山的一个村镇，有很多客栈酒楼，可以吃到地道的青城山老腊肉。山民们把猪赶到山坡上，喝山泉水吃野果，屠宰后腌好，再烟熏火燎一个月，做出的腊肉片片肥瘦均匀，肉皮金黄，瘦肉黑红，奇香扑鼻。汤里搁上两三片，又鲜又美；若是做煲仔饭吃，肉油浸到饭粒里，米饭泛着光泽，便是肥肉也不腻，最是开胃。外地的游客品尝后，总要捎点回去，老腊肉能存放很久，吃起来也方便。最好配上洞天乳酒，这是用青城山的猕猴桃果酿成的酒，味道清甜，果香满口，可畅饮三杯。

青城山一天是逛不完的，山里有索道有滑竿，但若匆匆离去岂不辜负了青城山之美意？所以很多人选择住上一宿。房屋掩映在青山碧水之间，或是在山顶俯望，或是于山脚依偎。山间不仅有树，也有很多山花，红杜鹃漫山遍野，紫茉莉笑绽山腰，桃花朵朵，绣球簇簇，弥漫的淡淡花香使青城山更为妖娆。一座栈桥横跨在湍急的溪流之上，满眼的苍翠融天下之幽，蓝天白云下的木质建筑风格别具特色。它们依山而建，在青城山深处的云雾秘境中，这些幽静的山房像一处处道家修行秘境，巧妙地利用山形地貌，横跨在山涧之上，群山之中，藏在大片大片铺天盖地的绿野里。

寻个小屋住下，慢条斯理地私会青城。夜来临了，青城山更为清幽，它坠入了幽蓝幽蓝的梦境之中，仿佛爱丽丝漫游仙境。几盏灯火，温暖而迷人，烘托出这温柔的夜色，似一杯醉人的佳酿。柔和的灯光下，也许正有一家人围桌而坐，言笑晏晏，其乐融融，谈着陈年往事，或是街头巷尾的新闻。年轻的母亲怀抱着熟睡的婴儿，低声唱着儿歌。有没有爱数星星的女孩，抱膝坐在清凉的夜风里，翘首等待情郎来约？庭院深深，有多少故事，有多少心事？

青城山的夜色最撩人，我独爱这山风，轻盈清爽的吹来，带着早春空气的芬芳，吹进我今宵的梦里。

草堂夜雨过琴台

“诗圣”杜甫，一生命运多舛，颠沛流离。他和李白不同，李白生于盛唐，又具有天生的浪漫主义情怀。李白的诗风是豪迈而有个性的，充满丰富的想象力和大胆的夸张手法；杜甫则贴近现实，他的诗作深沉浓郁。经历“安史之乱”，唐朝正由盛而衰，杜甫身心俱疲，他看到战火连天酷吏横行，百姓骨肉分离，无家可归。他忧国忧民，却深感无力回天，写下著名的“三吏”“三别”后，弃官归隐。

杜甫决定来成都，这是需要一定勇气的。李白早说过：“蜀道之难，难于上青天。”所以当杜甫拖家带口千里迢迢赶来时，心情是十分复杂的。在他的《成都府》中，他细致地描写了自己的所见所感，苍茫暮色中，山长水阔，杜甫思念故土，却不得不客居他乡，他羡慕归巢的鸟雀自由自在，更忧心中原的战事音信渺茫。但杜甫终究是豁达的，他想道：“自古有羁旅，我何苦哀伤。”他决心在这个新地方筑一个草堂。杜甫名满天下，草堂在朋友们的资助下建了起来。后来几经损毁，各朝各代修缮，就演变为成都著名的杜甫草堂。

来成都自然要去浣花溪边拜会杜甫草堂，想象诗人刚来时，站在成都这片沃土上，他无心欣赏风景，住在茅屋中，愁肠百结。寒秋的冷风卷走屋顶的茅草，天边的乌云像墨汁一样黑，盖了多年的棉被硬得像一块铁板。漫漫长夜，杜甫辗转难眠，他心里想的不是自己的境遇，而是为天下人焦灼苦闷。他呼吁“安得广厦千万间，大庇天下寒士俱欢颜，风雨不动安如山”。只要天下贫寒的读书人都有个安身立命之处，杜甫宁可在茅屋受冻度日，这种博大的胸襟与崇高的情感不得不让人钦佩。

后来，“安史之乱”平定，杜甫重返草堂，心情十分畅快。他在草堂栽桃种李，植竹养松，很快为它的风景着迷。看着碧蓝的天际，他写下千古佳句：“两个黄鹂鸣翠柳，一行白鹭上青天。窗含西岭千秋雪，门泊东吴万里船。”活泼的黄鹂在柳丝间啼叫，白鹭结伴飞上苍穹，杜甫施施然望着岷山终年未融的积雪和岷江来往穿梭的船只，草堂的春色使他陶醉。

如今的杜甫草堂虽没有诗人的踪影，但风景还在，诗歌还在，杜甫在这里创作过两百多首脍炙人口的诗歌。进入草堂，可以看到诗中所建的茅屋，虽为后人重建，但恢复了杜甫故居原貌，细流绕竹篱，柴扉尽芳草。一处茅草作顶的亭中树有石碑，即少陵碑亭，因杜甫称自己为杜少陵。写这四个字的人身份赫赫，是清朝的果亲王允礼，康熙之子雍正之弟，就是热播大剧《甄嬛传》中与甄嬛产生感情纠葛的那位皇室贵胄。不仅这里，正门的“草堂”二字也是果亲王所题，剧中的他风度翩翩，这里的真人手迹也是笔力清朗，值得一观。

过柴门，想到杜甫的“野老篱前江岸回，柴门不正逐江开”。江流曲折婉转，怀抱青郊，浣花溪风清月明。走花径，想到杜甫的“花径不曾缘客扫，蓬门今始为君开”。燕子在堂前筑巢，梅花在院里吐蕊。“老妻画纸为棋局，稚子敲针作钓钩。”棋局还在，钓钩也在，诗人的田园生活如在眼前，阶前丛丛碧草间似有淡淡酒味，那是杜甫在与朋友小酌。

邓小平曾五次拜谒杜甫草堂，认为不到草堂枉过成都。草堂所在的浣花溪，已被建成一所美丽的公园，白鹭在湖中栖息，翠竹掩映花墙。传说有心地善良的成都女儿在溪边为一个陌路且肮脏的僧人洗袍，手到之处溪中开出朵朵莲花，故名浣花溪。但更多的人认为与蜀锦有关，蜀锦光华灿烂，是中国四大名锦之一。蜀锦需要在水中洗濯，一匹匹铺展开，像天边的彩云浮动，又如庭中的百花盛放。“濯锦江边两岸花，春风吹浪正淘沙。女郎剪下鸳鸯锦，将向中流匹晚霞。”秀丽的成都女郎在溪中濯锦，就仿佛在浣花，花开满溪，载着诗情与画意飘向杜甫草堂的方向。

草堂的夜雨滴滴答答，杜甫和他的妻子杨氏在闲话家常，温馨的，恬静的，像天边的夕阳一样温暖。杜甫很爱他的妻子，唐朝文人雅士多风流，纳妾蓄妓为平常事，但杜甫一生只娶杨氏一人。虽然在诗中，他只是淡淡地称呼她为“老妻”，但他对她的爱是忠贞而真挚的，在一起时相濡以沫，分离时刻骨相思，在奔波动荡中，两人是彼此的支撑，从新婚到辞世，杜甫始终如一。这是很多封建社会的女人求而不得的爱，在成都的琴台路上，就徘徊着这样一个爱情曲折的女人。

她出生的年代比杜甫要早，杜妻是官家小姐，而她是富家千金，一样的花容月貌、知书达理，她是美女，也是才女，她就是汉朝的卓文君。每一个成都的人，都忘不了她的“山上雪”，她的“云间月”，她勇敢地追逐爱情，也努力捍卫婚姻。

卓文君年轻守寡，寄身娘家。正惆怅彷徨中，她在父亲的宴席上，瞥见了青年才俊司马相如。只一眼，她就认定这是她要跟随一生的人。人群之中的司马相如不仅丰神如玉，而且才气纵横，一曲《凤求凰》让卓文君羞红了双颊。但此时的司马相如是个穷困潦倒的书生，卓家的高门大户接受不了这样的人做东床快婿。卓文君没有丝毫犹豫，甘愿抛下锦衣玉食的生活，和司马相如私奔。

此时的卓文君，心里怀揣着对爱的向往，她一往无前、无怨无悔地奔向自己的爱人，不惜站在舆论的风口浪尖上，不惜被整个家族抛弃，贫贱夫妻百事哀，她也不在乎！卓文君纤弱的身体里蕴藏着巨大的力量，她和司马相如在成都开起了小酒肆，卓文君当垆卖酒，言笑晏晏，日子虽然清苦，但这应该是卓文君人生中最幸福的时光。新婚燕尔，如胶似漆，她甘愿为自己所爱的人放下身段抛头露面。此时的她，肯定想不到，将来有一天，司马相如会辜负她、抛弃她。

卓文君的父亲毕竟放不下女儿，或者说放不下家族的脸面，最终给了他们一笔钱。司马相如发愤苦读，虽然这是一个连科举考试都没有的时代，但司马相如不是池中之物。汉朝兴赋，辞藻华丽，气势恢宏，司马相如是其中高手，《子虚赋》《上林赋》写得洋洋洒洒，让汉武帝龙心大悦。司马相如声名鹊起，意气风发，他流连于长安的春花秋月之中，忘记了在成都苦等他的卓文君。

夜夜霜华冷，卓文君不知流了多少眼泪，左等右等，等来司马相如的绝情信。在民间故事中，卓文君将信中的数字串成一首长诗，如泣如诉，触动了司马相如。但更让人欣赏的，是她的《白头吟》，“闻君有两意，故来相决绝”。她是不卑不亢的，如果爱情消失，她不会苦苦哀求，她想要彻底而纯粹的“一心人”，能与之共赴白首不离不弃，如果不能，她也可以潇洒地离开。

司马相如终是回心转意了，于是这段爱情有了一个看似完美的结局：浪子回头，破镜重圆，成了一段佳话。没有人再关心卓文君心里受过的伤害，也许她自己也不愿再想起，生活总是要继续。

婚姻不易，且行且珍惜。琴台路是值得走走的，不说它青瓦红楼古色古香的街道，也不说它横贯全街的汉代画像砖，只这一个爱情故事就值得所有身在围城中的人去品味、去反思。司马相如和卓文君的酒肆已不在，但这里还是有很多他们的回忆。历经波折的卓文君，不会忘了这里，她沽酒他涤器，琴瑟和鸣，最纯的爱恋、最真挚的心。

杜甫住在成都时，也从草堂来这里探访，并写下一首《琴台》。他避开了这段伤怀的插曲，只描绘司马相如与卓文君情比金坚。“茂陵多病后，尚爱卓文君。酒肆人间世，琴台日暮云。野花留宝靥，蔓草见罗裙。归凤求凰意，寥寥不复闻。”懂得珍惜，才会拥有幸福，琴台路的爱情佳话，告诫每一个处在婚姻中或正要进入婚姻的人，爱是勇敢，爱是坚持，爱是包容。杜甫草堂呈现的是心忧天下的家国情怀，是大我；琴台路则表达的是风雨同行的婚姻感悟，是小我。草堂使人心胸开阔，琴台使人五内缠绵，这是成都的旧事，也是成都的滋味。

锦里风流天下无

成都又称蓉城。锦里是蓉城的一条古街，从秦汉到三国，再到隋唐五代，那时的蜀人就在这里，编织芙蓉花一般的梦境。三国的风云是这条街的背景，富丽的蜀锦是这条街的衣裳，而四川的民俗文化则构成了这条街的核心内容。

武侯祠与锦里相邻，这是全国最负盛名的三国遗迹博物馆。三国是一段特殊的历史，天下鼎足三分，英雄豪杰们在乱世中建功立业。成都为蜀，是刘备的地盘。白帝城托孤之后，刘备的灵柩下葬于成都，昭烈庙因之而产生。但成都人更愿意把它称为武侯祠，君臣合祀，可能因为诸葛亮在人们心中的形象更为光彩。

《三国演义》中的诸葛亮拥有神鬼莫测的智慧，出场就很高调，刘备三顾茅庐才请来他出山。他擅用火，火烧赤壁、火烧新野、火烧博望坡、火烧藤甲兵；他擅借东西，借箭、借东风、借荆州；他擅算人心，空城之中他从容镇定城楼抚琴，算准了多疑的司马懿不敢贸然进攻，他还算到曹操要败走华容道，算到魏延要在他死后谋反……诸葛亮口才犀利，入东吴舌战群儒，出祁山骂死王朗；诸葛亮赤胆忠心，刘备死后，他独撑蜀汉政局，鞠躬尽瘁日理万机，从未想过取刘禅而代之，最终积劳成疾累死在五丈原。

鲁迅曾批评《三国演义》“状诸葛之多智而近妖”，但人们实在喜爱这个角色，而且在正史上诸葛亮确实是蜀国宰相，也一直受到百姓的爱戴。《出师表》字字泣血，这是诸葛亮的心声，“亲贤臣、远小人”，他想要为天下苍生打造的是一个太平盛世。

“出师未捷身先死，长使英雄泪满襟。”拜谒武侯祠，看到诸葛亮的塑像，羽扇纶巾气定神闲。可能他在沉思，如今蜀地一片安定繁荣，他也没什么忧心的了。可能他在回忆往事，想到那些和他并肩作战的朋友，义薄云天的关羽，粗中有细的张飞，一身是胆的赵子龙；还有他的对手们，被他活活气死的周瑜，被他七擒七纵的孟获，当然还有一次次与之生死较量的司马懿。三国的风云渐渐消散，也许他们能在另一个世界握手言和。

武侯祠内一副“攻心联”颇耐人寻味：“能攻心则反侧自消，从古知兵非好战；不审势即宽严皆误，后来治蜀要深思。”诸葛亮以严治蜀，攻心为上，值得后人借鉴与学习。毛泽东就曾在这副对联前驻足良久，细细品味。其实不仅领兵与治国，平常的人与人之间的相处，公司团队之间的合作，商业对手之间的竞争，“攻心”二字，都有启迪意味，将心比心，推己度人，往往能取得意想不到的效果。

踩着石板路，顺着朱红墙，出了竹影婆娑的武侯祠，便是繁华喧闹的锦里，浓浓川味扑面而来。满街在卖张飞牛肉，看起来黝黑黝黑的不打眼，嚼起来却特别的香。“三大炮”可不是真的大炮，而是一种糯米做的小吃，在锅里抛掷时声震于耳，得了这么个霸气的名字，口感却是甜甜蜜蜜的。古色古香的房檐上高悬着大红灯笼，锦里是成都的清明上河图，动态的、热闹的、活色生香的。戏台上正表演着川剧变脸的绝技，袍袖一拂，脸色由红变黑，从关云长变成了张翼德，再一转身，又于刹那间变作白脸的曹操，神乎其技。

有人在安静的茶馆里泡开了一杯蒲江雀舌；有人在热闹的小店里欣赏并挑选着精美的工艺品；有人舒舒服服地躺在躺椅上，闭着眼睛享受掏耳朵的服务。高手在民间，锦里卧虎藏龙，可以看很多珍稀的民间艺术。戴着眼镜的老师傅在蛋壳上作画、在米粒上雕字；貌不惊人的中年大妈能捏出惟妙惟肖的泥人，吹出又好看又好吃的糖画。

锦里的夜晚更有味道，一盏盏点亮的红灯笼，含情欲诉心中事，青石板路泛着幽幽的光泽。曾经有个老外来华，扬言“我将在一年内吃遍中国”，可是五年过去了，他还没离开成都，没离开锦里，满街小吃拴住了他。它们在纸盒里装着，碗钵里盛着，竞相卖弄着自己的色香味，满街人潮，眼睛嘴巴都不闲着。吃在成都，火锅、串串，成都跳动在一勺勺沸腾的红汤里，串在一根根竹签子上。细细的一碗街头担担面，也要浇上十几味配料，隆重地端上桌来。红艳的夫妻肺片，金黄的口水鸡，沾满酱汁的兔头，麻辣鲜香的川菜……让人们的味蕾苏醒了。

龙抄手就是馄饨，皮薄且滑，绢纱一般，肉馅嫩，汤色白。豆花软得像婴儿的肌肤，又如凝露，入嘴一瞬就滑入胃中。蜀人喜食辣，龙抄手也要滴红油，豆花也要淋酸辣汁，满头大汗地吃下去，直呼过瘾。

宽窄巷子类似于锦里，饭店酒楼更多，更显小资气质，人们把它称为“成都人的会客厅”。别致的小庭院，错错落落地开满鲜花，千朵万朵压枝低，细瓷盖碗里沏上酽茶，和放置它们的小木桌一起构成一幅画，多么的文艺！像是鼓浪屿，又像丽江古城，但仔细一看又都不是，是成都自己的风韵。锦里路直，宽窄巷子则有点曲曲弯弯的，逛起来要费点工夫。成都人是不怕费工夫的，他们可以用几小时在瓷胎上用精细的竹丝编织漂亮的图案，竹丝如发丝一般纤细，纹丝不错、密密地交织着，小花瓶小茶杯都换上了新衣裳。成都是一座休闲的城市，锦里也好，宽窄巷子也好，急匆匆地走过品不出它的风情，非要慢慢逛才好。

锦里与宽窄巷子都有熊猫邮局，成都人爱熊猫，四川是熊猫的故乡，成都是熊猫的摇篮。它们圆滚滚的身子被编进了瓷胎竹编里，印在熊猫邮局的明信片上。当然也可以去看真的熊猫，成都大熊猫繁育研究基地全球有名，青山之中有啼鸟，竹林之畔育香花，一只只憨态可掬的熊猫在快活地玩耍，萌萌的样子逗人喜爱。从熊猫邮局寄一张熊猫明信片给远方的亲人，寄去的是来自成都的深深祝福。

来过成都的人必然爱上成都。“倚锦瑟，击玉壶，吴中狂士游成都。”来者是诗人陆游，他在四川待了九年，锦城一觉繁华梦。陆游从青羊宫去拜谒杜甫草堂，一路梅林花开，冷香幽幽；陆游在锦江边骑着青丝金络白雪驹，看见楼宇从烟柳间闪现，花枝低拂过马头的鬃毛。成都，是陆游心里的十万株海棠，是鲜嫩的竹笋和脍鱼，是唐婉的动人笑靥。成都，不是陆游的故园，却是忘不掉的他乡，繁华富丽天下无。

过客犹如此，成都人更爱自己的城市，成都人不愿离开家乡，兜兜转转总会再次回到这里。“隔墙听见寺僧晚唱梵呗，钟磬悠悠。若召迷魂归去，我愿在那里，不再返回。”这是作家流沙河笔下的成都。流沙河称自己是旧时代最后一批成都少年郎，生长于斯，终身爱恋。他在成都生活了几十年，熟悉它的每一个角落，爱它月明星稀的过往，也爱它灯火辉煌的如今。成都，是家乡人的一场芙蓉秋梦。

芙蓉是花蕊夫人的最爱。这个冰肌玉骨香无汗的女子，得到蜀主孟昶的三千宠爱，为她种下满成都的芙蓉花，更为她建起水晶一般的宫殿，珊瑚为窗玉为门。怎奈战火燃起，险要的蜀地山川也阻挡不了宋太祖一统天下的决心。国破而家亡，花蕊夫人是无奈而悲愤的，她说："十四万人齐解甲，宁无一个是男儿。"虽然宋太祖一样怜爱她，但午夜梦回，她总是思念成都，思念藏在芙蓉花里的往事。

是谁在望江楼汲取井水，制成桃花色的精美诗笺，写下一行行相思？才女薛涛，一朵长袖善舞的解语花，芳名远播，交友天下。但无论是以美貌侍人，还是以才华娱宾，她其实并不情愿，她心里只中意元稹一个，只是这爱情来得太迟，任她如何努力争取也留不住风流郎君的心。"风花日将老，佳期犹渺渺。不结同心人，空结同心草。"无人能理解她于枇杷巷中的寂寞，以及她散落在浣花溪的忧愁。

成都，书写在文人墨客的川行华章中，记录在倩女娇娥的低吟浅唱里。它是张籍的新雨山头，满坡荔枝；是李商隐的雪岭醉客，江上晴云；是柳永的蚕市繁华，歌台舞榭。春熙路，春色如许，熙熙攘攘，美女如云。青羊宫，殿阔宇深，香烟缭绕，车水马龙。

成都，富饶的天府，艳美的锦城，休闲惬意的一方水土。古堰流碧，青城叠翠，拜罢武侯逛锦里，成都鸟语花香。风景，人文，美食，让人一见倾心。平生不入川，入川恋成都。

凝重西安　时光漫步

登科后

（唐）孟郊

昔日龌龊不足夸，今朝放荡思无涯。

春风得意马蹄疾，一日看尽长安花。

“长相思，在长安。”长安就是西安，一个有故事的城市。城墙根上的每一块砖，都留着历史的痕迹。秦俑汉宫，鼎盛大唐，丝绸之路在这里走出第一步，国共抗日在这里吹响了号角。成王败寇，繁华落寞，几千年的中华文明，历练出西安城博大的胸襟。来到西安，仿佛穿越时空，体验时代变迁中的壮丽与雄奇。

秦砖汉瓦扫六合

从骊山的那场烽火看起。曾有一个多情帝王，为了博自己心爱的妃子一笑，不惜冒天下之大不韪，最终国破身亡。他就是周幽王。那个妃子是褒姒，一个艳若桃李冷若冰霜的美人。幽王爱她，恨不得捧来全天下送给她，他也的确这么做了。烽火台，古时用来传递紧急军情的联络信号。西周实行的是分封制，被分封的诸侯如群星拱月一般散落各地拱卫王室。一旦天子点燃烽火，他们要迅速带兵赶来支援。幽王为博褒姒一笑烽火戏诸侯，无事生非平地起波澜，诸侯心寒西周散，后人对此唏嘘不已。对多情的幽王来说，他终于看到美人笑了，为此他奉献了倾国之爱。谁能有他的大手笔？今日站在西安骊山烽火台上，不由感慨万千。遥想当年烽火起，满天若赤霞，那场兵荒马乱的爱情，却有令人心动的滋味。

如果说幽王不能算真正的帝王，那么西安城还长眠着千古一帝——秦始皇。他一手开创了中国历史上的首个统一王朝，奠定了整个封建社会政治制度和经济文化的基础。“秦王扫六合，虎视何雄哉。挥剑决浮云，诸侯尽西来。”来到咸阳，来到西安，一睹千古一帝的风采。他杀伐决断，采用远交近攻之术，统一六国，纵横天下。他开创三公九卿制和皇帝制，废分封行郡县，加强中央集权。车同轨，书同文，整个世界为之刮目相看。如今，秦始皇安卧于骊山之畔，他的皇陵在即位时就开始营造，仿都城咸阳布局，事死如事生。一冢独墓，天下至尊。地宫中有各种机关，结构奇特。当然更让人震撼的，是兵马俑，它是西安的金招牌，也是世界八大奇迹之一。

兵马俑位于皇陵东侧，三坑呈品字形排列，井然有序。兵马俑数量繁多，有几千人俑，但绝不雷同，千人千面，每一个都形神俱备，就连头发丝和鞋底都精雕细琢。他们和真人一样大小，身披铠甲，手握兵刃，目光炯炯，似随时准备奔赴沙场作战。他们脸上的表情也十分生动，那种为国为家一往无前的坚毅与勇敢纤毫毕现。坑中另有战车战马数百，无不栩栩如生。战马昂首嘶鸣不休，战车威风凛凛整装待发。这气势恢宏的地下军团，让观者无不赞叹。时任美国总统尼克松访华时来西安看兵马俑，感慨地说：“来到这里，我意识到未来中国的潜在力量。”法国总统希拉克说：“不看金字塔不算真正到过埃及，不看秦俑不算真正到过中国。”

静默的秦俑，无声的力量。这是一支威武之师，他们伫立在这里，留下一个王朝叱咤风云的辉煌战绩。站在坑中，似隐约听见战鼓轰鸣，听见兵戈相击的铮铮作响，看见沙场上的枯草与狼烟，铁马冰河入梦来。

秦始皇的功绩彪炳千秋，但也有穷兵黩武、大兴土木之过。“六王毕，四海一；蜀山兀，阿房出。”阿房宫，位于西安市郊，被称为“天下第一宫”，是秦始皇修建的新朝宫，但直到他驾崩还没修成。后来秦二世即位，陈胜、吴广大泽乡起义，天下大乱，直到赵高逼死秦二世，阿房宫彻底停工。它的工程量太巨大了，现在所存的前殿遗址，面积相当于90个标准足球场。阿房宫之名有很多传说，最浪漫的莫过于嬴政爱上一个叫阿房的女子，为她修起这琼楼玉宇。阿房宫是很美的，杜牧的《阿房宫赋》中描述得十分细致，它绵延百里隔离天日，五步一楼十步一阁，廊如绸带，檐似飞鸟，长桥卧波，殿宇幽深。宫殿里有无数奇珍异宝，美女如云。观阿房宫如观圆明园，一边惊叹中华文明的光辉灿烂，一边在历史的断壁颓垣上反思与叹息。

穿秦入汉。经历秦末农民起义的重创，国家经济凋敝，饥民遍野，人心惶惶，及至楚霸王乌江自刎，刘邦做了天子，一个新的王朝开始了。西安，迎来西汉。刘邦定都于此，给他取名“长安”，长治久安的意思。

西安有汉代三大宫殿：长乐宫、未央宫、建章宫。1954年在汉墓出土的瓦当上有长安未央的字样。因楚汉之争，项羽火烧咸阳城，汉朝重建宫室，以显天子之威，以归万民之心。但自刘邦后，长乐宫为太后居所，建筑风格庄重规整。未央宫更为考究，木兰为椽杏作柱，金玉的门楼，嵌有奇珍异宝，因为皇帝住在这里，也就成为汉朝的象征。宫中有很多建筑，名气比较大的，如椒房殿，影视剧中经常出现，用花椒粉涂墙，温暖清香，花椒多子，又是好兆头。所谓椒房之宠，与众不同。这可不是一般人能住的，是皇后寝宫。椒房殿冬日生春，而清凉殿则恰恰相反，殿中以玉石为床，紫琉璃为帐，再取来一个大水晶盘，盛满冬日贮藏的冰块，炎炎夏日如降秋霜。

西汉宫殿的重重宫门中，住过精于权术的吕雉，以雷霆手腕执掌天下；住过冰雪聪明的窦漪房，辅佐了三代明君；住过高贵刁蛮的陈阿娇，皇帝年少时见到她，就许诺以金屋贮之，后来有了新宠卫子夫，就把她丢在长门，千金买赋也唤不回帝王心；住过娇媚狠辣的赵飞燕，轻盈宛转，能在掌中跳舞，与她的妹妹赵合德同被认作祸水红颜。西汉的城门口，走出过孤傲绝艳的王昭君。于瑟瑟的秋风中，她素马轻骑，盈盈而出，奏一曲《琵琶怨》，四野无声，平沙落雁，她一袭红装迎风而立，回望故乡泪落如雨。西汉的长街上，徘徊过伤心难过的卓文君。她是民间富家女，跟着穷小子司马相如四处奔波，当垆卖酒。当他名满天下，可出入汉宫时，却辜负了她。宫门深锁，何处觅得一心人，共赴白首不离分？

然而，由于汉末之乱，汉宫几近毁于一旦。现存的为宫殿遗址，自然有几分荒凉，但有汉朝情结的人，或是闲来爱翻史书的人，还是值得去走走的。这里有太多的传奇，太多的帝王将相，英雄美人。寻一个清净处，坐下来，细细品味。

西安，就是一个值得品味的城市，一边看风景，一边遥想千年的古韵。

曾有一个智者，他怀揣一国之宝和氏璧，睿智地与秦王周旋，毫发无损完璧归去，他是舌灿莲花的蔺相如；曾有一个壮士，他从易水而来，风萧萧兮易水寒，肩负着悲壮的使命，他是勇刺秦王的荆轲；曾有一位忠臣，经历塞外19年的风沙，不改初心终回故土，他是北海牧羊的苏武。

这里，曾出现过文景之治，自汉高祖刘邦开始，统治者采用黄老之术，无为而治休养生息。汉文帝刘恒、汉武帝刘启，“躬修位节，以安百姓”，轻徭薄赋，劝课农桑，虚怀纳谏，赋税收得少了，刑法变得轻了，皇帝带头节约，爱惜民力。文景之治后，西汉国力逐渐振兴，史书记载库房里的铜钱太多了，因为久而不用，穿钱的绳子都烂掉了。中华民族的鼎盛江山，由此开始。

汉武帝，是西汉最耀眼的帝王，励精图治，文武兼备。西安的汉城湖公园，有汉武帝封禅天下的雕像。这是目前国内皇帝雕像最大的一座，他从宽大的袍袖里伸出右臂，君临天下俯视苍生。汉武帝从无为到有为，“罢黜百家，独尊儒术”。他采用“推恩令”解决王国问题，王国分小了，集权加强了。他派卫青、霍去病多次北击匈奴，平定边境之患。另外，他还开创了一条连接古老东方与神秘西方的“阳光大道”。

丝绸之路，光从名字来听，就已华美壮观惹人遐想。事实上，它也的确意义非凡。它的起点，就是西安。从这里出发，经河西走廊，一路到西域，途经中亚诸国，深入地中海，成为联结亚欧大陆的古代东西方文明的交汇之路。丝绸之路的出现，有一点无心插柳的意味。汉武帝派张骞出使西域，本是想联合大月氏共击匈奴。张骞历经艰难险阻，原有的使命没完成，却带回西域的汗血宝马和甘洌的葡萄酒。从此，驼铃响起，风漫黄沙，万匹丝霞，映得边关荒漠光华似锦。自“一带一路”倡议的提出，作为古丝绸之路起点的西安更成为炙手可热之处。

一日看尽长安花

唐朝，中国历史上最鼎盛的王朝。从贞观之治到开元盛世，唐朝政治稳定，国富民强，“稻米流脂粟米白，公私仓廪俱丰实”。在优美的唐诗中，我们窥见西安在盛唐时期的帝王气息，以及它极尽富庶繁华的旧时风貌。“三月三日天气新，长安水边多丽人。”这里生活着霸气女皇武则天，霓裳羽衣杨玉环。今日来西安，踏着丽人走过的道路，且行且访，“春风得意马蹄疾，一日看尽长安花”。

西安的唐风很浓，遗迹众多。大明宫，是唐朝规模壮大的宫殿，唐代的皇帝多在此议政。可惜大明宫在唐末战乱中被毁，经历代修缮，现可瞻仰遗迹。其有九座城门，正中的丹凤门高大雄伟，新皇登基仪式在上面的门楼举行，故被称为盛唐第一门。丹凤朝阳，紫气东来。大明宫也有个玄武门，但李世民夺位的玄武门之变发生在太极宫。西安也有太极宫遗址，但没有大明宫保护得好。大明宫是唐朝三座宫殿中最大的，堂阔宇深，道路空旷。《长恨歌》中的“太液芙蓉未央柳”，太液池即在大明宫，日落时十分壮观。梨园，本是大明宫中一个游园，唐玄宗雅好音乐，常在此排演歌舞。后来人们把从事曲艺的人通称为梨园弟子，这只怕是唐玄宗没想到的。

大明宫的建筑风格雄浑大气，不追求繁复精巧的装饰，这和唐朝的文化精神是分不开的。唐朝因强盛而自信，它海纳百川，迎接四方来客；对外开放，民族融合。在长安城的大街上，来来往往的有不同肤色、不同口音的人。波斯的使者、大食的商人、日本的遣唐使纷纷来华，所以大明宫的建筑风格对日本等国影响深远。

西安的文化底蕴，从一个个古色古香的街道名就能看出。比如朱雀大街，槐树成荫，在唐朝是一条主干线。唐长安城街道整齐，居住的“坊”和做生意的“市”是严格分开的，38 条大街分出一百多个坊，方方正正、规规矩矩，好比现在的小区。市主要是东西两市，十分热闹，绸缎、花粉、粮食、水果、文物、书籍琳琅满目。酒楼、药铺、杂物店，歌舞、杂耍、八卦摊，什么都有。所以后人把上街购物称作买“东西”。但两市均中午开市，击鼓三百方可营业。夜里是宵禁的，不可以上街，被巡查的人逮到了可没好果子吃，直到唐末才出现了夜市。

长安城出现了一些新生事物，比如柜坊、邸店，可以供商人歇脚存货。突厥、吐蕃、西夏的各族人，欢欢喜喜地来到京城长安，住在邸店里。柜坊相当于最早的银行雏形，不用提心吊胆地带着一兜子珠宝满街跑了。虽然这时还没有纸币，但珠宝存在长安城的柜坊中，十分安全。外地汇款还可以使用飞钱，所以长安的商业很繁荣。“西有罗马，东有长安。”瓷器从唐朝走出了国门，成为丝绸之路上的又一重头戏，让外国人惊艳不已。

如果说大明宫只观遗迹不够尽兴，可去大唐芙蓉园，它是在原遗址重修而成的主题公园，有 14 个景观文化区，全方位展示了唐朝风貌。紫云楼是整个景区的中心，有很多雕塑壁画和珍贵的唐朝文物。登临紫云楼，可以感受泱泱大唐万国来贺的恢宏气度。芙蓉园中，有商贾云集的唐朝风俗文化街，有壮观的水幕电影与歌舞表演，有珍馐美味和茶艺文化，还有美丽的唐朝仕女，霓裳艳影如梦如幻。

芙蓉园多盛事，唐朝科举制兴盛，人才济济。“十年寒窗无人问，一举成名天下知。”新考中的进士意气风发踌躇满志，人生得意须尽欢啊！他们在芙蓉园的曲江岸边设宴，置杯于盘上，水上漂流，杯子漂到谁面前，谁就饮酒赋诗，十分风雅。其中年轻英俊的，好作探花郎，骑上高头骏马，遍访长安城采来怒放的鲜花，为宴会助兴。

唐朝文人雅士灿若星辰，诗歌是最好的，从初唐到晚唐，名家辈出，口吐珠玑。边塞诗豪迈，田园诗清新。诗文，有潇洒不羁的李白，有忧国忧民的杜甫；书法，有柳宗元、颜真卿，颜筋柳骨；绘画，有阎立本、吴道子，吴带当风。芙蓉园的樱桃熟了，皇帝在这里大宴群臣，白玉杯里酒色赤，青丝笼中樱桃红。君臣同乐，共谱盛世华章。

“长安回望绣成堆，山顶千门次第开。一骑红尘妃子笑，无人知是荔枝来。”这是杜牧脍炙人口的《过华清宫》。如果说兵马俑让西安威武雄壮，那华清宫则让西安温柔多情。天下温泉那么多，西安华清池最有名气。春寒赐浴华清池，她款款走近，解下罗衣浴在海棠汤中，肌肤丰满若白玉凝脂，浴罢更如出水芙蓉，娇弱不胜绮罗，回眸一笑百媚横生，快马送来的鲜荔枝是为她准备的，后宫莺莺燕燕三千粉黛，君王只宠她一人。她就是杨玉环，西安城见证了她的惊世之貌，她的爱情与人生。

杨玉环的一生非常传奇，先嫁子再嫁父，修过道离过宫，爱得炽烈死得从容。爱寿王吗？爱过。青春年少的爱，甜美的你侬我侬的，那是她的初恋。但她更爱的，应是玄宗。他于她，如父如兄，更是血脉相依的灵魂伴侣。玉环起舞，玄宗谱曲，爱的不仅是美貌，更是彼此的才情。沉香亭畔，玄宗命李白为杨妃赋诗，“云想衣裳花想容，春风拂槛露华浓”。华清池中，二人鸳鸯戏水，一束青丝贴身收藏，他们不是国君妃子，更似寻常夫妻般恩爱。长生殿中，两人交颈私语，愿生生世世相爱相守。

西安华清池有杨贵妃的塑像，立于喷泉之中，含羞俯首。尽管她专浴的海棠汤已干涸，游人还是纷纷慕名而来，想一睹贵妃风采。她是华清池的女主人，一枝红艳露凝香，华清池因她而香艳绮丽，更因她悲剧性的爱情而变得几许缠绵。华清宫中有《长恨歌》舞剧，可以品鉴她的爱情故事。其实她是无辜的，但在当时，愤怒的国人指责她祸国殃民，“六军不发无奈何，宛转蛾眉马前死”。杨贵妃魂断马嵬坡后，唐玄宗一夜衰老，他再回到长安城，看到太液池的芙蓉花开、依依杨柳，似看见杨贵妃的云鬓朱颜；摸到华清池的温泉水暖，更觉痛彻心扉。我们愿意相信，这是一场真正的爱情。

从爱情中回过神，看到西安的标志性建筑——大雁塔，这是唐朝玄奘法师主持修建而成。玄奘法师就是《西游记》里的唐僧唐三藏，历史上实有其人。他没有会七十二变的孙猴子做徒弟，八戒、沙僧也没有，却的确从长安出发，历经艰难险阻去往印度佛教中心求取真经。玄奘带回一百多粒舍利子，近千部经书，还有珍贵的佛像，于是决定建塔妥善安置。在皇帝的支持下，于慈恩寺内建成大雁塔。塔为七层，二层中供有鎏金的释迦牟尼像，为定塔之宝。其余各层中有碑文、有诗作、有佛舍利、有经书，登上七层塔顶，可俯瞰全城风光。唐朝对宗教文化很重视，佛道并行，修了很多塔寺。宗教的盛行使传统儒学思想遇到了挑战，出现三教合一的现象，发展到宋朝就形成了理学。

雁塔题名和曲江流饮一起，皆为长安八景之一。新中进士，来到大雁塔指点江山，把他们的姓名、籍贯题于墙上，扬名天下。文人墨客也会在此赋诗，一抒心中的壮志豪情。譬如青年子俊白居易，27岁就进士即第，他曾题下“慈恩塔下题名处，十七人中最少年”，那份志得意满，溢于言表。

西安还有小雁塔，位于荐福寺内，也是唐朝所建。相较大雁塔的喧闹，小雁塔更觉清幽。沿着古柏老槐掩映的石径，走到小雁塔旁的钟楼里，可看到一座重约八千公斤的大铁钟。在清朝时，每天早晨钟声敲响，洪亮清越，十里可闻，唤醒了整个长安城。这便是著名的雁塔晨钟。小雁塔曾遇地震，从中间由上而下出现裂缝。正在人们忧心忡忡的时候，小雁塔又于一夜合拢如初，实在令人对当时的造塔技术钦佩不已。小雁塔和西安博物院在一起，里面有各种文物，带上博物院的白手套，就可以去触摸这些文物，从它们的纹理上感受呼啸而过的时光。

大唐文化，是西安力推的文化。西安城中有很多建筑，仿唐风而建，比如宾馆、饭店。服务员掀起竹门帘，唤一声“客官，里面请”。她们穿的也是唐代服饰，梳着高高的发髻，插着金步摇，酥胸微露，像壁画里的仕女，性感却不媚俗。坐下来喝上一盅，眺望大雁塔广场的朱红柱廊，恍恍惚惚不知身在何处，仿佛梦回那个气势磅礴的盛唐。

晨钟暮鼓到如今

蹚过历史的长河，十三朝古都的西安城沉稳而凝重。繁荣昌盛的唐朝，慢慢隐退到深沉的夜色中去。登上古城墙，从过往走到今朝。

这是明朝所修的城墙，高，宽阔，气势足。哪里也找不到这么大规模且完好的古城墙，看到它，脑海中不由得跳出“兵临城下”“固若金汤”之类的词语。城墙宽得可以跑马，现在可以骑上自行车环行，青砖石的路面，历史的厚重感扑面而来。

自“安史之乱”后，唐朝由盛而衰，作为都城的长安也必然历经沧桑，长城一般的城墙也阻挡不了历史的洪流，阿房宫变成断壁颓垣，起义军的铁骑冲破了汉家宫阙，惊醒歌舞升平的大唐绮梦。“冲天香阵透长安，满城尽带黄金甲。”这个以人肉为军粮的黄巢军队让长安胆战心惊。五代十国，干戈不休。城头变幻大王旗，长安的光芒日趋黯淡。到了朱元璋打下天下，谋士进谏“高筑墙、广积粮”，开始重修城墙。一代代王朝变迁中，城墙是无字的史书，时光的记录者。漫步在西安的古城墙上，就如同在时光中漫步。

城楼高在天边，深邃的护城河绕墙而过。遥想当年，黑云压城城欲摧，指挥的将领高坐城楼上，居高临下运筹帷幄，将士们的铠甲上泛着幽幽的冷光，他们神色庄重，握紧了拳头，要与城墙共存亡。残阳如血，城墙下喊声滔天，城墙上严阵以待。烽烟起，战鼓擂，箭垛上万箭齐发，一时血肉横飞。刀剑无眼，城下的具具枯骨，是攻城，还是守城的？又或是哪个妙龄少女的春闺梦里人？

如果你晚上去，寻一个寂静的垛口，肃穆的城墙更惹人思绪万千。月光如洗，倾泻在古城的街道上。这还是多年前的那轮明月吗？它照过秦皇汉武的兴衰荣辱，照过玄武门的那场厮杀，照过武媚娘的狮子骢和石榴裙。灯火阑珊，岁月沉浮。古老的城墙欲语还休，旧砖瓦上刻满风霜，十八座城门朝向四面八方，像勇士一样守护西安城。夜晚的西安城静下来了，杨柳低拂，护城河悠悠流淌，亘古不变。

听到钟鼓声了吗？西安的钟楼和鼓楼同为明代建筑，晨钟暮鼓，遥相呼应，是西安地标。钟楼砖木结构，重檐三滴水的形式，朱红的明柱，翠绿的琉璃瓦，门窗彩枋雕花，四角如大鹏展翅，典雅华贵。特别是高处的宝顶，金光闪烁，是钟楼点睛之笔。钟楼上高悬一个景云钟，它本是唐代所铸，因战乱而废弃不鸣，后来就复制了一个，钟声浑厚清越。鼓楼也很壮丽，初建时悬一大鼓，夜来击鼓报时，声闻于天，现在鼓楼上陈列的鼓更多了，齐齐的环绕一排，象征二十四节气。红色的鼓身鼓架，泛黄的鼓面，古朴中透着喜庆。1996年铸钟的同时也重做大鼓，钟为文，鼓为武，可谓相得益彰，所以鼓楼南匾题为“文武盛地”。

钟鼓楼处在市中心，四面皆是高楼大厦，车水马龙。现代建筑中的钟鼓楼更显特别，这是西安的古风古韵。从鼓楼出来，就是回民街。饿了吗？西安的美食早已等候多时。

你一定听说过肉夹馍吧？这简直可算西安的注脚。西安人喜欢吃面食，特别是馍。蒸着吃，掰着泡羊汤吃，种种吃法。肉夹馍，馍必须是白吉馍，肉必须是腊汁肉。西安大街小巷，随处可见肉夹馍的身影，馍的表皮酥脆内里绵软，腊肉汁有几十种调料，汁香味浓。热热的馍从中切开，塞上满满当当的腊汁肉，咬上一大口，特别满足。肉一般是猪肉，可肥可瘦，肥而不腻，瘦而不柴。也可以用牛羊肉，甚至鸭肉，又是一种味道。泡馍则讲究手掰，掰得小小的，馍很筋道，断面可充分吸收汤汁。在店里的木桌落座，点一碗羊肉泡馍，先上一碗馍，食客洗净手自己掰。肉已煮好，锅里汤正鲜，把馍送给大厨进汤煮，满室生香。现在有些店有了碎馍机，可以免了这道程序，但老食客还是愿意自己手撕，吃的就是这份闲情逸致。

相传，赵匡胤还没当上大宋皇帝时，流落到西安，又饥又乏。可包袱里只剩下两个又干又硬的馍馍，实在难以下咽。他闻着一阵扑鼻的香味，原来路旁的小吃店在煮羊肉汤，有人在大口吞食鲜嫩的羊肉。赵匡胤身无分文，红着脸恳求店主施舍碗羊汤。店主看着他风尘仆仆的样子，心软了，让他把馍掰成小块，一碗热乎乎的羊汤浇上去。赵匡胤顾不得烫，咕嘟嘟连汤带馍吃个干净，满头冒汗，全身的毛孔都张开了，舒泰、痛快、美气！后来赵匡胤坐上金銮殿，御膳饭里什么珍馐美味都尝过了，就是忘不了当年那碗羊肉泡馍，于是摆驾西安城，吃个痛快。西安的羊肉泡馍可是能上国宴的，国家领导人宴请贵宾，隆重推出这道美食，尝过的全都赞不绝口。好吃不贵，老百姓也消费得起。

回民街真的是冲天香气透长安，各种小吃让你眼花缭乱，只恨自己没多长几个舌头。青石小路两旁的建筑很有古味，商贾云集。回民街有不少清真美食，比如贾三灌汤包子，名气大得你不想知道都不行，包子个头小小的，薄皮大馅，当然是牛羊肉做的馅。吃的时候可不能像咬肉夹馍那样粗鲁，否则喷出的热汤汁会溅到对桌人的下巴上。吃灌汤包，得要斯文，轻轻咬开软软的包子皮，只能咬个小口子，啜上一口，鲜美的浓汤在舌尖上化开，这是带肉牛骨加料熬成的，鲜汤下肚，再品肉馅，不知不觉一笼吃完了。意犹未尽，可以来一碗八宝粥，甜蜜蜜的，回味无穷。凉皮配上千层饼，裤带面浇上油泼辣子……美味太多，胃容量有限，一条街走不到头，你只能捧腹兴叹。

吃饱了做什么呢？学着西安人吼两句秦腔吧！八百里秦川，一望无际，造就西安人豪迈直爽的个性。秦腔，就是要吼出来才够味。秦腔以关中方言为基础，乍一听有点土味，带着陕西的风沙。唱腔深沉浑厚，尾音高亢激越，舞台表演手段多变。本土作家贾平凹曾细细写过，对于平原上的人来说，秦腔“与西凤白酒，长线辣子，大叶卷烟，牛肉泡馍一样成为生命的五大要素”。秦腔是西安人的美满生活，心情畅快时，吼欢音，像惊雷一样，喜悦要在天空炸开，那叫一个酣畅淋漓；遇到什么糟心事，吼苦音，苍凉的、凄哀的，在古人的戏文里把委屈说尽了，心里的郁闷也似一扫而空。关中平原的人都爱看秦腔大戏，露天广场上，挤挤挨挨地伸长了脖子瞪着眼珠子看，竖着耳朵听。西安城有很多听秦腔的好去处，高档一点去剧院，家常一点去茶楼，若是想听免费的，各大公园早起溜达下，你会发现高手在民间。

秦腔可以百转千回，但绝不扭扭捏捏。如果给秦腔定性别，它绝对是男性的，充满阳刚气。正如陕西的好男儿，他们有个有趣的称呼：冷娃。冷娃是什么？他们的肩膀是宽阔的，眉宇间有勃勃英气，就和兵马俑一样，冷峻刚性，就和秦腔一样，慷慨激昂。西安的男人不会像江南才子那样儒雅风流，若以词比喻，他们是苏东坡、辛弃疾的，不是柳永、晏殊的。西安的城墙边坐着歇脚的是冷娃，大雁塔上站着望月的是冷娃，回民街吸溜着面条的也是冷娃。冷娃心不冷，对朋友热忱，工作踏实肯干。他们有可能寡言少语，但遇到事儿绝不会袖手旁观。西安政府也在呼吁发扬陕西冷娃精神，实干兴邦。西安的冷娃们，敢拼敢闯，有能力有担当。

再去华清宫走走吧！蒋介石曾藏身于此，著名的“西安事变”就在这里。兵谏亭中坐一坐，嗅一嗅抗日风云中的火药味。或者去碑林看看，瞻仰国宝昭陵六骏，欣赏历代名家的笔走游龙。古老的西安，是骊山的夕阳晚照，是草塘的烟雾迷蒙，是断桥的柳絮风雪，是丝路的一声驼铃。而年轻的西安，正紧抓“一带一路”的机遇，向西开放，实践亚欧合作。西安城的冷娃们，正摩拳擦掌，要把西安做大做强，在历史遗梦与现代潮流中切换自如。

敦厚南京　金粉秦淮

入朝曲

（南北朝）谢朓

江南佳丽地，金陵帝王州。
逶迤带绿水，迢递起朱楼。
飞甍夹驰道，垂杨荫御沟。
凝笳翼高盖，叠鼓送华辀。
献纳云台表，功名良可收。

“江南佳丽地，金陵帝王州。”秦淮河桨声灯影，古城都沧海桑田。这里，是南京，一个在岁月风霜洗礼中世事洞明、人情练达的城市。穿过千年时光，它荡漾着古色古香的过往情怀，又呼吸着时髦现代的新鲜空气。处在南北咽喉，它既有北国的大气豪迈，又有南疆的细腻温柔。它是独一无二的南京，一个多姿多彩的城市。

敦厚，古都风貌

古都南京，钟灵毓秀，久有六朝金粉之说。它是东吴、东晋，南朝的宋、齐、梁、陈的都城，后来又有南唐、明朝、太平天国、中华民国建都于此，遂有十朝都会的美誉。南京处处有古迹，朱自清说：“逛南京就像逛古董铺子。你可以摩挲，可以凭吊，可以悠然遐想。”行走在南京，就如同行走在千年的历史长廊，去触摸一个若即若离的旧梦。余秋雨说：“别的故都，把历史浓缩到宫殿；而南京，把历史溶解于自然。南京既不铺张也不拥挤，大大方方敞开一派山水，让人去读解中国历史的大课题。”南京的历史俯拾皆是，但不刻意，就安静地呈现在面前，浮动在南京的角角落落雪泥鸿爪之中。

纪念馆。南京之名，有些沉重，凝系着很多人的民族情结。这情结拴在1937年那场可怕的战争中，沉淀在这座南京大屠杀纪念馆里。它是一段不堪回首却不能忘却的历史，让南京染上了抹不去的悲情。纪念馆的气氛是压抑的，哪怕一个再活泼的孩子，在这里也不敢笑，也笑不出来。展览馆、群雕像、名单墙、万人坑……如果你的眼角没有流下泪水，那你的背上一定沁出冷汗。这段历史太沉重了。播放影像资料的时候，炮声隆隆，血肉横飞。昏暗的环境，逼真的音效，让人头皮发麻，似乎来到1937年的南京，心被拧成一团，几欲夺门而出。一个民族，不能忘记自己的历史，南京大屠杀纪念馆可以提醒我们回看那段痛苦的过去。入口处的逃难群雕触目惊心，国破家亡，生灵涂炭。十字架形状的标志牌清晰地记录着时间，30万冤魂悲愤地控诉。战争，曾毁灭过南京，这里的每一个角落都有伤痕。亡灵游荡，山河不安。走在纪念馆，轻轻抚摸这些伤痕，一种爱国之情油然而生。缅怀历史，不是教我们去仇恨，而是让人们反思，激励中国奋起。只有强大，才不会受欺凌；只有繁荣，就离和平更近。走出纪念馆，将战争的伤痛放在身后，呼吸一口南京城新鲜的空气，更感到幸福生活的可贵。

陵墓。陵墓是沉默的史书，肃穆而庄严。明孝陵，是明朝开国皇帝朱元璋与马皇后合葬之处。南京有太多的明朝印迹，而明孝陵由于是帝陵更具有特殊意义。清军入关后，汉人抵触情绪很大，不愿接受少数民族入主中原的事实，然而又回天乏术。明孝陵成为他们寄托哀思的最佳载体，在当时的明朝遗民眼中，它代表正统，有一个沉睡的帝王魂。曾呼吁“天下兴亡、匹夫有责”的大儒顾炎武，一次次拜谒明孝陵，长歌当哭追忆故国。而清朝的君主，也来谒陵，康熙去了五次，乾隆去了六次，三跪九叩恭敬尊崇，以安抚汉人之心，以彰显皇室正统，这对维护政权稳定、加强民族团结有重要意义。明孝陵卧于苍山翠木之间，历经六百年风霜，白墙灰瓦，气势恢宏。地宫中冷气森然，使人不由自主放轻脚步；神道两旁分列十二对巨型石刻神兽，威武霸气，忠诚地守卫皇陵的安全，秋来落叶金黄，如诗如画。中山陵，南京标志性建筑，国父孙中山先生长眠之处。孙中山一生为中国革命事业奔走，得到国共两党海内海外人士的一致尊敬。中山陵处处体现了孙中山的理想追求，使游者感受到他“天下为公”的博大胸襟。台阶，那么长，一层层拾级而上，仿佛革命道路艰难曲折；祭堂的三道拱门分别镌刻“民族”“民主”“民生”，这是孙中山一生的思想精华。仰望白色大理石的孙中山坐像，凝视中门上他手书的“天地正气”四个大字，不禁遥想他当年的风采。比起其他陵园的阴森沉重，中山陵显得开阔大气，陵区有奇思妙想的音乐台，更有华美浪漫的美龄宫，树木苍翠，景致宜人，使人在瞻仰伟人的同时获得美的感受。

政权。太平天国运动，是中国历史上农民起义的最高峰，历时十三载，占据半壁江山。那时的南京不叫南京，叫天京，和太平天国的“天国”之名配套。从金田起义开始，洪秀全振臂一呼，应者云集。永安建制，一口气封了五个王，定都于此，与清政府分庭抗礼。在南京，有太平天国历史博物馆，也有富丽堂皇的天王府。这里有太平军的团龙马褂，钢炮铜钱。洪秀全开始大兴土木建造官邸，广选美女充实后宫，大摇大摆享受人间富贵。天王府有大殿，有花厅，亭台楼阁精雅奢华。这时的洪秀全是多么志得意满啊！《天朝田亩制度》中大呼：“有饭同吃，有衣同穿，无处不均匀，无人不饱暖。”天京变乱，自相残杀，树倒猢狲散，风流皆被雨打风吹去。历史的书卷翻过这一页，不由得人一声叹息。孙中山倒很佩服洪秀全，自称洪秀全第二。天王府就在总统府内，或者说被发展成总统府，是中国近代史的代表。城墙高悬青天白日旗，门楼上金光闪闪的大字“总统府”，威风凛凛。孙中山、蒋介石，这些近代史上的风云人物在这办公，相对于紫禁城，这里是另一个权力巅峰。对于台湾地区的民众来说，总统府更有一种别样的情愫，也是联系海峡两岸关系的一个纽带。

湖光。莫愁湖，一处烟波浩渺的美景，一个如梦如幻的芳名，“河中之水向东流，洛阳女儿名莫愁”。堤上杨柳依依，园中海棠初绽，莫愁女立于一池红荷绿莲之中，娉婷绰约。动人的传说让莫愁湖更加引人入胜，本是良家妇，不做帝王妻。莫愁是民间的女子，爱说爱笑，活泼开朗，有生活情调，会养娇嫩的牡丹花，心地善良又聪慧，愿意帮穷人治病。莫愁莫愁，忘却忧愁，表达了人们对美好生活的向往。海棠花是莫愁湖一大特色，海棠又称作女儿花，诗云：“东风袅袅泛崇光，香雾空蒙月转廊。只恐夜深花睡去，故烧高烛照红妆。”海棠春睡，文人墨客所爱，《红楼梦》中不是有海棠诗社吗？每年四月，莫愁湖有海棠盛会，半湖烟雨掩映粉黛江山，海棠香染的莫愁湖如此楚楚动人。玄武湖，金陵城一颗水上明珠。玄武湖是帝王家的后花园，繁花似锦，春看樱花，夏采红莲，秋访菊花，冬赏腊梅，一年四季好风景，尤以红莲花为美，夏来莲动下渔舟，朵朵红莲如少女的粉颊，让人浮想联翩，暗香浮动间，一湖清幽烟水迷茫，肥嫩的红鲤叶间嬉戏。樱洲一片粉色云霞，写下“问君能有几多愁，恰似一江春水向东流”的南唐后主李煜，曾在此遍植樱桃，粒粒红润晶莹，像玛瑙，点缀着美丽的玄武湖。

山色。有水就有山，山水相依，似一对对情人。水的秀丽衬托出山的雄伟。紫金山，南京古迹名胜所在地，明孝陵、中山陵皆在这里，仅从自然风景看，紫金山蜿蜒曲折，山麓连绵，虎踞龙盘，有丰富的动植物资源。狮子山，山间古树参天，黄鹂婉转，野兔穿行。栖霞山，“停车坐爱枫林晚，霜叶红于二月花”。红叶林枫满山冈，如云霞般笼罩在绿荫翠柏之中。深山藏古寺，栖霞山有厚重的佛教文化底蕴，山因寺得名。栖霞寺，是佛教圣地，也是南京最大的寺庙，有悠久历史，大大小小佛像七百尊，千佛岩的飞天壁画也引人注目。南京寺多，朱自清青睐鸡鸣寺，他说：“我劝你上鸡鸣寺去，最好选一个微雨天或月夜。在朦胧里，才酝酿着那一缕幽幽的古味。”鸡鸣寺外有著名的樱花大道，樱花盛开的季节如烟如雾，和相爱的人牵手走在樱花雨中，不是一般的浪漫。灵谷寺是朱元璋喜爱的，他不仅赐名，还封为天下第一禅林，也许他想起了少年出家的经历。净觉寺，则是一所清真寺，穆斯林的圣殿，但它的出现，却与郑和下西洋有关。无论你是什么宗教信仰，或者说你不信宗教，走进一座古寺，燃上一炷香，心自然宁静下来。

南京城处处是历史，时光荏苒，白云苍狗，南京经历了多少起起落落，它但笑不语，像一个睿智的长者，温柔敦厚。

香艳，十里秦淮

南京还给人一种绮艳的印象，桨声灯影，曼舞轻歌，都因为这条多情的秦淮河。“烟笼寒水月笼纱，夜泊秦淮近酒家。”那些乘坐在画舫上的美人，惊艳了时光，温柔了岁月。

她们有着乌黑的秀发、妩媚的眼波，她们有着婀娜的身姿、轻盈的体态，诗词书画、吹拉弹唱，没有她们不会的。她们是秦淮河的灵魂，南京因她们而增色，她们的人生也是一部部传奇。传奇的故事融入十里秦淮的脉脉清波里，波光滟滟，往事迷离。

秦淮八艳，抢尽金陵春色。

“不是爱风尘，似被前缘误。”她们也想做好人家的女儿，深宅大院的闺秀，捧在掌心的明珠，然而身世坎坷，不得不辗转风尘。青楼之上，教坊之中，藏污纳垢又纸醉金迷的地方，她们仍然洁身自好，忠于爱情，忠于国家。这种出淤泥而不染的高贵人格魅力，比她们的美貌更令人心折。

秦淮八艳之首柳如是，写得一手好诗词，文字清丽，才情堪比李清照；而书法与绘画也是人中龙凤，更雅好音律，也擅长舞蹈。当然，她还很美，一个内外兼修的好女子。“君生我未生，我生君已老”，柳如是在秦淮河上看尽繁华，也看尽人心。谁不爱翩翩少年郎？风头正盛的柳如是却选择嫁给一个比自己大二十多岁的男人钱谦益。红颜伴白发，不为富贵荣华，不为华年玉貌，只求现世安稳。钱谦益也确实怜爱柳如是。所以，她可以原谅他的怯懦。清建明亡，柳如是，这个生长在烟花巷绮罗乡的女子竟要以身殉国。人们常感慨，“商女不知亡国恨，隔江犹唱后庭花”。柳如是为商女正名了，对国家的爱没有身份尊卑，战火纷飞中犹在帐下歌舞的美人，你怎么知道她没有一颗火热的心？冰凉的河水没有带走柳如是，但她最终用一卷丝帛结束了自己的人生。“裁红晕碧泪漫漫，南国春来正薄寒。此去柳花如梦里，向来烟月是愁端。”写这首诗时，她似乎预见了自己的命运。

“恸哭六军俱缟素，冲冠一怒为红颜。”这位红颜，就是大名鼎鼎的陈圆圆。她的名字和清初史卷拴在一起。人们责怪她红颜祸水。崇祯抢去了她，明王朝灭亡了，他不得不在故宫对面自挂东南枝，也算殉国了。李闯王抢去了她，当了一个月皇帝，兵败如山倒。吴三桂为她冲冠一怒，引清兵入关，更是让很多糊涂人把这笔账算到陈圆圆头上。历史对女子有时不免薄情，苏妲己也罢，赵飞燕也罢，杨玉环也罢，太美貌就是一种过错。五代时期的花蕊夫人曾写道：“君王城上竖降旗，妾在深宫那得知。十四万人齐解甲，宁无一个是男儿。”写得痛快！陈圆圆一生，如浮萍飞絮，从来不能把握自己的人生，又如何能左右国家的命运。在颠沛流离的人生中，她爱过谁，又有谁真心爱她呢？已经无从得知，只知道色艺双绝，倾国倾城的陈圆圆心灰意冷，削发为尼枯守青灯古佛，吴三桂造反失败后，陈圆圆投水自尽。也许她是爱他的——这个敢为她豁出天下的人；也许她只是寂寞，这寂寞如獠獠狼牙，啃啮着她的心，她只有魂梦归去。

还有《桃花扇》里走出来的李香君。在堆金砌玉的媚香楼里，她遇到侯方域。彼时，他是赶考的青年才俊，她是歌坊的绝代佳人。金风玉露初相逢，每一天都是良辰美景。李香君外表柔美但性格刚烈，坚决反对侯方域与奸臣相交。经历国破家亡，李香君的爱情之梦被冲击得支离破碎，相爱相别，权臣相逼，李香君不惜以命相拼，血溅两人定情的香扇。对于一个来自市井烟花之地的女子来说，李香君的铮铮傲骨令人钦佩，宁为玉碎，不为瓦全。还有董小宛，一个有小资情调的女人，家道中落陷入青楼，她擅长刺绣，有针神之誉，字画歌舞，也是无一不精。虽然处于风月场，对于爱情，她一心一意，而且主动争取。嫁于冒辟疆为妾后，她洗尽铅华，与夫家上下相处和谐。而且生活依然雅致，月下煮酒饮诗，花丛调露作肴，平淡的日子被她过得特别有味道。想一想，美目流盼的董小宛初做新嫁娘，脸上洋溢着幸福的光辉。她穿过花丛，采下最嫩的花蕊上的清露，小心地收在小小的玉瓶里，五陵年少争缠头的日子她再也不愿理会，如今她只想为心爱的人素手调羹，窗前对饮。

“章台柳，章台柳，昔日青青今在否?”和秦淮八艳的动人光彩相比较来说，钱谦益、侯方域、冒辟疆这类名士显得有些黯然失色。她们是秦淮河的主人，也是秦淮河的灵魂。“零落成泥碾作尘，只有香如故。”现在的秦淮两岸，依旧热闹非凡。夫子庙灯会，人山人海。商业街的店铺，物品纷呈。但如果没有她们的故事，这里和其他地方也没有区别。美人，是金陵城的点睛之笔，十里秦淮因之浪漫而多情。

无论在哪里，爱，总让一个城市摇曳生姿。南京城高高伫立的法国梧桐，就是爱情的见证。只因她喜爱，他就为她满城植下绿荫，梧桐叶风中舒展，为她送一地清凉。他是蒋介石，总统府的主人；她是宋美龄，民国奇女子，宋氏三姐妹中最小、最娇媚的那个。有人质疑他们只是一场政治联姻。但其实，他们一见钟情。1923 年，当蒋介石第一次见到宋美龄，惊为天人，一见倾心，十天之内展开疯狂追求。尽管宋夫人与二姊庆龄并不看好，但蒋介石一追到底，不惜与几任妻子断绝来往表示诚意，最终抱得佳人归。那么宋美龄呢?她曾经明确表示，从她在孙中山家第一次见到蒋介石，就已经被他深深吸引。

很多事情，并不是我们想当然的猜测。

蒋介石，是一个严谨的人，戎马半生，但见到宋美龄后，却变成一个刚坠入爱河的大男孩，在日记里写下和宋美龄相处的点点滴滴，亲昵地唤她为“三哥”“三弟”“三妹”“美妹”“梅林”“梅弟”。1927 年 12 月 1 日，两人完婚。大上海人民奔走相告，各界名流到场一千三百多人。蒋介石西装革履风度翩翩，宋美龄轻纱覆面仪态万方。这场最盛大的婚礼，是他向全世界宣告，他爱她，她是他唯一的妻。

感君之心，还我之意。愿结白头，不负相思。

撇开政治观点不谈，蒋介石的学识才华足已打动宋美龄芳心。1936 年“西安事变”爆发，宋美龄为此事四方奔走，不仅展现她出色的政治才能与外交本领，也显示出她心系夫君的一片深情。若不爱他，为何为他不辞劳苦？

听说过“紫金山之心”吗？地处南京的美龄宫，是蒋介石送给宋美龄的生日礼物。宫顶上是绿色的琉璃瓦，雕着一千多只凤凰。从来中国宫殿都是盘龙，千只凤凰独此一处。彩绘装饰，白玉栏杆，飞檐翘角处是古典美。阳光敞亮的大落地窗与室内装修又体现西洋气息，一切按宋美龄喜好布置，航拍下的美龄宫似蓝绿色的宝石吊坠，由两万棵法国梧桐编织成一串梦幻华美的项链，美得让人屏住呼吸。子非鱼，焉知鱼之乐？珠光宝气的华丽背景下，若隐若现地浮动着脉脉温情。他富贵荣华，就许她安稳一生。风雨袭来时，他们是彼此最坚实的依靠。只有她最信他，只有他最懂她。姻缘天注定，佳偶自成双。你怎能说他们没有爱情？

南京充满了传奇爱情，宋美龄的二姐宋庆龄，中华人民共和国名誉主席，流芳百世的奇女子。国共两党乃至世界各国一致尊敬的伟大女性，为中国革命与建设事业作出了巨大贡献，堪称巾帼英雄，女中豪杰。这样的女人，谁能征服她？她会为谁倾心下嫁？

宋庆龄与孙中山的爱情，最传奇，最震撼。

隔着27年的光阴。

宋庆龄在一岁的襁褓中就见过孙中山，彼时孙中山已经28岁。中山先生是宋家的好友，常来常往的。宋庆龄时常听父兄讲起孙中山的种种英雄事迹，从小到大，心中充满对他的仰慕之情，尤其是1911年辛亥革命爆发后，孙中山回国主持大局，1912年中华民国诞生，一举摧毁了中国两千多年的封建帝制。宋庆龄再也控制不了这颗崇拜爆棚的少女心，她从美国毕业归途到日本，抵达横滨第二天就去拜访孙中山，主动留下协助他工作。

既见君子，云胡不喜？

从仰慕到爱，只需小小一步。27年的年龄差，孙中山的妻小，庆龄父母的震怒，这些都不能阻止相恋的两人坚定的心。就这样爱上了，此生非你不嫁；就这样爱上了，不介意世俗的各种眼光。1915年10月，22岁的宋庆龄从软禁的家中跳窗逃走，奔赴日本嫁与心上人。孙中山与前妻和离，将一生的珍宝拥入怀中。

愿得一心人，白首不相离。

这难道不是爱？勇敢的、一往无前的爱！浪漫、传奇、动人心魄。这一生，只有他，值得她背弃所有。只有他，是宋庆龄的盖世英雄。这难道不是美满姻缘？虽然婚后只有匆匆十载，但足已回味一生。孙中山怜她惜她，宠她敬她，铮铮铁汉只为她满腹柔情。他曾说过，娶得她为妻，“即使第二天死去亦不后悔”。这是不是最质朴、最动人的情话？1925年孙中山逝去，临终念念不忘宋庆龄。而对于宋庆龄来说，南京是伤心的城市，中山陵里长眠着她的爱人，之后的漫长岁月中，她想念他，日复一日，仿佛他未曾离去。这芬芳炽烈飞蛾扑火似的爱情，一生只需一次。

文艺，金陵一梦

网友们总结城市的性格，北京最官方，上海最性感，天津最幽默，重庆最麻辣，深圳最辛苦，珠海最悠闲，杭州最妩媚，大连最阳刚，西安最古典，厦门最温馨，沈阳最豪放，长沙最快乐，广州最多情，太原最朴实……

而南京呢？南京最文艺。

文艺，是石象路的梧桐细雨悄悄落下，是鸡鸣寺外的樱花飘飞，是玄武湖里的新荷初绽，是秦淮河上的一曲琵琶，是江南贡院的墨浓书香。

电影《金陵十三钗》里有一段经典插曲：“秦淮缓缓流呀，盘古到如今，江南锦绣，金陵风雅情呀，瞻园里，堂阔宇深呀，白鹭洲，水涟涟，世外桃源呀。”南京，不仅有如斯美景，更有丰富的文艺气息。

瞻园附近，是夫子庙，是祭祀孔子之地，香火鼎盛。夫子庙是中国四大文庙之一，居东南各省之冠，文化底蕴十足。江南贡院，则是古代最大的科举考场，辉煌时有两万间考舍。唐伯虎、陈独秀曾是书院的考生，林则徐、曾国藩曾是书院的考官。明清时的政府官员，一半出自江南贡院。南京文化之盛，可见一斑。

“十年寒窗无人问，一举成名天下知。”科举考试凝聚了多少人鲤鱼跃龙门的梦想，在“万般皆下品，唯有读书高”的年代，其热门、其难度远超今天的高考。封建社会选拔人才，先以血缘为主，世卿世禄制，普通人无法进入权力中心；汉朝的察举制看重人品德行，靠地方官推荐，难免出现察举不实的过失；魏晋时的九品中正制，选官凭身份门第，导致出现上品无寒门、下品无士族的现象。直到隋唐出现科举考试，天下读书人才松了一口气。科举，相对的公平、公正、公开，让许多有才有学却处在底层的人可以跃上枝头，实现自己的抱负。对于统治者来说，将天下人才收归囊中，有利于国家的长治久安。不管考没考上，科举制让人们爱上了读书，“书中自有黄金屋，书中自有颜如玉，书中自有千钟粟。”而地处南京的江南贡院，正是科举时代的洛阳。想当年，秦淮河畔，桨声灯影中丝竹管弦齐鸣，在座的除了英雄美人，还有丰神俊朗的才子。

天下俊杰皆于此。才子们口吐珠玑胸藏锦绣，指点江山风华正茂。也许有些才子清贫，但绝不寒酸；也许有些才子风流，但绝不猥琐；甚至有些才子多次赴考已华发丛生，但依然风度翩翩，这就是“腹有诗书气自华”。高中榜首的状元、榜眼、探花郎，披红挂彩跨马游街，自然是风光无限；而名落孙山的白衣秀才们，也会到秦淮河的画舫上喝上一杯小酒，慨叹一下生不逢时怀才不遇。江南贡院，秦淮两岸，文人雅客会聚的地方。来南京，去贡院感受一下科举文化，是个不错的选择。

今天的夫子庙更倾向于商业街，秦淮河洗涤前朝金粉后更热闹非凡。这里是一个文化的舞台，南京云锦如云如雾，剪纸活灵活现。古琴，文艺吧？在湖柳烟波之中，古韵悠悠，金陵琴派指法飘逸、抑扬顿挫，在古琴界独树一帜。雨花石，最文艺的石头，名字已经旖旎可爱，传说法师在南京讲经，感动上天，落花如雨，再落地为石。雨花石晶莹剔透，又有瑰丽的色彩、变幻的图案，确实像一颗花做的石头。雨花石很适合文艺青年，案头陈放，手中把玩。可以赋上一首情诗，装在漂亮的小礼盒里送给心爱的人；也可以置于家中的兰花盆、水仙花盆里，睡前看上两眼，做一个幽幽的梦。爱伤感的文艺女青年，把玩着雨花石，吹着玄武湖的早春微风，说不定会怔怔地落下泪来。

南京还有一个特别文艺的地方，那就是浦口火车站，现在叫南京北站。

朱自清的名篇《背影》，就是发生在浦口火车站，父亲戴着黑布小帽，穿着黑布大马褂，深青色棉袍，蹒跚地穿过铁道，肥胖的身子艰难地爬上月台，为儿子买几个橘子的背影，触动了每个人的心。这是中国唯一保存完好的民国特色火车站，现在不营运了，越发文艺起来。最适宜秋天去，金色梧桐落下一地黄灿灿的落叶，萧索的、伤感的、怀旧的，一地情怀。绿皮火车不开了，安静地停在这里，像一个饱经沧桑的老妇人，美人迟暮，但依然优雅。在这里，女孩子梳上双辫，就是民国的学生；男生穿上风衣，也可以客串要出远门的名士。赶紧开始依依惜别吧！“千言万语还来不及说，我的泪早已泛滥泛滥，从此我迷上了那个车站，多少次在那儿痴痴地看。”赵薇所唱的《离别的车站》就是这里，剧中她与男主角何书桓在这里离别又重逢，十分催泪。后来赵薇导演《致青春》，也选择这里做场景，实在是爱上了这个文艺范儿。

南京文人太多，从古至今，文学氛围浸染着金陵城，几分孤傲，几分从容，有时唯美忧伤，有时落拓豪迈。书圣王羲之，南京人士，《兰亭集序》妙绝天下，二十多个“之”字各不相同。王羲之是一个很有趣的人，喜爱写字是不必说了，小时候练字入神把点心蘸墨汁喝了，长大了到处找池子洗毛笔，弄得天下尽是羲之洗墨池。特别的是此人爱鹅，尤其是漂亮的大白鹅，恐怕古往今来没有人像王羲之这么爱鹅的，在路上看见农家白鹅美，不由分说抢来，写了个“鹅”字叫人上街换钱。“王羲之，一笔鹅，十两纹银买不买。”也就有人投其所好，找他讲鹅经，骗他为山海关题字。若王羲之复生，看见南京城尽是卖烤鸭、盐水鸭的，可能会在莫名其妙之余有些庆幸，幸亏不是鹅。

曹雪芹著《红楼梦》，这是古典名著巅峰之作。他也是南京人，出生在江宁织造府。《红楼梦》与曹公生活经历有关。曹家是诗礼簪缨之族，少年时代的曹雪芹是鲜衣怒马的富家子弟，这些经历对《红楼梦》影响很大。红学家们反复考证《红楼梦》与南京的关系，发现书中有一千二百多处南京的痕迹。故事虽发生在京城，但书里的名门望族，原籍都是金陵城，从“金陵十二钗”之名也可看出。《红楼梦》又叫《石头记》，而南京就是以雨花石为特色的石头城。书里贾兰射箭，黛玉葬花，栊翠庵中白雪红梅，都是南京城可寻之景。贾母喊王熙凤“凤辣子”，黛玉嗔怪宝玉让她“不得安生”，皆是地道的南京土话。热爱红楼的人可来南京寻梦。

现代的南京也是文人辈出。王朔、张贤亮等著名作家都来自南京。南京有很多名校，南京大学、东南大学、南京航空航天大学、南京师范大学、南京理工大学……古老的校园，年轻的学子，浓浓的书卷气让南京城韵味十足。据互联网调查显示，网购中购买书籍最多的城市，就是南京。南京书香四溢，城中到处有书店，而且布置得很温馨。刚下班的小白领，要考研的大学生，都钟爱这里。可以喝一杯咖啡，听一段轻音乐，心灵在文字中徜徉，舒适自在。1865 创意园和颐和路公馆区更是文艺小清新们的好去处。这里有很多清代、民国时期的建筑，有很多历史风云人物的足迹，每一所房子都有故事，值得细细品味。

郁郁葱葱风吹柳，金陵一梦到如今。凤凰台上，百鸟翔集；乌衣巷口，夕阳斜照。中山码头江风徐徐，秦淮河上歌声袅袅。敦厚古朴的南京，香艳多情的南京，文艺清新的南京。它如此多姿多彩，让人流连忘返。

故事杭州　人间天堂

杭州

（宋）谢驿

谁把杭州曲子讴，荷花十里桂三秋。

哪知卉木无情物，牵动长江万里愁。

杭州是一座有故事的城市。古往今来，荡气回肠的爱情故事让杭州的风景有了心，有了灵魂。杭州，湖光塔影缠绵着往事，绿杨白堤摇漾着情思。潮起潮落，杭州倜傥风流。听一听杭州的故事，在无边风月里如痴如醉。

千年等一回，西湖梦

“西湖美景三月天，春雨如酒柳如烟。”杭州之美，精华在西湖。千百年来，不知有多少墨客骚人、丹青圣手想道出西湖的美，可它难描难画，只有天上的瑶池与之可相比拟。更让人难忘的，是它的故事，让西湖的每一滴水、每一缕风都情意绵绵。

她是一条白蛇，在青城山下修行了千年，历尽重重劫难与考验，终于脱胎换骨，变成一个美貌的女子。她左顾右盼，满心欢喜地看着自己乌黑的长发，柔软的四肢。清清的溪水里倒映着她兴奋的脸庞，面如桃花眼如秋水，她很满意，给自己取了个名字：白素贞。观音娘娘告诉她，可以去她想去的人间，但不能为非作歹祸害百姓。白素贞谨记在心，虽然她是白蛇幻化，但她生性纯良，又怎会无故兴风作浪呢？她只有一个心愿，找到多年前救过她一命的牧童，去报恩。

在寻觅的路上，白素贞遇到小青，一条法力比她低微的青蛇。两人一见如故，结为姐妹。天地之大，恩人何处呢？也许是缘分天注定，在杭州西湖断桥之上，白素贞一眼认出了他，彼时已转几世，当年的小小牧童变成眉清目秀的年轻男子。他叫许仙，有一点木讷，却彬彬有礼，善良质朴。那一天，濛濛细雨笼罩着西湖。一尾篷船二人共舟，爱情，悄悄来临。

“十年修得同船渡，百年修得共枕眠。”美丽的西湖成就了这段惊天动地的爱情传奇。舟中一别，相思几欲狂。一把油纸伞，制造了相见的借口。白娘子终是嫁给了许仙，不完全为了报恩，更多的是她爱上了他，也爱上了风光旖旎的杭州。

纵然是人蛇殊途，白素贞的一颗真心日月可鉴。婚后生活十分美满，白素贞助许仙开起药堂，悬壶济世杏林留芳，大家都亲切地唤她白娘娘。日子本来蜜一般甜，偏偏有那好事的和尚法海，识破了白素贞的身份，唆使许仙喂白素贞喝雄黄酒，现出原形。胆小的许仙竟被吓死了，倒也不能怪他，他不过凡夫俗子，看到朝夕相处的妻子变成一条碗口粗的白蛇怎能不怕呢？白素贞更是心如明镜，爱一个人，就要包容他的缺点，甚至于忽略他的动摇与怯懦。为了救回许仙性命，白素贞前往昆仑山盗灵芝仙草，路上重重险阻，她用真情感动了仙翁。许仙还阳了，面对白素贞的坦然和关怀，许仙很惭愧，不再猜忌，恢复昔日恩爱。

白娘子怀有身孕，阖家欢喜。法海却不罢休，擒去许仙囚于金山寺内。这下白素贞真怒了。她虽是异类，却从未有害人之心，更不求荣华富贵，只想和心爱的人安稳度日，法海却咄咄相逼永无宁日。于是白素贞带领小青和法海斗法，飞沙走石，天崩地裂。白娘子水漫金山寺，杭州城一片汪洋。若没有爱情，生亦何欢？死亦何惧？

白娘子和许仙的故事最初成型于明代冯梦龙的《警世恒言》。杭州人太爱它了，代代口耳相传，添枝加叶，人物形象日益丰满。西湖的水，仿佛白娘子的眼泪，哀伤的、幽怨的，流进杭州人的心里。在鲁迅《论雷峰塔的倒掉》一文中说："白蛇自迷许仙，许仙自娶妖怪，和别人什么相干？"说出了杭州人的心声。生灵涂炭，也是情非得已，杭州人不恨她。白娘子被镇在雷峰塔底，人们就盼望着雷峰塔倒掉，甚至去塔底悄悄挖砖基帮助白娘子脱身。她腹中的孩子在水中产出，人们给他安排的命运是高中状元，一家团聚共享天伦。而多事的法海因激起众怒，藏到了蟹壳里，杭州人捉了来，总要大火清蒸，方去心头之恨。

雷峰夕照是很美的。雷峰塔本是吴越王为爱妃得子而建，所以又称皇妃塔。但这并没有几个人关心，杭州人固执地认为是法海建来压制白娘子的。因为这个传说，雷峰塔的名气大噪。康熙、乾隆下江南时，都登上塔顶，远眺西湖，并且留下墨宝。白娘子的儿子许仕林祭塔救母，雷峰塔倒下了，但为了给西湖增色，政府又按照旧制重建五层玲珑宝塔。夕阳西下之时，塔影镀金，登塔看景，想着白娘子已回归家园，自觉心中快慰。

"水色潋滟晴方好，山色空蒙雨亦奇。欲把西湖比西子，淡妆浓抹总相宜。"这是苏东坡在苏州做官时为西湖题的诗，堪称绝唱。西湖晴亦美、雨亦娇，就如同吴越美人西施，沉鱼落雁之貌，淡妆浓抹各有风情。苏东坡是爱极了西湖的，他来到杭州后，发现西湖年久失修，湖道淤塞杂草横生。苏东坡认为西湖是杭州的眉目，当机立断决定捐资疏浚湖道为民造福，挖出的湖泥怎么办呢？苏东坡反复思索后将它筑起一条长堤，变废为宝，既方便了交通，又成全了美景。心怀感激的杭州人把它称为苏堤。苏堤春晓，名列西湖十景之首。春风乍起，六桥烟柳笼纱，从南屏山到栖霞岭，杨柳依依，桃花灼灼，西湖倩影朦胧，长堤如梦如幻。洒脱自如的苏东坡，负手立于堤上，信口吟来："东风第六桥边柳，不见黄鹂见杜鹃。"

"毕竟西湖六月中，风光不与四时同。接天莲叶无穷碧，映日荷花别样红。"从飘逸的柳丝中走过，一叶轻舟荡进湖心，夏天的西湖红莲碧叶、菱鲜藕嫩。往西走，曲院风荷，地位仅次于苏堤春晓。曲院，原是酿酒的作坊，迎薰阁是曲院特设的赏荷之处，迎薰，薰来阵阵香风。酒香醇厚，荷香清新，有的红艳，有的洁白，还有洒金莲、并蒂莲一些珍贵的荷花品种，弥漫着田田的叶子，袅娜地开着花，羞涩地打着朵儿，像来自朱自清笔下。出淤泥而不染，濯青莲而不妖，又是周敦颐的格调。

“月冷寒泉凝不流，棹歌何处泛归舟。白苹红蓼西风里，一色湖光万顷秋。”西湖之秋，月华如练。湖面无波无浪，就如明镜一般，当空的皓月显得格外皎洁，清澈的月光落到湖上，明镜闪烁点点银光，这是平湖秋月，静谧之美。若登临被称作小瀛洲的湖心三岛，月光更明。此时将湖中三座石塔的洞口糊上薄纸，再在塔中燃上灯光，光影投入湖面，就出现一个个圆圆的月亮，与天上的明月共寄相思。这便是三潭印月，奇幻之美。

“西湖之胜，晴湖不及雨湖，雨湖不及月湖，月湖不及雪湖。”断桥，是白许二人初会之处，桥上烟雨迷蒙。断桥并非桥断了，而是白堤到此中断。更妙的是，当乍暖还寒时，桥的阳面已经积雪初融，而另一面仍是堆银砌玉，半截桥身隐于残雪之中，看起来似断非断。冬季在断桥赏雪，回想白娘子初逢许相公，芳心鹿撞，千年修为仍怀少女情思，单纯的爱恋正如白雪般洁净无瑕。

经赵雅芝深情演绎后的白娘子形象更深入人心，一波三折的故事让西湖的美更具体化了，有了内涵。西湖有很多故事，也有很多名人，苏东坡修了苏堤，白居易修了白堤。白居易坦陈自己对杭州恋恋不舍，皆因西湖的缘故。杭州人喜爱西湖，就把很多特产以此命名。西湖龙井，是中国名茶。传说乾隆下杭州时，看到龙井狮峰下，一些乡野姑娘在采茶，茶作深碧色，形状扁直，像一枚枚小书签，这和其他地方蜷曲的绿茶大不相同。乾隆来了兴趣，他也兴致勃勃地采了一些带回宫中。恰逢太后身体不适，嗅到乾隆身边的茶香，冲泡后异香扑鼻，茶味鲜醇，饮后唇齿流芳，食欲大振。乾隆一试之下果然上乘，就钦点西湖龙井为御茶。

很多宴席上会有一道开胃菜：西湖牛肉羹。它是用牛肉末与豆腐末调制的羹汤，可以添加点平菇香菜，也是切得碎碎的，不要太多，再加一点蛋清勾芡。它是杭帮菜，但以西湖命名，多少有些故事的影子。红的牛肉、白的豆腐、绿的香菜、黄的蛋清，凑在一起，就如五色斑斓的人生。汤汁黏稠，舀一勺轻轻摇晃，似湖水荡漾，又仿佛化不开的情意。加一点胡椒粉，辛辣的滋味，如品尝爱情中的悲欢离合。西湖牛肉羹是很家常的菜，爱上了一个人，就愿意为他素手调羹。就像白娘子放弃修仙，甘愿与许仙相守在万丈红尘。

彩蝶久徘徊，书院情

“碧草青青花盛开，彩蝶双双久徘徊。”梁祝的故事有很多地方争论出处，浙江也有，地点就是在杭州。梁祝二人同窗三载，暗生情愫，发生在杭州的万松书院，当地人称为梁祝书院。这一对东方的罗密欧与朱丽叶，让杭州多了些浪漫色彩与悲剧美。

祝英台是上虞祝家庄的大户人家小姐，但她和传统的闺秀不一样，不喜欢闷在闺房里做女红，很想去外面的世界看一看。可是封建社会的女子，是很难有这个机会的。祝英台向父母提出要求：前往书院念书。按理说祝英台这样的家庭，是完全有实力聘请私人教师的，就像杜丽娘那样。但可能太过于宠爱女儿，再加上杭州城的万松书院名气大，祝家二老居然同意了。书院从来没有女学生，祝英台怎么能混进去呢？她灵机一动，女扮男装。

有什么不可以呢？花木兰可以替父从军，“同行十二年，不知木兰是女郎”。兵营都能进去，一家书院自然不在话下。祝英台欢乐地出发了，外面的蓝天白云、花香鸟语，都那么新鲜，她当然不会想到，这一步已经踏进一生的宿命。

在去万松书院的路上，祝英台遇到来自会稽的男同学梁山伯。谦谦君子，温润如玉。在一众求学的青年才俊中，梁山伯显得出类拔萃，至少在祝英台眼中，他是卓尔不群的。祝英台是个女子，初离家门，多少有些孤单不适应，梁山伯的出现很及时。在她身体不舒服的时候，在她想家的时候，梁山伯给予她温暖与关怀。两人在草桥结拜为兄弟。然而，哪个少女不怀春？花样年华的祝英台，情窦初开。爱上一个人，有时只因为一个交汇的眼神，一句殷殷关切的问候。梁山伯处处关照她，他又一表人才，言语不俗，像临风玉树一样，公子世无双。祝英台情不自禁，芳心暗许。

梁山伯懵懂无知，他怎么想到这个聪明俊秀的小兄弟原是俏佳人呢！同窗三载，祝英台对梁山伯的爱恋与日俱增。但即便两人曾同居一室，即便祝英台多次流露出羞涩而爱慕的眼神，梁山伯始终当成兄弟之谊。该怎么点醒这只呆头鹅呢？祝英台有点着急了，可出于女儿家的矜持又不便明说，于是有了著名的十八相送。即将分别，梁祝二人依依不舍。十八相送，长亭更短亭。祝英台一路装疯卖傻，看见什么比什么，花开并蒂，鸳鸯成双，句句在提示梁山伯；情切切、意绵绵，可他还是不懂，口口声声叫着贤弟。祝英台无奈了，干脆说自己有个双胞胎妹妹，要梁山伯上门提亲。

故事本可以有个美好的结局，但梁山伯还未领悟，迟迟不来。祝英台日盼夜盼，心如油煎。女大当嫁，祝家父母把英台许给了当地高门大户家的马文才。且不论马文才是不是如戏文中那样纨绔又猥琐，即使他学富五车家财万贯，也不是祝英台所爱的。而梁山伯终于来访，楼台相会，祝英台掩面落泪，梁山伯这才明白祝英台所要保媒的妹妹是她自己，悔之无极，然而一切已经太迟。

很多爱情都是这样，一不小心就错过了，成为终身遗憾。梁山伯回想书院中一幕幕场景，往事如烟，曾经的美好已成锥心之痛。本可以拥有，却偏已失去。楼台一别恨如海，相思催命，梁山伯情不能堪，一病不起以至命丧黄泉。得知消息，祝英台也崩溃了。爱过他怪过他，可现在已天人两隔，再无可等可怨之人。没有爱情，祝英台生无可恋。出嫁之日，她坚持要去梁山伯的坟前凭吊。离奇的一幕发生了，当盛装的祝英台扑到坟前失声痛哭时，电闪雷鸣，倾盆大雨浇下，墓穴开裂了一尺多长口子，仿佛迎接归家的新娘。祝英台毫不犹豫地跳了下去，刹那间墓穴合拢了，雨散云收，晴空万里，天边出现七彩长虹。一双蝴蝶从坟茔前翩然飞出，上下盘旋，始终不离左右。人们说，这就是梁山伯与祝英台，他们终于幸福地生活在一起，生生世世不会分开。

生不同床死同穴，已经坚贞动人；双双化蝶，简直是震撼了。古往今来的爱情传说，当以梁祝为首。放到西方也是首屈一指的，罗密欧与朱丽叶，也没有这么唯美浪漫的意象。情不知所起，一往而深。化蝶是人们对他们未成眷属的弥补，是对人间真情的美好祝福。梁祝让人们更相信爱情。

杭州万松书院，是梁祝爱情萌生处。二人曾于花丛吟诗作对，月下促膝谈心。梁祝之恋，至纯至美。学生时代的爱，没有任何世俗因素，就是单纯的两心吸引，日久生情。纤尘不染，水晶般透明，最是珍贵。万松书院声名赫赫，是明清时杭州最大的书院，学术根基深厚。才子袁枚是万松书院的学生，明代大儒王阳明曾在此讲学。书院本是严肃冷峻的，梁祝的民间故事让它柔美起来，吸引了四方的游客。杭州巧妙地将书院文化和梁祝文化融合在一起，使万松书院既有历史气息又有爱情元素。大型的浮雕刻着梁祝故事的重要情节脉络，设有梁祝读书、住宿的房间，使故事更有真实感。万松书院已被列入新杭州十景之中，它现在还有个新功能：经常在这里举办大型相亲会，帮助杭州的适龄男女寻找真爱，让梁祝的遗憾不再重复。

越剧，是中国流传最广的剧种。它起源于浙江，所以作为浙江省省会的杭州，成为其重要的发展地。《梁山伯与祝英台》是越剧中经久不衰、影响深远的曲目。越剧擅长才子佳人的题材，唱腔婉转缠绵，将梁祝的人性美与悲剧力量发挥到极致。十八相送，一路走一路对唱，欢快俏皮。英台哭灵，其声之哀，闻者无不恻然。杭州有很多越剧名家，宁静的夜，在杭州越剧团听上一段，对着西湖的红烟绿雾，身临其境地感动一把。

杭州的文化是很雅的，连特产都是。杭州也曾是古都，但不像南京、西安那么沉重，杭州玩的是风月，倜傥潇洒的。即便在乱世，也是“山外青山楼外楼，西湖歌舞几时休”。颠沛流离、霜刀雪剑这样的词和杭州搭不上边，杭州时时是繁花似锦、诗情画意的。看梁祝的扮相就知道了，丝绸长衫飘飘，手持折扇。杭州出丝绸，外地人来杭州，买什么呢？一把折扇，一方丝巾，一包龙井，共称为杭产三绝，轻巧容易携带，又体现了典型的杭州文化。

2016 年，国际经济合作论坛 G20 峰会在杭州举行，杭州成为举世瞩目的焦点。为了让世界更好地认识杭州，杭州市启动了丝绸之路城市礼。西湖美景带不走，但可以带走杭州三绝。王星记的玉骨宣纸烫金扇、万事利的丹青雅韵丝巾、顶峰茶叶的手工西湖龙井，此三者皆为杭州的著名品牌，也是G20峰会专属用品。三大品牌联手，展示了杭州风雅的文化形象。

杭扇品种多，制作精良。“苏白杭黑”，顾名思义，苏扇擅长白宣纸扇面，而杭扇则以黑纸扇最出名，桑皮纸，金漆作画写字，多为江南山水。杭扇小骨多，可达三四十根，大骨则排口小，开幅可达180度，可以纳凉遮阴，甚至可挡雨。有“一把杭扇，半雨伞”之说。更重要的是文人味，江南才子，纸扇轻摇，合拢打开间洒脱自如，文艺气质呼之欲出。王星记是百年老字号，品种繁多，檀香木的扇子镂空雕花，送来阵阵香风。竹木棕叶、麦秆蒲草、玳瑁翡翠都可用作扇子材料，形状也是各式各样的，比如淑女用的团扇，丝绸扇面象牙手柄，半遮粉颊，千呼万唤始出来。

丝绸与杭文化紧密相连。杭州是丝绸之府，有“天上云霞，地上鲜花”的美誉。杭州丝绸质地柔软，花色明艳。“千里迢迢来杭州，半为西湖半为绸。”杭绣，针法多变，层次分明，凝神静气，精益求精。杭州绸伞也有代表性，许仙、白素贞满天风雨相会，雨伞起了大功劳，梁山伯、祝英台在书院共读时也是撑过的。绸伞更偏向于工艺品，从伞面到伞柄，无不流露出浓浓的江南味。杭州天堂伞畅销全国，可以说每个人家都有一把天堂伞。还有张小泉剪刀，纯手工打造，号称裁剪江山成锦绣，一把剪刀也做出了文化。西泠印泥，精选天然朱砂制成，匀净沉着，色彩红艳。中国的书法绘画总体偏素雅，喜欢留白，作品完成时加一个印章，画龙点睛，红色的印泥落到白宣纸上，是凝固在纸上的中国风。

泪染油壁车，钱塘歌

杭州是多情的城市，有三座情人桥，分别是许仙和白娘子的断桥，梁山伯与祝英台的长桥，还有一座是苏小小的西泠桥。钱塘第一名妓苏小小，是杭州又一个深入人心的故事。和前两个传说不同，苏小小是活生生的、有血有肉的，她的香冢就在杭州西泠桥边。

苏小小本是富商之女，因生得玲珑娇小而得此名。豆蔻年华时，父母亡故，苏小小喜爱自然山水，就变卖家产，带着姨娘来到杭州城西的西泠桥边，在松柏林中筑起小楼。苏小小性格活泼，常乘着油壁车在城中游玩，香车美人，自然是众人注目，王孙公子趋之若鹜。苏小小也愿意与他们结交。家中积蓄有限，坐吃山空，不抛头露面献艺无以度日。苏小小色艺双绝，很快成为杭州第一歌伎，艳名远播。但处在青楼、阅人无数的苏小小，却在期待一份真正的爱情。

“妾乘油壁车，郎骑青骢马。何处结同心？西泠松柏下。”在苏小小的期待中，他出现了，骑着青骢马，丰神如玉。西湖柳浪闻莺，西泠松枝啼燕，苏小小和阮郁并肩而行，郎才女貌春色如许。夜梦甜酣，二人蒙羞被好，你侬我侬。这应该是苏小小人生中最难忘也最幸福的时光。可惜好景不长，阮郁系出名门，家族不能接受苏小小是个风尘女子，活活拆散了一对有情人。

苏小小怎能不悲伤呢？虽然主要原因是阮父的责难，但阮郁的懦弱与放弃更让她失望。说到底，他爱得没有她深，所以不够坚定和勇敢。但苏小小没有像杜十娘那样决绝，心灰意冷以至放弃自己的生命，为一个负心人，值得吗？在眼泪流干后，苏小小又振作起来，重新回到声色犬马的生活之中，小楼再次宾客盈门，夜夜笙歌。这是苏小小的一个特别之处，古往今来的女子，贵妇也好民女也好，无不为男人而活，青楼的最好结局也是从良。当然，如果阮郁把小小娶回家，她也可以像董小宛那样，做一个有情调的小娇妻。可是他放弃了，但她并没有放弃自己。没有爱情，还有这片诗意山水。

所以有人把她比作茶花女，茶花女的爱情，也是被世俗的眼光掐断了。茶花女重回风月场，遭到情郎的鄙弃，她像一朵茶花迅速枯萎了下去。苏小小在曼舞轻歌之际，心里也是流着泪的。孟浪之流邀请她，富商想娶她做妾，苏小小不肯，她把青楼当净土，享受自由。另外，她比茶花女的境界高，苏小小有侠义精神。

自古侠女出风尘，像柳如是、小凤仙之类。杭州太平，苏小小不必忧国忧民，但她却有义举。在钱塘江边，苏小小遇到一个落魄书生鲍仁，眉眼肖似阮郁。苏小小主动资助百金，让他赴京赶考。这固然是她重情，心里还想念阮郎，更多的是惜才。苏小小的慷慨是不求回报的，她甚至忘了这回事。

她本就体弱多病，和阮郁这场无望之恋，更是催心催肝。鲍仁求得功名出任滑州刺史后，专程来看望拜谢苏小小，看到的只是一具冰冷的棺木。鲍仁抚棺痛哭，并按她遗愿，将苏小小葬于西泠桥畔。

“若解多情寻小小，绿杨深处是苏家。”西泠桥碧草茵茵，松柏如盖，蔓草空郊处是埋香魂之所。设想一下，如果苏小小没有早早魂梦归去，她会不会嫁给鲍仁成为刺史夫人呢？那么她也可以相夫教子安享余生。但是没有如果。佳人已去，寂寥红粉花月影，只留后人徒然伤怀。白居易、苏东坡、温庭筠、徐渭，无数才子俊杰来访芳踪，写下诗句怀念她。苏小小墓上筑了一座六角攒尖亭，名为慕才亭，亭中有十二道楹联，道尽苏小小坎坷却精彩的短暂一生。桃花流水窅然去，油壁香车不再逢。

西泠桥畔还有一处美人墓，是巾帼英雄秋瑾。她是民国时期的风云人物，自称鉴湖女侠，提倡女权，热心民主革命，是为中国革命而牺牲的第一位女烈士。秋瑾是官家小姐，出嫁后也生活优渥，但和丈夫毫无共同语言。秋瑾心中苦闷，只身去日本留学，为革命四方奔走，唤醒民众。秋瑾尤其关注妇女解放，她鼓励女性：“吾辈爱自由，勉励自由一杯酒，男女平权天赋就，岂甘居牛后？”起义失败后，秋瑾从容赴死。

“一腔热血勤珍重，洒去犹能化碧涛。”西泠桥的秋风秋雨，不再愁煞人。秋瑾在桥南，苏小小在桥北，都是奇女子，当可结知音。孤山的梅林中，疏影横斜暗香浮动，两人若有灵，可散步林中，谈古论今，把酒抒怀。杭州西泠桥一带是不寂寞的，这里有梅妻鹤子、清高孤傲的林和靖，时僧时俗的性情中人苏曼殊，打虎英雄武松，薄命红颜冯小青，还有众多名人长眠此处。

杭州，又名钱塘，因临钱塘江而得名。钱塘江是浙江省最大的河流，波澜壮阔。每到农历八月十八日左右，钱塘江涌起大潮，风驰电掣，巨浪滔天，被称为天下第一潮。在钱塘江畔有一座巨大的青铜雕塑，叫钱王射潮。吴越王钱镠一身盔甲，雄姿英发，弯弓搭箭直指潮头。钱王身边，万箭齐发。几百米处，是一尊钱江龙雕塑，钱王神勇莫敌，巨龙惊慌逃走。钱王修筑捍海塘，让杭州人安居乐业，得到人民的敬仰，这也是钱塘江得名的由来。

在民间故事中，钱王射潮的形象更为生动具体。传说钱塘江中有潮神。他不高兴时就兴风作浪，特别在八月十八潮神生日这天，他掀起高高潮头，排山倒海一般。两岸的堤坝不时坍陷，百姓疾苦。钱王发怒，带上万名弓箭手赶到江边，列阵以待。潮神果然来了，从一条白线闪出，继而波涛汹涌，溅雨飞沙，巨潮惊天动地奔涌而来。钱王一声令下，将士们万箭齐发，呐喊声响彻云霄，硬是逼得潮头消退下去，无影无踪。

唐传奇《柳毅传》中，也有钱塘君的身影。虽然文中他以配角身份出现，但一出场就气势夺人。书生柳毅遇到远嫁泾川的洞庭龙女，龙女倾诉所嫁非人，托柳毅传书家中。柳毅来到洞庭龙宫，洞庭君得知女儿的遭遇，痛心不已，却交代众人不要让亲弟钱塘君知道，因为他生性暴烈。这时钱塘出场了，书中描述："俄有赤龙千余尺，电目血舌，朱鳞火鬣，项掣金锁，锁牵玉柱。千雷万霆，激绕其身，霰雪雨雹，一时皆下。乃擘青天而飞去。"钱塘君发怒的形象，实在骇人。

每年来杭州观潮的人多如过江之鲫。交叉潮呈两股潮头十字形，碰撞时水柱震天。一线潮如一堵雪墙泰山压顶，咆哮而来声吞万籁。漫漫平沙，潮如白虹，"须臾却入海门去，卷起沙堆似雪堆"。钱塘江大桥由著名桥梁专家茅以升设计，是桥梁史上一座丰碑，桥上有可歌可泣的一段历史。抗战期间，为了保护杭州，茅以升曾眼含热泪亲手炸桥，和平年代又经他亲手修复。该桥已经历八十年风霜，雄伟而坚固，杭州人亲切地把它称为"桥坚强"。

钱塘江大桥对面是六和塔。杭州有很多名塔：保俶塔、雷峰塔、白塔、华严经石塔、功臣塔、香积寺塔、理公塔，等等。六和塔也是其中一座，六和之名来自佛教教义，建塔为镇钱塘江潮。塔分七层，每层都有乾隆皇帝的题字。杭州人说："保俶塔如美人，雷峰塔如老衲，六和塔如将军。"从这个比喻可以明白，六和塔威风凛凛气势浩瀚。登塔俯瞰，钱塘风光一览无余，六和听涛，满月如轮，钱塘潮声如千军万马，震荡心魄。六和塔景区还有中华古塔博览苑，将中国近百座名塔按比例缩小，游客可以将北京白塔、西安大雁塔等名塔一一尽收眼底，细观细赏。

西湖春水年年绿，暖风熏得游人醉。舀一勺晶莹透明的西湖藕粉，满口生津；吃一筷肥而不腻的东坡肉，乐而忘忧。杭州，马可·波罗口中“世界上最美丽华贵的天城”。可去云雾飘浮的灵隐寺听禅宗，可去霞光掩映的岳飞墓拜忠魂，可去无边翠色的西溪湿地野外垂钓。夹岸红桃绿柳，满陇桂落如雨，沿着云溪竹径，饮一口虎跑甘泉。千岛湖上看孔雀开屏、梅花鹿漫步。宋城中穿越时空、触摸千年情思。杭州，云蒸霞蔚，绿水逶迤，芳草长堤。它有柔滑的丝绸和清香的茶叶，更有无数荡气回肠的故事。美丽的杭州，天堂一样的城市。

俏丽苏州　锦绣花园

别苏州

（唐）白居易

浩浩姑苏民，郁郁长洲城。
来惭荷宠命，去愧无能名。
青紫行将吏，班白列黎氓。
一时临水拜，十里随舟行。
饯筵犹未收，征棹不可停。
稍隔烟树色，尚闻丝竹声。
怅望武丘路，沉吟浒水亭。
还乡信有兴，去郡能无情。

“江南好，风景旧曾谙。日出江花红胜火，春来江水绿如蓝。能不忆江南？”江南风光秀丽，景致宜人，而苏州，正是江南众佳丽中风姿绰约的一位。她婷婷袅袅地走来，巧笑嫣然，顾盼生姿，举手投足皆是风情。

锦绣园林甲天下

“江南园林甲天下，苏州园林甲江南。”来苏州不可不逛园林。这是一个花园般的城市。中国人擅长园林艺术，于繁华闹市打造山水田园，有浓郁的东方情调。北方的园林，像京城的颐和园，偏向气势宏伟的建筑风格，凸显皇家风范。而苏州的园林，则更秀丽精巧别具匠心，强调意趣神韵。苏州园林始建于春秋战国，明清鼎盛时期有一百七十多处，现存完整的仍有六十多处，每一座园林都有自己的特色。雕廊画栋，变化无穷，亭台楼阁间自有乾坤。浓缩山水精华，闹中取静，峰回路转曲径通幽，步步有诗情，处处有画意。居于城市，似在青山绿水之间，胸中有丘壑，看游鱼嬉戏，见花木扶疏。

拙政园与留园，是苏州园林的翘首，与北京颐和园、承德避暑山庄一起被誉为中国四大名园。拙政园占地 78 亩，是苏州现存最大的古典园林。“拙政”之名，大有深意。出自西晋潘岳所作《闲居赋》，潘岳一生宦海沉浮，两次撤职，三次外放，郁郁不得志，渐渐厌倦官场的尔虞我诈、争名逐利，起了归隐田园之念。他向往一种生活：“览止足之分，庶浮云之志，筑室种树，逍遥自得。池沼足以渔钓，舂税足以代耕。灌园鬻蔬，供朝夕之膳；牧羊酤酪，俟伏腊之费。孝乎惟孝，友于兄弟，此亦拙者之为政也。”潘岳感慨自己仕途不顺是因为“拙”，既然如此，不如明哲保身寄情山水。“仰众妙而绝思，终优游以藏拙。”

拙政园建于明正德年间，他的主人王献臣也是朝廷重臣，天姿聪慧，又系出名门，官至巡察御史，威风八面。但王献臣秉公执法刚正不阿，必然得罪一些权贵，在与东厂大主管发生冲突后，王献臣被罗织了莫须有的罪名打入监牢，鬼门关走了几个来回。幸而新皇登基，大赦天下，王献臣才得以逃出生天。此时，他早已对官场心灰意冷，只想回自己老家颐养天年。一天夜里，王献臣忽得一梦：一位仙风道骨的老者，笑眯眯地告诉他：“你不是很想建个园子吗？踏破铁鞋无觅处，姑苏城东破庙寻。”王献臣将信将疑地来到苏州城东郊，果然看见一所破庙，观此处风水奇佳，遂买下建园。他从潘岳的《闲居赋》中择取“拙政”两字为新园林定名，余生只想种树钓鱼、养花浇菜，做一介农夫，尽享田园之趣。

自王献臣之后，拙政园曾经几易其手，时而衰落时而繁盛，见证了历史的沧桑。作为一座私家园林，拙政园常是达官贵人设宴聚会之所。“冲冠一怒为红颜”的吴三桂，他的岳父王永宁也曾是园主。王永宁大兴土木，厅中石柱雕龙刻凤，极尽奢华，又广蓄美艳家姬，轻歌曼舞，“素娥几队出银屏”“十斛珍珠满地倾”。后康熙削藩，吴三桂起兵造反，王永宁惊惧而死，偌大园林一时没落萧条，后重新修葺，恢复昔日风貌。康熙南巡曾游此园，爱其花繁叶茂。李鸿章也赞之：“琼楼玉宇，如神仙窟宅，平生所未见之境也。”辛亥革命期间，在拙政园成立江苏省议会，张謇为会长。张謇是民国名人，以状元身份弃官从商，实业救国。为此，拙政园中开辟茶室，招揽说书艺人、戏曲优伶在园中排演节目，吸引四方游客，以收取园资。抗日战争时期，日军轰炸机在苏州上空投掷炸弹，锦绣园林变得满目疮痍，廊上结着蛛网，池中布满苍苔，野狐出没，硕鼠横行，破败景象令人叹息。直到中华人民共和国成立，党和政府高度重视，拨资修建，逐步恢复拙政园的风采，而且更添神韵。

拙政园因地制宜，池广林茂，以水见长。水，是拙政园的精灵，一园波光粼粼的水面倒映着亭台楼阁，浑然天成，使人瞬间走进江南水乡。江南四大才子之一的文徵明曾题：“绝怜人境无车马，信有山林在市城。”拙政园不见人工痕迹，建筑与自然山水融为一体，花木疏朗，一派天然野趣。苏州园林很重视“画面感”，作为其中代表，拙政园精于此道，将园林经营得如诗如画。园中各处建筑，假山怪石，长廊短亭，轩圃池榭，无不匠心独具地取一个风雅的名字。园中设计巧妙，建筑典雅，采用借景手法，移步换景，景中有景，给人丰富多变的多重空间感受。

拙政园的美十分大气。园分三部，各有各的特点。东部原名“归田园居”，使人想到晋陶渊明之隐士情怀。“少无适俗韵，性本爱丘山。久在樊笼里，复得返自然。”榆柳成荫，桃李堂前，耳闻鸡鸣狗吠，目见袅袅炊烟。更妙的是，陶渊明此诗中有一句“守拙归园田”，与“拙政园”之“拙”不谋而合。然而，经历时光摧残，东部归田园居多已荒芜，后为政府新建。流水曲坞环抱松林草坪，一片田园风光。东部有芙蓉榭、天泉亭、缀云峰、浮翠阁、玲珑馆等各处景点，尤喜玲珑馆之名，竹影婆娑的小馆，于浮华浊世筑一颗玲珑之心。

拙政园西部，主要建筑是三十六鸳鸯馆和与谁同坐轩，两景相对。三十六鸳鸯馆场地开阔，鸳鸯之名温柔绮丽，古人常在此排演风花雪月之乐舞，设宴娱宾。厅中陈设华丽，细格雕花木窗上镶嵌蔚蓝色玻璃，从窗内远眺，竟仿佛从夏日看到白雪飘飞之冬景，恍惚间不知今夕何年。与谁同坐轩，取自苏东坡："与谁同坐？明月、清风、我。"苏东坡文才绝艳，倜傥风流，为人洒脱自在、快意江湖，坐在轩中，感受微微清风吹来，遥想苏郎风采，不由得人意醉神驰。

中部，是拙政园精华，园中有园，景中有景，变化无穷。整体依水而建，安排错落有致，层次分明。主体建筑远香堂位于水池之南，小桥流水，双亭相望，池中遍植荷花。拙政园花木繁多，但多选寓意深远、有高洁品质的植物，如孤傲的梅花、耿直的竹子、坚韧的松树。荷花出淤泥而不染，有君子之风。周敦颐曾著脍炙人口的《爱莲说》，大赞荷花"香远益清，亭亭净植，可远观而不可亵玩也"。远香堂之名，暗合此意。尤在盛夏之季，接天莲叶绿意盎然，满池荷花竞相开放，轻白粉红，娇羞可爱。游鱼穿梭嬉戏，"江南可采莲，莲叶何田田。鱼戏莲叶间。鱼戏莲叶东，鱼戏莲叶西，鱼戏莲叶南，鱼戏莲叶北"。坐上池中华丽的画舫，或荡起一叶轻舟，悠悠然驶进荷塘深处，驶进幽香隐隐的仲夏夜之梦。

苏州是个园林世界，拙政园相隔不远的狮子林，将佛教思想引入园林艺术，是一座富有禅宗深意的寺庙园林。园名来自佛经。《佛说十往生阿弥陀佛国经》中载："彼国道场，树高四十万由旬。树下有狮子座，高五百由旬。阿弥陀佛日日常转法轮。"意思是在西方极乐世界，一千多万里高的宝树之下有二万里高的狮子座，阿弥陀佛坐在上面讲法普度苍生。狮子林本为禅林，系高僧天如禅师的弟子们集资修建，以奉禅师清修。天如曾得法于浙江狮子岩，故取其名以纪念佛徒衣钵。巧的是，园中很多假山怪石的形状恰如狮子之形，狮子林之名正可谓一箭双雕。乾隆皇帝特别喜爱狮子林，六游至此，亲赐多处额匾，并题诗："城中佳处是狮林，细雨轻风此首寻。"

假山，是狮子林典型特征，将佛理融于奇峰怪石之中，造型皆与佛教故事中的人体、狮形、群兽相似，拟其态而传其神。假山选用玲珑剔透千姿百态的太湖石，掩映在翠柏青松玉兰藤萝之间。特别值得一提的是一株600年历史的古银杏，枝繁叶茂，盘根错节，夏季为狮子林撑起一树绿荫，秋日银杏叶灿若云霞，甚是美丽。飞瀑，也是狮子林点睛之笔，在全园最高处。太湖石高高叠起三叠，最顶端巧妙设计人工瀑布，机关一开，一股清泉奔流直下，注入深渊，飞珠溅玉，疑是银河误落人间。

“不到园林，怎知春色如许？”苏州百所园林，各有各的美妙之处。中学语文教材中有一篇著名作家叶圣陶的《苏州园林》，叶老细致地总结了苏州园林的特点：“如在画图中。”确实是这样，游览者无论站在哪个点上，眼前总是一幅完美的图画。苏州园林追求自然之趣，高墙低廊俯仰生姿，堆山理水浑然一体。每一个角落都是美的，几扇镂空雕花的窗子，数棵慵懒自在的芭蕉，都恰到好处地出现在它应有的位置。清风明月本无价，近水远山皆有情。

吴侬软语唱苏州

苏州自古出美人，绫罗绸缎裁制的旗袍裹着玲珑有致的身材，她们一路穿花拂柳而来，娉婷绰约，顾盼生姿。苏州姑娘，一口吴侬软语，又甜又糯，举手投足间都是浓浓的中国风。烟雨时节至苏州，柳色更新，月色更明，濛濛雨丝中的苏州美人如行走的水墨画。此时，若在竹编小椅落座，斟上一壶洞庭碧螺春，细啜慢品，遥听寒山寺传来的袅袅钟声，感觉如置人间天堂。

吴侬软语，重点一个“软”字，似三月的春风拂过心田，是莺啼呖呖，是燕语声声。苏州女孩水一样温柔，声音软糯里带着点嗲嗲的小娇媚，虽然听不懂她在说什么，但落在耳朵里十分受用。苏韵流芳。苏州人讲话都这么好听，不唱戏岂不是可惜了？当然有！苏州地方戏光彩熠熠，尤推昆曲与评弹。

昆曲，是中国古老的剧种，自元朝贯云石创散曲“海盐腔”开始，于明代独领风骚。昆曲将唱念做打、舞蹈曲词融合在一起，被誉为“百戏之祖”。昆曲唱腔华丽、念白优雅、舞蹈飘逸。昆山腔是昆曲前身，大量吸收吴侬软语，与苏州有极深的渊源。昆曲有“水磨腔”美名，只因曲调悠扬婉转，唱法舒缓轻柔，就好像江南手工作坊里现磨现做的水磨年糕、水磨米粉一样细腻软糯，声音缱绻缠绵，撩动人的情思。在苏州静谧的园林里，春光明媚，忽闻一声清丽曼妙的低吟浅唱，不由得人心中一荡。再定睛一看，明眸皓齿的佳人翩然而至，她轻舒罗袖，如水的笛音悠然响起，她唱得满园桃花盛开，白衣飘飘的公子立在月下花前，荡人心魄的水磨腔在粉墙花窗间徘徊。是相爱还是别离？唱的人不能自持，听的人意醉神驰。

好曲调要配好情节。昆曲阳春白雪，牡丹艳压群芳。最经典的当属《牡丹亭》，这也是它的作者汤显祖最为得意之作。汤显祖被誉为“东方莎士比亚”，《牡丹亭》情节曲折离奇，一叠三叹，唱词精致优雅，余香满口。杜丽娘是富贵人家的女儿，一直循规蹈矩地拘着自己，长到16岁，竟然连自家的后花园都不曾去过。小丫头春香怂恿她去，杜丽娘看到满园芳菲，不禁感叹：“原来姹紫嫣红开遍，似这般都付与断井颓垣。”春色惹人醉，但自己比春光还美的青春被束缚在深宅大院，她感到莫名伤感，于是悠悠唱道：“良辰美景奈何天，赏心乐事谁家院？”《诗经》中动人的情诗唤醒了懵懂的少女杜丽娘，她做了一个离奇的梦，在牡丹亭前邂逅书生柳梦梅。“情不知所起，一往而深。”

爱是什么？爱是生命的一束光，照亮了苍白寂寞的一颗心。杜丽娘本是个拘谨怯懦的官宦小姐，为爱而死，为爱而生。她在梦中得爱后，梦醒更觉怅惘，蚀骨相思使得圆润的杜丽娘一天天消瘦下去，最终一病不起含恨而终，临终前嘱托春香将自己的画像藏于太湖石底。姻缘天注定，现实中的柳梦梅赴京赶考拾得画像，杜丽娘魂魄前来相会诉说因果。任何人一听都觉得荒谬，但柳梦梅相信杜丽娘，也相信爱情的力量，甘愿冒着人头落地的危险助她还魂。然而，好事多磨，连杜丽娘的至亲都不能相信死而复生的事，柳梦梅身陷牢狱之灾，虽高中科举也得不到杜家承认，但这对情比金坚的恋人不会向现实屈服，最终在圣天子明断下，有情人终成眷属。

尽管结局还是借助皇权的力量，但《牡丹亭》中追求个性自由，呼唤真正爱情，确实是黑沉沉的封建社会里一座耀眼的灯塔。即便在现代化的今天，也是有着震慑人心的力量。（从北宋到明清，理学成为主流统治思想。理学是在传统儒学基础上吸收佛教、道教思想，提倡存天理、灭人欲，弘扬封建社会的伦理道德。）《牡丹亭》至情至性，充满浪漫主义色彩。它是一道惊雷，又是一阵春风，由昆曲悠扬婉转的唱腔来演绎，更是让人身临其境，时而击节高歌，时而掩面长叹。

除了《牡丹亭》，昆曲名段灿若繁星，《桃花扇》《墙头马上》《玉簪记》《长生殿》，等等。比起京剧的大气沉稳，昆曲更显妩媚风流。它似一朵空谷幽兰，又如一只云中灵雀。昆曲是苏州的一个符号，与园林相得益彰。园林是静美凝固的昆曲，昆曲是活泛生动的园林。不听昆曲，怎敢说你去过苏州？平江路，是听昆曲的好地方，那里有很多雅舍，不仅有昆曲，还有评弹，还有香瓜子配着甜蜜饯。正式一点，去苏州昆剧院，桃花坞边上，风流才子唐伯虎家门口，红砖小楼紫藤萝，这里排演了很多经典大戏，古色古香的舞台上，是另一个人间。眼观他们的悲欢离合，耳听他们的爱恨情仇，雪白团扇下的一张俏脸媚眼如丝，唱着今生，讲着前世。一曲唱毕，余音绕梁三日不绝。你轻轻地拭去眼角的泪水，竟不知今夕是何年。

苏州评弹，是一种说书艺术，是苏州吴侬软语的典型体现，乾嘉年间就比较流行，论名气不及昆曲，但似乎比它更接地气更亲和。苏州评弹大致分为评话与弹词。评话就是用苏州方言讲故事，娓娓道来，妙趣横生。以长篇故事居多，一回一回的说，历史故事、侠客故事、神怪故事比较受欢迎。经典的有《岳飞传》《隋唐演义》《水浒传》《七侠五义》《封神榜》，等等。评话开场，满堂鸦雀无声，说者绘声绘色，听者聚精会神。金戈铁马沙场，刀光剑影江湖。中华人民共和国成立后，苏州评话与时俱进，推出了不少新段子。而且，在表现手法上，也有创新，从一人主讲变为两人多人，时坐时站，表情生动，像相声和滑稽剧一样，冷不丁抖个包袱，逗得满堂听客呵呵大笑。评话只说不唱，全靠艺人一张嘴推动故事发展。当然，手帕、折扇、醒木之类烘托气氛的小道具必不可少。

弹词边弹边唱，乐器一般是三弦和琵琶，内容多为传奇故事，情节曲折，感情丰富，才子佳人儿女情长的故事最受欢迎，像《白蛇传》《玉蜻蜓》《珍珠塔》，等等。苏州评弹号称最美的声音，弹词千回百转，吴侬软语轻清柔缓，弦声铮铮如泣如诉，琵琶声哀怨缠绵。苏州姑娘都会唱几句评弹，穿上旗袍，厅中落座，朱颜玉貌环佩玎珰。窗外花影浮动，窗内笑语频频，人面桃花相映红；苏州的俏船娘，划船时虎虎生风，小憩时，娇怯怯地往船头一坐，怀抱琵琶，立刻变作温柔模样。手在弦上轻轻拨动，大珠小珠落玉盘。坐船的客官点一首《杜十娘》，小船娘启樱唇开贝齿，且弹且唱："窈窕风流杜十娘，自怜身落在平康。她是落花无主随风舞，飞絮飘零泪数行。"杜十娘的故事早已熟知，但在评弹的旋律里，听众拎紧了一颗心，关注后文发展。当小船娘唱道："可知十娘亦有金银宝，百宝原来有百宝箱。我今朝当了你郎君的面，把一件件，一桩桩，都是价值连城异寻常，何妨一起付汪洋。"众人不由得一声叹息。

苏州评弹并不一定非女性说唱不可。比起其他地方，苏州男性似乎更加温文尔雅，特别是唱评弹的先生，穿一袭长衫，手持折扇，一派浊世佳公子的模样。苏州评弹辞藻清雅，唱腔婉约，带着江南水乡的韵味，似端来一杯香醇的桂花米酒，让人未饮先醉。正如一首诗歌中所写："它穿过苏州的古街古巷，恰似一滴水的纤柔，从古朴的瓦当间缓缓滴落，击穿岁月深处郁结的冰层，化作一曲曲评弹清音，叩响一颗颗干涩的心。"

人力车，在苏州蛮常见。不是烧油或用电驱动的三轮车，而是纯粹脚踏的人力三轮，骆驼祥子用的那种，有点上海租界、北京胡同的感觉。车夫脖子上搭一条白毛巾，后座不宽，恰恰好坐两人，抹得干干净净的，还有遮阳篷。这应该很早就有了，从前的老爷阔太太们，一步也不肯多走的，叫了三轮车夫到家门口来接，舒舒服服地坐上去，老爷兴许抽一支雪茄，小姐太太摸出一条香帕子擦汗。下了车，打赏点小费，车夫虽跑得满头大汗，心里头却是欢喜。

随着私家车、出租车增多，再坐人力三轮，有点怀旧的感觉，生出了几分情调。有人抱怨苏州三轮车乱收费，其实大部分车夫还是憨厚老实的。骑到上坡路，大喝一声奋力踩起，脖子上青筋直暴。后坐的人感觉于心不忍，主动提出下车。车夫却只是憨笑一声：“不用，行的咧。”呼哧呼哧骑了上去，证明他宝刀未老。人力三轮车与古典的苏州很配的。坐着它去逛园林，坐着它去听评弹。不急，不躁，从从容容地坐着，看看街景，和车夫扯几句闲天。夕阳的余晖慢慢投射在路面上，呼吸一口园林里吹来的风，摇头晃脑地哼段昆曲，生活就是这么惬意。

香甜糕点细丝绸

作为鱼米之乡，苏州有众多美食。苏帮菜是中国四大菜系之一，是南菜正宗，驰名全球。苏州菜偏爱鲜甜，讲究原汤原汁，注重火候，色香味俱全。苏州湖多，鱼鲜虾肥蟹美。名菜松鼠鳜鱼，取最鲜嫩的胖大鳜鱼一条，去鳞去内脏倒饬干净，斩去鱼头，鱼肉用花刀细细片出造型，剔去鱼腹骨刺，裹上料酒、精盐、淀粉下锅油炸，炸至金黄色捞出，浇上虾仁、香菇丁、竹笋丁等各种配料烧制而成的糖醋汁。装盘时鱼头鱼尾高高翘起，片好的鱼身被炸得粒粒饱满，整体造型别致可爱，像一只活灵活现的小松鼠。一勺热油浇上去，“松鼠”发出吱吱的叫声，更觉逼真有趣。松鼠鳜鱼滋味脆嫩，酸甜适口，老少咸宜。而且，鳜鱼有蟾宫折桂之意，是个好彩头。想考科举的人特意来吃，希望一举高中榜首。传闻乾隆皇帝下江南时，在苏州老字号松鹤楼食得此味，念念不忘。回宫后觉得御膳房的菜色一个也比不上，只好再访苏州点松鼠鳜鱼解馋。

《红楼梦》第三十八回，贾府开螃蟹宴，吃得兴起，众人赋诗比赛，薛宝钗一举拔得头筹。诗云：“桂霭桐阴坐举觞，长安涎口盼重阳。眼前道路无经纬，皮里春秋空黑黄。酒未涤腥还用菊，性防积冷定须姜。于今落釜成何益？月浦空余禾黍香。”众人皆称为食蟹绝唱。苏州阳澄湖大闸蟹，为中国三大名蟹之首，妙绝天下。阳澄湖水清草茂，气候适宜，各种水产丰富，尤以清水大闸蟹最美。它青背白肚，黄毛金爪，只只雄壮矫健，好像威风凛凛的将军。每到秋风乍起、丹桂飘香之际，细嫩肥美的大闸蟹，不需要爆炒、麻辣、文火慢煨等琐碎工序，只需往清水里一丢，扔两片老姜进去，倒一碟陈醋，悠悠然等着，不多时，蟹熟了，满室生香。揭开锅盖一看，红澄澄的光泽先诱人咽一口唾沫。讲究的人家，吃蟹有专门的蟹八件，小剪刀、小锤子、小榔头，样样齐备，细敲慢剥，吃蟹吃出了文化。阳澄湖大闸蟹，脂膏如白玉，蟹黄若赤金，没有谁能抗拒它的滋味。

中国名茶碧螺春，产自苏州洞庭山，碧绿青翠，卷曲呈螺形，“入山无处不飞翠，碧螺春香百里醉。”在春分前后采下最鲜嫩的芽叶，冲泡时片片碧螺上下飞舞，清香袭人，满口生津。正宗的苏州洞庭碧螺春，养于果园之中，吸天地之精华，茶香中有果香。碧螺春之名，闻说由康熙帝亲赐，拟其形态，故清初就是贡茶。民间还有很多动人的故事。洞庭山脚下有一个美丽的姑娘，名唤碧螺。因为貌美被恶魔强占，她的意中人是个勇敢的小伙子，为营救碧螺姑娘与恶魔搏斗，身负重伤，碧螺姑娘流着眼泪上山采药。她发现一颗小茶树，在她的精心呵护下，小茶树长出嫩叶。碧螺姑娘将它冲泡成茶水，居然救活了情郎，但她自己却因连日操劳而香消玉殒。人们为纪念她，将此茶命名为碧螺。这个故事侧面说明碧螺春可入药。它还可以做菜呢！苏州名菜碧螺虾仁，就以新鲜碧螺春沏出茶汁，与虾仁同烹，茶味香醇，虾仁嫩滑，点点翠色缀于一盘白玉中，赏心悦目，令人食指大动。

苏州喜食甜，糕点尤其花样繁多。苏式糕点从春秋发展到现在，有着悠久的历史，早已形成自己的特色。光从名字听，就让人向往。糕，有桂花猪油糕，桂花清香四溢，点点金黄缀于糕面，入口即化；梅花糕，裹着鲜肉玫瑰馅，撒着娇艳的红绿丝，状若朵朵梅花初绽；云片糕，又轻又薄的一片，仿佛洁白无瑕的云彩。另有米枫糕、玉带糕、绿豆糕、乌米糕、八珍糕、火炙糕、马蹄糕、四色片糕、五香麻糕……饼，苏式月饼最受喜爱，色泽黄润，表皮酥松，馅料丰富，甜馅用各色鲜花果仁调制，咸馅采用火腿猪肉虾仁。中秋将至，苏州的大街小巷飘荡着鲜肉月饼的香味，现炉现烤现卖，排队的人络绎不绝。平均价三块五一个，拿在手里热乎乎的，皮薄馅大，肉香四溢，鲜嫩多汁。除了月饼，饼类还有棋子饼、松花饼、薄脆饼、盘香饼、荸荠饼、百果蜜饼、三色大麻饼、松子枣泥饼……酥糖类也是品种丰富，令人眼花缭乱，葱油桃酥、芝麻酥糖、杏仁香酥、惠山油酥、猪油芙蓉糖，等等，绵软香甜，酥脆爽口。来到苏州，吃上几口当地正宗的糕点，一直甜到心里去。

苏州糕点选料严格，绝不采用人工色素与香料。红的，是玫瑰花与赤豆；绿的，是薄荷与绿豆；紫的，是黑枣与甜桑葚。都是食物本来的颜色，味道也是食物本来的味道。什么季节吃什么糕点，苏州人很讲究，春食酒酿饼，夏啖薄荷糕，秋品如意酥，冬嚼米花糖。苏式糕点有很多滋补功效，健脾胃、补血气、清热解毒、润肠活血。无论什么天气，邀上三五好友，沏上一壶香喷喷的碧螺春，摆上几碟苏式细点，这正宗的中式下午茶，可是外国人羡慕不来的。

苏州是锦绣之乡，丝绸文化源远流长，从唐宋到明清，一直是中国的丝织业中心。中国人养蚕缫丝业历史悠久，《诗经》中有大量文献记载，汉朝开通丝绸之路，成为联系古老的东方与神秘的西方的华丽纽带，推动了中外的经济文化交流。丝绸传到国外大受追捧，外国人很好奇这种精致的东西怎么来的。他们说东方的中国有一种神秘的树木，每天清晨树叶上就会结出一层亮晶晶的物质，中国人把它收集起来制成丝绸。凯撒大帝穿着一件丝绸长袍去看戏，点亮了古罗马所有贵族的双眼，使得丝绸价格远超黄金。

丝，在中国还有美好寓意。“不写情词不写诗，一方素帕寄心知。心知接来颠倒看，横也丝来竖也丝，这般心事有谁知。”丝，谐音思念的思，素帕由丝织就，赋予相思之情。《红楼梦》中贾宝玉曾送林黛玉几方丝帕以表衷肠。晴雯丫头不懂得，纳闷为何那么多好东西不送，巴巴地叫她去送旧帕子，宝玉也不解释。林妹妹冰雪聪明，一见就红了眼圈，刷刷刷在帕子上题起诗来，只可惜这番情意，最终被现实辜负了。薛宝钗出闺日，林黛玉断肠时。她撑着病歪歪的身子，叫紫鹃找来那块题诗的旧帕，撕不动就丢到火盆里，彻底断了自己的念想。

苏州丝绸，精致华美，质地柔滑细腻，如婴儿肌肤。苏州人很早就掌握养蚕纺丝技术，从古代墓葬中，可以看见保存完好的织锦缎被、提花龙凤衣带，历千年而不朽，颜色如故。从分类看，苏州丝绸产品有绫、缎、纱、罗、锦、绒，各式各样，琳琅满目。丝绸做的衣裳，柔软亲肤，夏天穿在身上十分凉爽，并且平添了几分贵气。一方小小的真丝方巾，可以给全身造型画龙点睛。冬天，温暖的蚕丝被可以抵抗零下几十度的严寒。它比棉被轻盈，比羽绒被更保暖。江南的仕女，轻罗小扇扑流萤，扇面是细绫罗。大户人家用的屏风，不是纸做的面，而是丝绸屏风，灿若云霞，苏州留园就有这样的大屏风。奇妙的是，从屏风外面看不见里面，屏风里面却能看见外面，实在让人感叹苏州丝织业的神奇。丝绸，赫然已成为苏州一张奢华耀眼的名片。

仅仅是素色的一卷丝绸已是很美。而刺绣，更是锦上添花，美上加美。中国有四大名绣，分别是湖南的湘绣、四川的蜀绣、广东的粤绣和江苏的苏绣。温柔的苏州绣娘，飞针走线绣出花鸟虫鱼，绣出一个壮丽江山。绣花，姹紫嫣红，似闻见花香；绣鸟，摇头摆尾，似翩然欲飞；绣山水，比绘画还精致；绣人物，比摄影还传神。

苏州刺绣有三千多年历史，特别是从魏晋南北朝起，经济重心逐渐南移，苏州手工业日趋发达。到了南宋，机房林立，有些街巷全是刺绣作坊，各种丝线万紫千红，多达七百多种色彩。发展到明清，苏州手工业出现“机户出资、机工出力”的现象，这是最早期的资本主义萌芽，租佃关系走向雇佣关系，越来越多的职业绣娘涌现。她们技术娴熟，在继承前人技艺的同时不断创新，绣出的图案层次分明，栩栩如生，有很多名家名作。

针神沈寿，又名沈云芝，一个兰心慧质的女子，进宫为慈禧祝寿时呈上自己的绣品，慈禧大赞，赐“寿”字而易名。沈寿的丈夫余觉是一名画家，夫画妻绣，携手共进，创办“福寿夫妇绣品公司”。沈寿曾代表清政府出国考察学习，博采众长，并自创仿真绣，只要她看过一眼的东西，就能毫厘不差地绣出来，甚至比原物还要精美。1911 年，沈寿的刺绣作品《意大利皇后像》曾作为国礼赠给意大利，轰动意国朝野。1915 年，沈寿刺绣作品《耶稣像》参加“美国巴拿马太平洋国际博览会”荣获金奖。苏绣名家众多，一脉相承又各怀绝技，苏绣作品是国礼常客，表现了泱泱中华的大国风采。

双面绣，是苏绣中绝活，堪称苏绣皇冠上光彩夺目的一颗明珠。同一块丝绸底料，正反两面图案一样形神兼备，针脚一样匀密细致。最难得的是双面三异绣，双面异色、异形、异针，一面是红花绿柳，一面是飞禽走兽。图案不同颜色不同，但衔接得天衣无缝，自然和谐浑然天成。这种神秘莫测的高超技艺，真是令人叹为观止。

在苏州人心中，双面绣有着象征意义。正如当今的苏州，它一面是古典，一面是现代，既有小桥流水，又有都市霓虹。“月落乌啼霜满天，江枫渔火对愁眠。”苏州寒山寺的钟声让人想起过去的岁月，标志性建筑“东方之门”又让人畅想美好的明天。这座被众多网友戏谑为“秋裤楼”的世界第一门，既有古典神韵，又融合现代科技。东方之门的弧形幕墙如苏州丝绸顺滑流畅，门洞的设计暗合苏州园林的典型月洞门、花瓶门风格，中空呈塔状，与苏州名塔虎丘塔异曲同工。它是世界上最大的门形建筑，顶楼有园林景观，地下有大型酒窖，有空中水廊和豪华的室内游泳池。夜晚来临，华灯竞放，东方之门流光溢彩。观前街，高楼林立，各大商铺人来人往热闹非凡。露天广场上放起巨型水幕电影，音乐喷泉变幻着不同的造型，小孩子们跑着闹着，散步的人们脸上洋溢着满足的笑容。

苏韵流芳。苏州，是一个古典的城市，是一个甜蜜的城市，是一个柔美的城市。同时也是一个雄心万丈、锐意进取的现代化城市。在改革开放深入发展的今天，它正昂首阔步走向未来。

文雅安庆　黄梅飘香

六尺巷

（清）张英

一纸书来只为墙，让他三尺又何妨。

长城万里今犹在，不见当年秦始皇。

你也许去过名山大川，也许走遍繁华都市，在处处喧嚣人头攒动之处，你想过来座小城吗？“小城故事多，充满喜和乐，若是你到小城来，收获特别多。”邓丽君的歌声撩起了情思。在安徽西南、长江北岸，有一座活色生香的小城。它就是江铃亲爱的家乡，宜城安庆。

小城处处黄梅声

安庆城依山傍水，宜室宜家。浩荡长江水，穿城而过。漫步在长堤上，徐徐江风吹来，振风宝塔上的风铃叮咚作响，袅袅炊烟中的安庆摇曳生姿。

春风又至江南岸，绿了堤边柳，红了枝头花。一派春光下的安庆城动静相宜，它没有鳞次栉比的摩天大楼，却有茶香菜甜的烟火人家。这里的街道不宽，但不拥挤。随处可见骑着自行车下班的人，车篮子里搁着一把翠绿鲜嫩的芹菜，或者是一包喷香的熟牛肉，他们哼着小曲优哉游哉骑回家。他们哼什么呢？当然是安庆原汁原味的黄梅戏。听，“郎对花，姐对花，一对对到田埂下……”哪一年春晚少得了安庆的黄梅戏呢！它婉转缠绵，又家常亲切，就这样不疾不徐地唱进人的心里。

黄梅戏，是中国五大戏曲剧种之一，更是安徽省的特色地方戏。黄梅戏的故事性强，唱腔悠扬婉转纯朴清新，有自然亲切的生活气息和原汁原味的乡土风情。它经久不衰广受喜爱，名扬四海誉满全球。

处在黄梅乡，江铃从小听着严凤英的故事长大，严凤英被誉为“黄梅戏皇后”“黄梅戏里的梅兰芳”。她将一生献给艺术，使黄梅戏发扬光大，熠熠生辉。严凤英是土生土长的安庆人，爱戏成痴才貌兼备，命运多舛德艺双馨。她原名严鸿六，因当时饰演《小辞店》中柳凤英一角深入人心而改艺名为严凤英。她天姿聪慧，更有一副云中灵雀般的好嗓子，声音清亮沙甜。幼年期间，严凤英于龙眠山水间自由生长，学唱许多当地民歌。豆蔻年华时，严凤英正式拜入戏班师傅门下潜心学唱黄梅戏，学艺艰难，家族阻挠，但严凤英意志坚决无怨无悔。她从桐城一路唱到安庆、南京各地，后进入安徽省黄梅戏剧团，出演《天仙配》《女驸马》《打猪草》等众多经典剧目，塑造了七仙女、冯素贞等无数令人无法忘怀的舞台人物形象。

在艺术追求上，严凤英一丝不苟精益求精。虽然她冰雪聪明天赋甚高，但一直虚心求教不断提高。在舞台上的一举一动都经过无数次揣摩练习。她用心学前辈的表演手法，并吸纳京剧、越剧、评剧等众多剧种的艺术特色，博采众长又自成一派。虽然演的都是旦角，但严凤英塑造的每个人物都有自己独特的灵魂。从唱腔到身段，严凤英赋予每个角色以情以心。同为天庭仙女，七仙女身份尊贵，活泼任性；织女则处事谨慎，温柔可亲。只有用心揣摩，才能演活每一个人物的鲜明个性。

除了舞台表演，严凤英还挑战大银幕。她早已声名鹊起，1952 年获华东戏曲会演一等奖及文化部“金质奖章”，1954 年黄梅戏电影《天仙配》更让她名扬全国。她的精湛演技征服了人们的心，成为黄梅戏领域无可置疑的一代宗师。然而，不幸的命运纠缠她短暂的一生。在国民政府统治时期，严凤英曾一次次受迫害，流离失所。“文革”期间更因“四人帮”横行而蒙受不白之冤，含恨弃世香消玉殒。1978年中共安徽省委为严凤英平反昭雪。

在安庆美丽的菱湖公园湖中半岛上，设有严凤英纪念馆，坐北朝南。菱湖碧波荡漾，汉白玉质地的严凤英雕像衣袂飘飘，恍若九天仙子下凡尘。江铃时常来这里小坐，菱湖公园紧靠安庆师范大学，荷香满湖，风景清幽。老年人喜欢在这锻炼身体，年轻人喜欢来这约会，江铃则是来看望严凤英。佳人已逝，但黄梅戏历久弥新。在严凤英之后，安庆出现了马兰、韩再芬等优秀的表演艺术家，黄梅戏这个地方小调唱响了全国。

安庆处处黄梅声。每一个清晨，每一个黄昏，它从街头巷尾袅袅传来。无论蓬头稚子，还是白发老翁，都为之心神俱醉。这是江铃家乡的魅力，更是黄梅戏的魅力，它可下酒、可解忧、可怡情。爱戏成痴的市民，自发成立一些表演团体，公园里、广场上，都是他们的舞台。没有精致的戏服，但他们的一招一式都是有板有眼。有的人嗓子略有点沙哑，但还是认认真真地一句句用心在唱着，身边聚集着不少听戏的戏迷，用手打着拍子，低声应和着。街上的小店里，也一直播放黄梅戏的经典唱段，歌凝花醉，流韵山乡，安庆的孩子们，从小在黄梅戏中熏陶着长大。

安庆是江铃的家乡，耳濡目染，别说唱黄梅戏，连说话都是这个调调。江铃上大学的时候，每每用方言给家里打电话，室友会说她讲话像唱戏。那时候流行用随身听，几乎人手一个，江铃的是宝蓝色的。晚上在图书馆自习，累了，戴上耳塞伏在桌上听一会儿，在音乐中小憩一下，这是大家共同的习惯。不同的是，别人听歌，江铃听戏。学校有文艺会演，江铃也偶尔献个丑，唱上两段。

每一段戏文都有一个故事，江铃最喜欢唱《女驸马》。才貌双全的冯素珍，忠贞于爱情。未婚夫蒙难，冯家父母嫌贫爱富要把她另嫁，冯素珍救夫心切，女扮男装赴京赶考，一举高中状元。她有点惊讶，更有点得意，穿着大红袍一本正经地踱着方步，忍不住莞尔一笑："人人夸我潘安貌，谁料纱帽罩哇罩婵娟。"女儿家的心事情不自禁地流露，她娇羞地倾诉衷肠："我考状元不为把名显，我考状元不为做高官，为了多情的李公子，夫妻恩爱花好月儿圆。"每每唱到这处，江铃心里都有些感动。爱上一个人，就从此天荒地老不离不弃，荣华富贵视为过眼云烟，为他赴汤蹈火也无怨无悔。这是戏文里的爱情，想想尘世之中，多的是负心薄幸的，怎不叫人叹息。冯素贞阴差阳错成为公主的驸马，小时候和小伙伴们听到这一段时，总是揪着心，替她着急，幸而后来逢凶化吉，冯素贞嫁给了意中人。而当年与江铃一起听戏的小伙伴，也已经长大嫁作人妇，散落在各个地方。过年相聚，只要有人开个头，大家就会应声而唱。有时候，一段曲子就能带你走进往事，让人怀想，让人思念。

大学毕业那年，江铃在上海一家民工子弟小学做了一段时间教师，那是她人生中一段孤独落寞的时光。所幸有可爱的孩子们陪着她，他们的眼睛如水晶，声音如天籁，更像亲人一样依恋她。家里有什么好吃的、好玩的，总会带给她分享。她宿舍的墙上，贴满了孩子们送她的五颜六色的贺卡。民工小学师资有限，江铃什么都教。孩子们最喜爱的是音乐课，江铃教他们唱她家乡的黄梅小调《打猪草》，讲的是乡邻的一个小男孩一个小女孩，因打猪草而结识，化解误会成为好朋友，很温馨的小故事。江铃把歌词抄在黑板上，她唱一句，孩子们唱一句。什么配乐也没有，就清唱。整个班级清脆的童音一起唱出来，“呀子喂，咿子呀嗬舍”。刹那间，吹散了她的乡愁。现在她一听到《打猪草》，就想起学生们一个个甜甜地笑着跟她说：“老师，我会唱你教的黄梅戏了，我唱给你听！”

光阴荏苒，江铃终是选择回到家乡。她爱这里，这里的水土和人情，一切恰到好处地让她心安。她在高中任教，学生聚会去唱歌，邀请她，她也是点一首黄梅戏。女孩子们会和她一起唱。她们正青春，眉目如画，对未来充满幻想，就仿佛当年的江铃一般，所以她们唱得很有激情，而江铃，则多了一份岁月洗刷后的从容淡定。但她们的灵魂，在家乡的曲调里悄然相逢。

江铃喜爱沿着江堤漫无目的地行走，轻轻哼唱熟悉的黄梅调：“架上累累悬瓜果，风吹稻海荡金波。”这是织女的歌词，织女是天庭的仙女，却情愿下凡和放牛郎长相厮守。柴米油盐之中，自有幸福滋味，就像这安庆城，它比不了“北上广深”的繁华富庶，但住在这里的人，一样自得其乐。温一壶老酒，唱一曲黄梅戏，庭前花开花落，小城的生活，一样有滋有味。

此心安处是吾乡

小城安庆，没有金瓦红墙的端凝华贵，也没有灯开不夜的诡谲多姿。但小城也是很美的，荆衣布裙，不掩国色。

安庆的山，雄奇险峻，常变化多姿。天柱山，就如它的名字一样，高高的山峰如撑天的柱子。爬天柱山是有点累的，但江铃还是一鼓作气地爬上去，一级级石阶攀缘而上，任汗水从额前滴落。她喜爱这山，巍峨的山峦如宽阔的胸怀，还有那山间的云海，白雾茫茫，云朵飘在山间，仙境一般。极目远眺，天柱山的风景不输五岳。千年古松，伸长了苍劲的臂膀，峰口迎客，这是安徽人淳朴的热情。两道巨峰如刀切斧削，恰巧错身而过，只留下狭窄的一线空间，故得名“一线天”。实在太惊险了，儿时的江铃只敢在手指缝里偷看。阳光从一线的缝隙中射进来，两旁的山峰如同穿上金铠甲的将士，英气勃勃。

“飞来峰”最是有趣，高高的山巅上稳稳地搁着一块扁平的巨石，像给青山戴了帽子。令人忍不住想象，这块飞来石会不会在夜深人静的时候，像童话故事里的飞天神毯一样飞来飞去，游遍皖江大地呢？它上面可能坐着须发皆白的老神仙，也可能是穿着七彩羽衣的仙女。如果飞到江铃的窗前，就请带上江铃吧，一起飞过安庆城的每一个角落，细致端详下江铃亲爱的家乡。

安庆的水，豪迈奔腾，又温柔安静。长江如一道白练，卧于迎江寺外，这是一处千年古刹，江铃去过太多次了，高高仰着头，虔诚地听着寺里钟声。江铃不是佛教徒，只是单纯喜爱这儿宁静的氛围，另外寺里的素馅包子很好吃，还有清凉的绿豆沙。若是登上振风塔，就能俯瞰长江，塔里的石楼梯分布不同角落，幼时的江铃觉得像迷宫，现在走得熟了，毫不费力就能找到出口。

比起浩荡长江，那道彩虹瀑布更可爱。它在安庆岳西，飞流直下的气势不必说了，更迷人的是只要阳光照耀在瀑布上，每一滴水珠都折射出瑰丽的颜色，水珠一滴滴排列在一起，形成一道七彩长虹，它不会转瞬消失，而是一直挂在山水之间，像织女织就的锦缎，胭脂红、葡萄紫、松绿、鹅黄……好美的彩虹瀑布！江铃一定会想裁一段做她的丝巾，或者做她的发带，聚会的时候穿戴起来，绝对成为全场的焦点。花莲湖的水是柔的，也拟泛轻舟。湖中有很多不知名的小岛，像开在山谷深处的水仙花，哪怕无人光顾，也要兀自芬芳。江铃自然是愿光顾它的，踏着轻波而去，秋阳也好，春日也罢，在湖中的青翠小岛上，偷得半日闲情。

太湖县不仅水美，还有一座文博园，融五千年文化于园中，也是全国文化景点的浓缩。入门处一片徽派建筑，白墙黑瓦，水墨画一般。巨幅的百家姓文化墙吸引游人们纷纷寻找自己的姓氏，旁边是整座山峰雕出的老子头像，长须飘飘，目光深邃，似乎在提醒世人，莫要被名利所蚀，祸福本相依。沿着文化长廊一路走来，脚下的青砖刻着每一个朝代的时间，从盘古开天辟地开始，走过孔子周游列国的春秋，走过兵马林立的威武大秦，看到封禅拜岳的汉武帝，来到三教合一的唐宋时期，《清明上河图》的盛况被立体地建在园中，圆明园的断壁颓垣也能寻觅到旧影。不知不觉中，一梦千年。

走到高处，展翅欲飞的金凤与盘旋而起的巨龙形成“龙凤呈祥”的画面，龙身上是一级级台阶，兴致勃勃地登上去，文博园的大小景点一览无余。不过上面空间不大，略站站就得下来。可以去根雕馆歇个脚，看看一截截枯树根被艺术家们雕成各个精美作品，化腐朽为神奇。

孔雀东南飞的故事也发生在安庆城，这篇保留在中学语文书的爱情故事只怕早已家喻户晓了。焦仲卿与刘兰芝伉俪情深，焦母偏要棒打鸳鸯，逼着焦仲卿停妻再娶。要说这焦母也是莫名其妙，刘兰芝不美吗？绝对美，打扮一下更是天姿国色：“指如削葱根，口如还珠丹，纤纤作细步，精妙世无双。”不仅美，还多才多艺，“十三学织素，十四学裁衣，十五弹箜篌，十六诵诗书”。刘兰芝持家贤惠，日夜织布补贴家用，但焦母就是看不顺眼，焦仲卿一味愚孝，一对恩爱夫妻就这么散了。刘兰芝对爱情忠贞不渝，宁为玉碎不为瓦全，焦仲卿摧心摧肝，最终一个“举身赴清池”，一个“自挂东南枝”。

凄哀的结局。孔雀东南飞，五里一徘徊。这个故事真让人柔肠寸断，特别是在他们的家乡回味起来。我们仿佛看到刘兰芝还是潜山脚下那活泼可爱的少女，对爱情充满幻想，嫁作人妇后也有过一段甜蜜的时光。可惜婆婆百般嫌弃，她花朵一样的脸庞憔悴了。刘兰芝是主动提出和离的，猜想，她是想赌一把，赌焦仲卿对她的爱与怜惜，她哪里是真想离开呢？临别时她殷殷相嘱：“君当作磐石，妾当作蒲苇。蒲苇韧如丝，磐石无转移。”刘兰芝终日等待，等待焦仲卿风光地迎她回家，以保下半生的太平安稳。然而终究失望了，父兄相逼不是主要的，最失望的该是焦仲卿的懦弱。他肯与她共赴黄泉，却不能护她人世间的周全。即便破镜重圆，也不过是往昔生活的重复。叫她情何以堪？不如归去，他来也好不来也好，这一世情缘已经尽了。

当江铃还在豆蔻年华时，就爱在他们的故居徘徊凝想，晚风轻拂面，丝发披两肩。有时江铃会带一本张恨水的小说，借着夕阳余晖读几页。张恨水也是安庆人，用细腻的笔触写出了一个个悲欢离合的故事。张恨水属于鸳鸯蝴蝶派，小说是古典的章回体，惯用人物的命运起伏来反映时代大背景，有点红楼遗风。江铃爱看张恨水塑造的女性形象，她们并不完美，或多或少有缺点，往往是悲剧结局。《金粉世家》的冷清秋，才貌双全，但性格过于冷傲倔强，就和她的名字一样，注定做不了金府的解语花。《啼笑因缘》的沈凤喜，小家碧玉，本来有一段美好的爱情，错在贪慕虚荣，但她没有泯灭良心，只是想生活得好点罢了。《纸醉金迷》的田佩芝就有点凉薄了，她已是两个孩子的母亲，但她似乎忘了这一点，让人有些讨厌，不过她也有自己的苦衷。这些不完美的人物，内心世界是复杂的，有血有肉，比一身正气的袁园、活泼开朗的何丽娜更为真实。

当江铃沉浸在小说的情节中时，父母会寻她，慈声长唤：“吃饭了，山粉圆子烧肉出锅了。”她当然一路小跑回家，山粉圆子烧肉是安庆的特色菜，家家会做，江铃父母做得更好吃。山粉是红薯磨的粉，安庆人叫它山芋，安庆的红心山芋又粉又糯，清水一煮就香喷喷的，烤来吃滋滋冒油。安庆人把它磨成粉晒干，用一个干净的布口袋装起来，想吃的时候舀上几勺，沾点凉水搓成一个个不大不小的丸子，放在红烧肉的锅里一起烧，肉多肉少随你高兴，烧到山粉圆子从雪白变成焦黑，就能出锅了。这道菜里，圆子是主角，肉是配角，山粉圆子黏稠又有劲道，吸足了肉味，比肉还好吃。山芋是主食，抗饿，一碗山粉圆子烧肉下肚，不用吃米饭已经饱了。离开安庆的人，谁不思念故乡的山粉圆子烧肉呢？还有透鲜的、黄爽爽的老母鸡汤，这个别处也有，但有安庆的炒米吗？安庆人喝汤要配一碗炒米的。炒米早就备好，藏在铁罐子里，脆脆香香的，贪吃的小孩子用来做零食。若是用热热的鸡汤一泡，炒米就服软了，表皮变得又酥又绵，芯子还是有点脆的。安庆人都喜欢这么吃。

家乡的美味是很多的，数九寒冬不想出门吃早点怎么办？有事先买好的丰糕，切上几片放锅里隔水一蒸，和新出笼的时候一样甜一样软。这种丰糕是安庆桐城的特产，和馒头不一样，和发糕也不同，用桐城龙眠山的山泉水浸泡上等籼米，磨出细粉，添上绵白糖和当地的糯米酒，上笼蒸。蒸到香气飘出，扔根筷子试探下，筷子不粘糕末，就出笼。一笼就是一个糕，有点壮硕，现切现吃。但当地人都是买回去搁冰箱里管几天的早餐的，蒸几分钟就熟，好吃又方便。爱吃油的可以煎来吃，两边焦脆，又是一种口感。丰是丰收的意思，丰糕洁白如霜，秋冬吃好比瑞雪兆丰年。逢上嫁娶寿宴这些喜庆日子，丰糕更不可或缺，还要撒上红绿丝、果子脯，写下吉祥话儿，安庆的师傅好手艺，顾客没有不满意的。

让他三尺又何妨

桐城在安庆辖区之内，是一座更小的小城，风光秀丽人杰地灵，它曾遍植油桐，绿荫如盖。由此得名：桐城。一条龙眠河穿城而过，一年四季，它有鸟语花香，茶叶清芬，米酒醉醇。也许你会说，这有什么稀奇？景致优美的小城太多了。但桐城之美，不肤浅。父子双宰相，美名扬四方。一曲《六尺巷》传唱全国，谦让、宽容、礼敬，让外人一睹桐城的气度胸襟。

“我家两堵墙，前后百米长。德义中间走，礼让站两旁。”歌谣里唱的，正是江铃家附近的“六尺巷”。当年，桐城的张吴两家为争地基发生矛盾，张家仗着家人在京城做宰相，急吼吼地送去家书找他撑腰。张英看后一笑，回了这样一封信：“一纸书来只为墙，让他三尺又何妨。万里长城今犹在，不见当年秦始皇。”不愧是宰相，看得通透啊！长城万里又如何，人死后不过一抔黄土，秦始皇雄霸天下，也带不走一草一木，何必为了区区尺寸之地伤了邻里和气呢？张家领悟后主动让出三尺土地，吴家惭愧不已，也让了三尺，两道院墙间形成了“六尺巷”。

六尺巷，不长也不宽，不能跑马也不能行车，踱几步就能走个来回。它没有缠绵虐心的爱情故事，也没有轰轰烈烈的战场传奇，一块块鹅卵石，已被人们的脚底磨得光滑如玉。两堵灰墙一条古巷，无声地诠释着一个朴素的道理：谦让。“让他三尺又何妨？”说得多么潇洒、超脱。生活中很多人，为了一点蝇头小利争得头破血流，心浮躁了，别说是街坊邻里，甚至骨肉至亲，都有可能锱铢必较互不相让。六尺巷虽只有六尺，却把一个“宽”字写在人们的心上。

让，是一种境界，也是一种修养；是乐意吃点小亏，是优先考虑他人。人和人相处中，需要相互包容，彼此体谅，让一点风和日丽，退一步海阔天空。印象中，江铃家乡的人一直是谦和礼让的。安庆的民风最为淳朴，也许大家对物质的要求不是太高，也许是常在六尺巷走，老祖宗的精神气度已经渗透在人们的血液中，每个人都是心平气和地相处着，不争、不怒、不慌、不忙。人们不会因为一点小事就红头赤脸的，对朋友、对家人，甚至对擦肩而过的路人，都有更多的耐心与理解，很多时候，一人让一步，就大事化小，小事化无了。微笑，是这座小城最美的风景。

谦让的桐城，还有一颗与众不同的文心。腹有诗书气自华，厚实的文化底蕴，让桐城之美有了丰富的文化内涵。有学者一语道破：“天下之文章，其出桐城乎？”文章甲天下，冠盖满京华。桐城派，从康乾始至五四运动，文坛泰斗林立，新星闪烁，是清代文坛上最大的散文流派，在中国文化史上，丰功居伟，名扬天下。其文风“清真雅正”，言简而意深，妙笔生花字字珠玑，遍及全国十九省，领军文坛两百年。曾国藩曾大赞，并定名桐城派，文都美誉万古流芳。

桐城派四祖何人？戴名世、方苞、刘大櫆、姚鼐。懂点历史的人都知道，戴名世《南山集》一案，是清初三大文字狱之一。清初，为统一思想加强集权统治，肆意罗织罪名。不仅戴名世身死，还株连数百人，引发儒海风波。欲加之罪，何患无辞？后世学者已公正评判。戴公一生，刚正不阿，修书明志。他追求作文之“精、神、气”，反对浮华辞藻，专书“自然之文”，铸就桐城派的风骨，梁启超赞之“史才特绝”。

方苞是天才儿童，四岁作联、五岁著文，弱冠之龄声名鹊起，人称“江南第一”。他尊奉程朱理学，首创“义法”说。“义”是内容，“法”是形式，方苞主张形式与内容统一，提倡言之有物，他强调的“义法”成为桐城派文章的理论基础。方苞的学术思想正反映出他的为人，他为官刚正不阿，两袖清风，三朝宦海沉浮，他敢冒死向皇帝进谏，对边境战争、江河治理、吏治整顿提出众多切实可行的方案，显示了安徽人的智慧与风骨。在生活中，他敦厚恭顺侍奉亲慈，40岁时在母亲身边仍“宛转膝下如婴儿”。对待朋友，他以礼相待，以心相交。即便名满天下，他始终衣着简朴，微笑对人，一直保持一颗谦逊温和的文心。康熙曾批示“方苞学问天下莫不相闻”。他的《方苞集》，简练雅洁，风格敦厚隽永，由此他被尊称为桐城派鼻祖。

方苞，还是一个大教育家，历经南山案坎坷，九死一生，他仍从容镇定，专心治学。告老还乡之后，方苞闭门谢客著书，然而慕名而来拜入门下者众，他也乐意栽培后辈才俊。刘大櫆就曾师从方苞，继而又传弟子，将桐城派开枝散叶，文都精神薪火相传。方苞乡梓情深，在家乡桐城，他捐资建家祠修族谱，关心家乡建设和教育教学，传播徽文化。有学者认为，方苞可比春秋的孔子、北宋的朱熹、明代的王阳明，是我们不能忘记的皖籍学者。

刘大櫆，郁郁不得志的才子，屡试不第，耕读娱情。他曾师从方苞，受其古文义法熏陶，又传弟子姚鼐，承上启下，推动桐城派继往开来，文风豪迈壮阔铿锵有力，融《庄子》《离骚》《左传》《史记》等百家之长。比起方苞的严谨，刘大櫆更多了一份江湖草莽的纵情任性。文如其人，阅《海峰诗文集》，可遥想刘公当年抚美髯饮美酒长诵诗歌的风采。及至刘大櫆去世，亲传弟子姚鼐变成了桐城派的核心，他呕心沥血著成大作《古文辞类纂》，洋洋洒洒75卷，奠定了桐城派在古文史上不可撼动的权威地位。同时他四方讲学，门下弟子人才济济，更使桐城派开枝散叶四海闻名。高中语文课本有姚鼐的传世名篇《登泰山记》，语言凝练生动传神，读来使人身临其境，一览泰山雄奇之景。

当然，桐城派不止此四人，自姚鼐后，薪火相传，一时形成家家桐城、户户诗书的局面。姚门四杰梅曾亮、管同、姚莹、方东树弟子更众，各省皆有桐城派传人。直至“五四”新文化运动，传统文化大受挫折，然桐城派风骨，已深入人心，载入史册。桐城派的锦绣文章与灿烂历史，已成为桐城一张动人的名片。

君可见，桐城文庙香烟袅袅，今日的文都更焕发青春。桐城，持一颗文心，抒中华古韵，弘扬传统文化，书写盛世华章。这里的山是龙眠山，它巍峨苍翠，如巨龙酣眠；这里的水是龙眠水，它碧波荡漾，波光潋滟。春意正浓，遍青山啼红了杜鹃，荼蘼外烟丝醉软。秀美的桐城，看似一幅画，听像一首歌。

“草长莺飞二月天，拂堤杨柳醉春烟。”龙眠山水沉醉在融融春意之中，这边风景独好。这时候的桐城，最是妩媚，最是多情。这是江铃亲爱的家园，她与它情深意浓，一生痴守。

绿草萋萋，白雾迷离，有位佳人，靠水而居。江铃的家园在一池碧水间，龙眠河水穿城而过，有时欢快奔腾，有时潺潺流淌，落水桥、彩虹桥遥遥相对。小桥流水处，是谁在浣衣？芙蓉如面柳如眉，十指纤纤笑靥如花，让人想到苎萝村溪边浣纱的西子，一颦一笑皆是风情。此时此刻，江铃心猿意马啦，不禁想：“我愿溯游而上，找寻佳人芳踪；我也想溯流而下，与你邂逅相逢。”

山影绰约，树影婆娑，早莺争树，新燕啄泥。江铃的家园在青山之侧，龙眠山畔有粉墙黛瓦，峰峦叠嶂间见烟火人家，炊烟袅袅升起，垂钓的老翁拎起他的鱼篓，呵呵笑着走进夕阳余晖里。小院前传来轻快的脚步声，是放学归来的稚子，拽着母亲的衣角，叽叽喳喳讲着学校的趣事。愿徒步登上龙眠山巅，与你相依相偎共看满天红霞。

夜色降临，小城沉静而温柔，龙眠山水笼罩在夜色中，空气里有清甜的花香。东作门，庄严矗立，一砖一瓦诉说着往事的波澜。滨河公园里，百花竞放，一枝一叶舒展着岁月的芬芳。广场上支起了露天电影，散步的人们有的驻足静静欣赏，有的跟着音乐唱上一段家乡的黄梅戏，曲调悠扬动听。夜深了，万家灯火闪烁在龙眠山水之畔，每一盏灯都有一个动人的故事，深夜的桐城更觉春意盎然。

这是江铃亲爱的家园，江铃生于斯长于斯，爱它的动人过去，更爱它的美好未来。江铃不羡慕繁华的大城市，只想守着她亲爱的小城。执你之手，从红颜到白发；与你相依，从黎明到黄昏。江铃喜欢你挽着她沿着龙眠山水散步，唱一首悠扬的小情歌，告诉她你也爱这里——我们共同的家。

小城风光好，邀君共赏之。您愿意前往吗？

山水桂林　世外桃源

桂林

（唐）李商隐

城窄山将压，江宽地共浮。

东南通绝域，西北有高楼。

神护青枫岸，龙移白石湫。

殊乡竟何祷，箫鼓不曾休。

桂林，是一座卧于东方的伊甸园，世界级的旅游城市。一句“桂林山水甲天下”让人们认识了它，山清水秀，洞奇石美。山雄伟，水灵秀。山水相依，如蜜恋的爱人，耳鬓厮磨，互诉情意。山在呼唤：来吧！我拥你入怀！水在娇笑：我已在你怀中。桂林，它是人间的仙境，世外的桃源。

漓江水碧万山青

漓江，是桂林山水的精华。碧水萦回，是青罗带，束在桂林的腰间。漓有清澈之意，漓江如其名，江水清亮澄澈，看得见水里游动的小鱼小虾，甚至看得见水底静默的沙石，掬一捧清水在手心细看，晶莹的水珠没有一点杂质，让人想喝一口。漓江偏静，静若处子，当然也有水流湍急的地方，但它不像黄河掀起滔天巨浪，也不像钱塘江怒潮奔涌。漓江的水总体轻柔沉稳，波澜不惊地环绕着桂林城。山峦的倒影映在水中，山那么青，是天上的仙子误落尘间的碧玉簪子；水那么绿，是仙子精心打磨的翡翠镜子，她们翩翩而来，在漓江上揽镜自照，芳心暗喜，就把桂林当作了梳妆台。

这么清幽的漓江，江水平静无波，最适合漂流了。漂流有游船有竹筏，游船大气，开得快速而平稳；竹筏则有情调，似乎与桂林山水更配。砍来山上的毛竹，去掉青绿的枝叶树梢，齐整整地排成一排，用粗藤条绑在一起，就是竹筏了。竹筏很轻，浮在水面上，坐几个人也安全无虞。筏工娴熟地撑开桨，把游人带进了桂林的山水画里。

竹筏江中游，青山两岸走。筏工不疾不徐，悠悠荡进江心，江水泛起涟漪。满怀好山水，秀色可餐，使人目不暇接，恨不能将漓江卷成一幅画，带回家悬于屋后房前。而一叶扁舟入碧水，又在桂林的画卷上画上了自己的影子，山水因游人的到来有了生命力，更加灵动起来，竹筏的游人为漓江的美卷点了睛。若是晴空万里，阳光为一条条竹筏涂上了金粉，映照在漓江的碧波中，仿佛翠绿枝条上开出的迎春花。若有细雨霏霏，漓江山水弥漫烟霞，这时的水不会那么清澈，与天上的雨丝连在一起，如同粒粒的琉璃珠落入水晶盘中，又像有纤纤素手在拨动琴弦，奏出美妙的音乐，使人爱极了烟雨漓江。待得雨后初晴，紫雾浮于山间，此时悠然地坐在竹筏上，漂流在漓江的绿水中，烟波缥缈，山影迷离，就这样进入漓江的仙境，如情似梦。

桂林是典型的喀斯特地貌，它本是一片汪洋，后来地壳运动，遍布桂林的石灰岩上升为地，历经亿万年风化溶蚀，呈现各种生动造型。看着两岸神姿仙态的峰林、鬼斧神工的钟乳石，有的像腾跃的巨龙，有的像顽皮的猴子，在漓江戏水玩乐，不由得让人感叹大自然的神奇。山间的瀑布飞珠溅玉一般，一颗颗水珠似雪白的米粒，而旁边的山峰恰如一只低头觅食的金鸡，正要啄食米粒。一条大鲤鱼忙着看热闹，从漓江跃上岸，却被山上的藤蔓缠住，再也入不得水，整个身子嵌进石壁，鱼头鱼尾清晰可见，连鱼身的鳞片都能一一数得清。

最为人们熟悉的莫过于象鼻山了，很多宣传桂林的画册上出现的都是它，课本上也有，它是桂林的山水城徽。象鼻山又称漓山，它在漓江与桃花江交错之处，天然形成的山峦，恰如一头身躯伟岸的大象，伸出长长的象鼻，在漓江自在饮水。漓江的水如此清醇甘美，大象不舍得离去，就久久守在江边。山上有一座塔，供奉的是普贤菩萨，故名普贤塔，远远望去，像是被驮在象背上。

象鼻山有很多动人的传说，主角自然是一头大象，它来历不凡，本是天界神兽。天庭虽好，不免冷清寂寞，神象私自下界游玩，来到风光如画的桂林，恋上了漓江山水，就索性住了下来，饿了就吃山间鲜甜的水果，渴了就喝漓江清冽的江水，逍遥自在。久而久之和江边的居民熟悉了，神象力大无穷，帮着人们耕地担水，大家很喜爱它。然而玉皇大帝发现了神象的踪迹，以它触犯天条之过要拘它回去，神象不愿意，将四根柱子一般的象腿扎进桂林的土地上，长长的象鼻甩到漓江之中，宁死也不肯离开桂林。玉帝震怒，拨出锋利的宝剑掷向它，剑没至柄，神象化作一座巨大的象山，而背上的剑柄则变作一座宝塔，就成为今天的象鼻山。

对于故事里的神象来说，它可谓得偿心愿，此后它可以一直留在它喜爱的桂林，终日痛饮漓江的水。山上遍布绿树，仿佛神象穿上了孔雀羽毛织就的衣裳，普贤塔如玉瓶一般，象身驮着宝塔玉瓶，是非常吉祥的场景。“象山水月”，是桂林山水的一大胜景，又称漓江双月。大象饮水的鼻子与粗壮的象腿间形成一个圆洞，叫水月洞。每当月明之时，天上一轮圆月，漓江波光粼粼，月光映照水月洞，一洞清辉，仿佛又一轮满月从江里浮了起来，一样的皎洁，一样的圆润，天上的月光如流水，洞里的波光似月华，使人不禁恍惚何处是真，何处是幻。

此时若撑竿于漓江上赏月，最是风雅。水月洞的摩崖石刻上，就记载着一众文人，相约到象鼻山赏月，融融月色醉人，兴之所来，便于水月洞中吟诗作对，没有美酒，就直接捧起月光浮动的漓江水畅饮，意兴豪飞，纵情任性。今人不免神往，想邀来象鼻山考察的徐霞客，和他一起探讨下桂林山水地貌的形成原因；或者请来贺敬之，和他一起朗声吟诵他的《桂林山水歌》：“水几重呵山几重？水绕山环桂林城……心是醉呵，还是醒？水迎山接入画屏。”

如斯美景，神仙也不愿错过。相传汉钟离、吕洞宾等八仙久住蓬莱岛，也觉腻味，相约出来寻访别处美景。他们来到漓江上，顷刻被美丽的山水田园吸引了目光，韩湘子吹起玉箫，何仙姑曼声歌唱，汉钟离击鼓相和，曹国舅敲起玉板，吕洞宾舞剑助兴……这般热闹，惊动了漓江两岸的渔民，大家纷纷探出身子来欣赏这场神仙盛会。八仙被惊动，隐身而去，化作漓江的八座山峰。现在到桂林的游客，总是饶有兴趣地在八仙过江峰中，辨认八仙的身影。

九马画山也是漓江代表性景观。竹筏顺着江水漂流到此处，临江而立的险峰峭壁撞入眼帘，迎面处如刀削一般平整，似天然形成的画板，山峦间的大树与岩石组成神妙莫测的巨型壁画，犹如九匹骏马于画中飞驰，故名九马画山。本地人说一般人最多看到六七匹马，能看到九匹的凤毛麟角，那必是卓尔不群的人中之杰。这种说法使得很多人更来了兴趣，非瞪大眼数个究竟不可。传闻这九匹神骏还是孙悟空初上天庭做弼马温时管的马，孙悟空无心看管，马儿贪恋人间水草丰美奔到此处，天庭的神仙来紧追猛赶，九匹骏马无路可走，竟隐于山壁之间，有的四蹄翻腾，有的昂首扬尾，有的正回眸凝望，形成壮观的九马画山，倒让后人大饱眼福。

行至兴坪古镇，不时有人拿出一张面值20元的人民币在舟上比画，原来这里是著名的黄布倒影，正是人民币背面的图片。漓江倒影最美处，就在黄布滩。离九马画山不远，滩底有一块长宽各数丈的黄石板，漓江水清浪平，黄石板如铺在江底的一块布料，故得此名。左右七座山峰，大小不一，亭亭玉立，人们称作七仙女，她们在黄布滩嬉戏，俏丽的倒影映照在澄碧的江中，青山隐隐，绿水幽幽，叠翠笼烟间，描不尽的妩媚风流，只怕是九霄之上的神仙洞府也没有这一片大好风光。

漓江美，连江中的石子也那么可人。它吸收山水精华，受独特地貌作用，石头呈现各种形状，虽不比雨花石圆润光滑，但一个个妙趣横生，经江水侵蚀，石子上面形成奇妙的花纹，像微型的桂林山水画。漓江的清水石上还分布一些晶体，像嵌了碎钻，在阳光下折射出夺目的光芒，又如天上的星辰落到江水中。在桂林的民间传说中，这些石子也是神仙投放在江心的，神仙就是象鼻山普贤寺的普贤菩萨。因为恶龙兴风作浪，桂林一片乌烟瘴气。普贤菩萨制伏恶龙后，看到江水很浊。这岂不是辜负了好风景？于是他掷出法器，变成这些清水石，漓江的水又变得清波粼粼。清水石只有漓江有，极具观赏性与收藏价值。

石美洞奇在桂林，芦笛岩中的岩洞，经几十万年风侵水蚀，形成奇妙的钟乳石，如尖尖的竹笋，又如坚固的柱子，水滴石长，密密成林。灯光辉映下更如神仙洞府，灯光打出一道红雾如朝霞升起，溶洞中的石头像一只只姿态各异的小狮子，正在岭间追逐打闹，再一晃，来到东海龙王的水晶宫，石笋、石柱、石花莫不流光溢彩。芦笛岩又称国宾洞，多国领导人曾来这里一探桂林岩洞之美。

山歌好比春江水

“唱山歌哎，这边唱来那边和，山歌好比春江水，不怕滩险浪又多。”歌从漓江来，从山水之中唱响，歌仙刘三姐的音容笑貌又浮现在人们心头。

电影《刘三姐》曾红遍大江南北，剧中那梦境般的桂林山水，原汁原味的广西山歌，壮族儿女的勤劳与智慧，还有他们像山花一样朴实而馨香的爱情，都给人们留下了深刻的印象。刘三姐是壮族姑娘，天生好嗓子，喜欢唱山歌，而且唱的歌词信手拈来，看到什么听到什么都被她编到歌中，人们说：“三姐的歌声有十万八千箩。”歌声从心底流出，像漓江的水，像桂林的风，清新、敞亮、悦耳。歌声飘进山上的新茶里，茶树更翠茶叶更绿；歌声飘进江上的渔船里，渔火更明鱼虾满船。穷人们辛勤的日常劳作中，刘三姐的山歌给大家带来了欢乐，驱散了一天的疲乏。刘三姐性格耿直、疾恶如仇，财主剥削穷人，刘三姐用歌声鞭挞他，将财主的丑恶嘴脸刻画得淋漓尽致，唱得大快人心。

在电影和民间故事中，都有个恶财主代表莫怀仁，刘三姐的山歌唱得他脸上无光。莫怀仁容不下刘三姐，于是刘三姐漂泊在漓江两岸，被善良的阿牛一家所救。刘三姐活泼开朗，大家都喜欢她，慕名而来和她学歌的人不计其数，莫怀仁无计可施，找来三个酸秀才和她斗歌，刘三姐笑盈盈地答应了。这是故事中精彩的一段，手忙脚乱翻着歌书的酸腐秀才和伶牙俐齿又气定神闲的刘三姐形成鲜明对比。她嘲弄三个秀才："姓陶不见桃结果，姓李不见李花开，姓罗不见锣鼓响。"众人齐声相和："富人只会吃白米，手脚几曾沾过泥，问你几时撒谷种，问你几时秧出齐。四季节令你不懂，春种秋收你不知。"秀才们狼狈而逃，莫怀仁气得掉进水里，大家笑弯了腰。

刘三姐是真善美的化身，财主威逼恫吓，她不害怕退缩；财主用绫罗绸缎的富贵生活引诱她，她也绝不动心。她长相柔美，却有一颗坚韧的心。对于爱情，刘三姐不像一般闺阁小姐那么扭扭捏捏，而是主动向自己的意中人阿牛哥表白："山中只见藤缠树，世上哪见树缠藤。青藤若是不缠树，枉过一春又一春。"两人结为百年之好，并在乡亲们的帮助下从莫老爷的魔爪下逃脱，逍遥于桂林山水之间。而刘三姐的山歌更是被人们口耳相传，传遍了广西大地。

桂林市桃花江畔，有一座刘三姐大观园。和《红楼梦》中大观园不同，它是一座以广西民俗文化为主题的公园。刘三姐自然是园中女主角，影片中阔气的莫府大宅、阿牛与刘三姐兄妹的故居都一一还原。莫府高门大户庭院开阔，庭前花团锦簇。阿牛的干栏式茅屋则是典型的壮族住房，用竹木打桩使房屋高出地面，下层养牲畜上层住人，既能防潮又能防蛇虫入户，而且有效利用空间。经济条件好一点的人家，在二楼上再建一层，用来存放粮食。未曾入园，先闻歌声。妙龄男女穿着鲜艳的民族服装，跳起竹竿舞迎客。舞者或蹲或站，竹竿上上下下分分合合，游人从中间穿踏而过。有音乐天赋的人不觉技痒，那就登上对歌台，和盛装而出的刘三姐用歌声交流，如果仪表堂堂又歌声美妙，还能收到刘三姐抛来的绣球呢！

像山间泉水一样的桂林山歌，从每一个人心头流过，无论快乐还是悲伤的情绪，都能在歌声中予以抒发。山歌就地取材，小到生活琐事，大到国际风云，心中想到什么，就能成为歌声。每年三月三，是壮族儿女的歌圩节，也是桂林一个重要的节日。壮族的服饰以素雅大方为主，女性日常多穿蓝黑色，窄腰上衣宽裤脚，头缠花布巾，显得清爽利索。壮族姑娘擅长织锦，壮锦色彩艳丽，所以会在腰间系上手织的花围裙，前襟和袖口绣上精细的图案。而在三月三这天，她们会穿得花枝招展，因为要举行赛歌会，她们要用歌声传递情思，选择自己的意中人。壮族女儿大胆追爱，像刘三姐一样。在火辣的对歌里，她们眼波流转脉脉含情，带着羞怯把亲手缝制的绣球送给小伙子，也收获到对方事先准备好的礼物。这种择偶方式，自由自在，男女双方都掌握主动权，被拒绝了也没什么不好意思，通常一笑置之，另觅良缘，偶有多愁善感的，伙伴们会用歌声予以宽慰，帮助失恋的人走出情感低谷。

桂林属广西壮族自治区，但除了壮族外，境内还有瑶族、苗族、侗族等二十几个少数民族。壮族刘三姐大观园中的苗家吊脚楼，秀气挺拔。梦幻歌圩的苗族歌坪上，苗家儿女吹着芦笙，围成一圈跳起芦笙舞。芦笙是苗族心爱的民族乐器，众人一起吹响，声音洪亮气势磅礴。芦笙节是苗族最盛大的节日，苗族姑娘头戴银角冠，像一弯明月，银光点点，百褶花裙如彩浪翻飞。园中也能听到被列入人类非物质文化遗产的侗族大歌，在恢宏的鼓楼下，众人合唱，不需指挥和伴奏，将自然界的鸟啼虫鸣、雨露风雪之声一一模拟而出，歌声如从天上来，触动人的心弦。热乎乎的火塘边，侗家阿哥阿妹边做农活边放声歌唱。瑶族善舞，特别是长鼓舞，鼓对于壮族、瑶族都如图腾般重要。景区就有一面广西最大的铜鼓，是正圆形，而长鼓是两边粗中间细，像广州的代表建筑小蛮腰，舞者捏住鼓腰上下翻转，边舞蹈边击鼓伴奏，身手灵活，如同轻盈的燕子。

上刀山下火海的表演让观者咂舌，高高的铁柱上绑着几十把钢刀，锋刃闪着锃亮的光，像狼张大了嘴露出尖尖的獠牙。火盆里燃烧着木炭，发出“劈劈剥剥”的声音，猩红的火焰燃起，像恶狮张大血盆大口吐出的舌头。表演者却丝毫不惧，赤着双脚从刀刃上踩踏而上，从烈火中踏步而来，让人惊叹绝倒。到了夜里，天边升起了蓝蓝的月亮，月光下的凤尾竹林幽静如诗，竹叶沙沙响，落到园中的小径上。湖边的渔舟点起渔火，老渔翁轻轻摇动木桨，而广场的篝火已经点燃。这是民族夜的狂欢，壮族、瑶族、苗族、侗族的姑娘小伙们，已经牵着手围着火堆跳起了舞蹈，并热情地欢迎远方客人的加入。水幕电影已经开场了，歌圩的歌声更嘹亮了，刘三姐的歌声正袅袅传出："多谢了，多谢四方众乡亲，我今没有好茶饭哪，只有山歌敬亲人哪，敬亲人。"

由张艺谋导演的中国第一部山水实景演出《印象·刘三姐》成为桂林的新名片，是来到桂林不容错过的精彩演出。这是一场视觉听觉的盛宴，演出地位于漓江的精华段阳朔水域。"桂林山水甲天下，阳朔堪称甲桂林。看了《印象·刘三姐》，真心想做桂林人。"没有幕布砖木搭构的传统舞台，漓江山水与广阔天穹是它的背景，背临秀丽的十二峰，与书童山隔水相望。十二峰仿佛十二位婀娜多姿的姑娘，在清澈的漓江中沐浴嬉戏，芙蓉出水，芳姿娉婷，让捧着书砚的小书童羞红了脸，不敢抬头看。妙龄少女扮演的漓江仙子，乘坐一叶轻舟而来，一袭红罗纱若有若无地裹着她的娇躯，月华之下，她肌肤胜雪，粉面含春。江风轻轻吹拂，少女的红纱飘落，夜色变得暧昧而多情，少女舞动红纱跃进江水，旁若无人地洗浴起来，像一尾美人鱼，众人屏住了呼吸，生怕惊扰了这个自然山水中的精灵。晶莹的水珠从少女春花一般的脸庞滴落，她咯咯地笑出了声。音乐轻柔地响起，水中银光闪闪，使人惊疑是不是天上的星辰落到漓江中，定睛一看，不是，是少女们头颈与手腕的银饰，几百个花样年华的苗家阿妹正踏歌而来，一个个姿容俏丽，妙目传情。

天上的月亮依然高悬，水中却也升起一轮弯月，形成一个明亮而梦幻的水上舞台。美丽的少女踏上月波，曼声歌唱，她就是刘三姐。山歌这边唱那边和，少女逐渐长大，走进了竹林间的小木楼里，英俊的阿牛哥出现了，刘三姐的故事徐徐展开。《印象·刘三姐》的灯光与烟雾是世界一流的，变幻莫测的灯光，辉映着桂林的花月夜，忽而月朗星稀，忽而烟雨晴岚，忽而云缠雾绕，清隽的山水、空灵的歌声、丰富的民俗文化交织在一起，给人们不一样的体验，也对桂林的美多了一层新认识。无论从世界哪一个地方奔波辗转来看《印象·刘三姐》，都是值得的。

百里画廊桂枝香

民族风情，是人们喜爱桂林的一大原因。桂林西北的龙胜县，居住了不少壮族和瑶族同胞，这里的地形多为丘陵山坡，人们依山形耕地，开垦出台阶状的梯田。中国有梯田的地方很多，但像龙胜龙脊梯田这么壮观的十分罕见，整座山岭，层层叠叠，像要连接苍穹的天梯，一级又一级，拾级而上就能飞上九天；又如滔滔的波浪，一浪逐一浪，浩浩荡荡绵延无边。从侧面看，又像多层宝塔，一层又一层，数不清看不明。春天人们给田中灌水插秧，梯田泛起波光，像绣上了道道白纱花边，龙脊油菜花正大片片开放；盛夏禾苗泛绿，满山叠翠，似把青玉案切成了一瓣瓣碧莲花；秋来桂花飘香，梯田也和桂花一样金灿灿，壮族阿哥瑶家阿妹们忙着收割庄稼，他们世代定居的青瓦木楼也在山谷之中，像一幅山水田园画，他们鲜艳的服饰给这幅壮美的画又添上生动的注脚；冬雪飘飞，龙脊梯田披雪挂银，雪落到梯田上，显出了层次，像一条巨龙伏在山岭，片片龙鳞银光闪闪，与平原相比，有一种惊心动魄的美。

壮族平安寨的七星伴月梯田，七座山头如七颗行星，围绕着中间一块弯弯的月亮田。金坑红瑶村的千层天梯，如海底涨潮一般，碧浪排空。热情的当地人捧出香糯米酿的水酒，唱起了山歌。红瑶村的女人都留着乌黑长发，放下来可拖到脚背上。她们爱做绣活，飞针走线间，鞋垫上、腰带上绣出了桂林的美景。

桂林之所以得此名，因为城中桂树成林，在秦始皇时期就叫作桂林郡，各朝各代的诗人提到桂林，总会想到满城桂花香。特别在金秋时节，漓江两岸千万株桂树一齐绽放，香染青山，香透碧水。“西风飒飒桂林秋，万叠云山舜洞幽。晓气沿崖秋色冷，凉飙吹树桂香浮。”桂林的空气质量本就绝佳，没有工业污染，桂花的香味更显得格外清醇馥郁，公园里，街道边，山脚下，湖岸旁，角角落落都是桂花树。桂花是桂林的市花，市徽的外层呈四瓣，也是一朵橘红桂花，环抱着象鼻山和漓江水。桂花的形态不算绝美，胜在其香。行人走在桂树下，不用深呼吸，浮动的桂花香氛自然而然地跑到鼻孔里，吸附在衣角上。爱美的姑娘不用喷香水了，因为整个桂林就是一座香水城。

“叶密千重绿，花开万点黄。”春夏之际，桂树已披上绿装，随着天气变凉，星星点点的花瓣绽出，有的洁白，更多的是柔嫩的黄色。桂花没有牡丹、芍药那样艳丽的花形，也不像广玉兰、凤凰花大剌剌地开放在枝头，而是有些害羞地藏在密密的绿叶中，藏起了一簇簇金色的火苗，不到树前细寻还看不真切，但浓郁的香气已提醒人们，它们在盛开，它们在怒放。桂林人喜爱桂花，因为比起繁华的都市，桂林只能算地处偏远的小城，但它不会妄自菲薄，也不会顾影自怜。桂林以自己仙境般的山水获得了国内外人们的重视与垂青，它也落落大方地欢迎四方来客，就像满城桂树，不在花间争宠，却用一缕幽香博得人们自动走近它、欣赏它。

桂林人不仅爱赏桂花，还用它制成美味佳肴、琼浆玉液。几百年前，人们就把鲜桂花收集起来，用蜂蜜浸渍，去掉汁液中的苦味，只留下清甜的香气，用细糯米为原料，制成桂花糕。桂花糕形状多种多样，四四方方的，圆圆满满的，还有花瓣形的；颜色也不相同，有的洁白如玉璧，有的金黄似琥珀，有的晶莹剔透呈透明状，琉璃水晶一般的糕体中嵌着朵朵桂花，艺术品一样，入口甜而不腻，桂花香气缠绕在唇齿间久久不散。桂花酒属桂林特产三花酒的一类，度数偏低，口感更柔，尤其适合女性饮用。酿酒时出现晶亮的三层酒花，故有三花之名。桂花酒色泽微黄，开瓶后酒香四溢，却不易醉人，饭前小酌一杯，别有风味。院前桂树婆娑，天空月影西沉，悠悠然做起美梦。梦里荡进了广寒宫，吴刚从宫中的桂树下捧出了仙家的桂花酒，竟和桂林的酒水一个风味，嫦娥嫣然一笑，原来广寒宫的桂花树正是从桂林移植而来，酿酒之法也是学自桂林呢！

饮不得酒的，可以喝桂花茶，或是新鲜的桂花果露，甜津津的，走得乏了，来一碗润润嗓子。这些吃食，阳朔西街都有得卖，这是一条古老的街道，路面铺着桂林产的暗青色槟榔纹大理石，两旁房屋古色古香，有各种书画工艺品、小吃店、老字号，但与其他老街不同的是，阳朔西街有很多洋面孔，有的是店老板，有的是当地居民。满街男女老少都会说外语，是跨国爱情多发地带。桂林人开玩笑地说：想来一段异国情缘吗？赶紧去逛阳朔西街吧！

阳朔的啤酒鱼是当地一道名菜，鱼是漓江中的活鲤鱼，酒是桂林的鲜啤酒，只有两者齐备，才能做出正宗的桂林风味。漓江水质好，鲤鱼肉嫩且没什么鱼腥气。先放在油中煎炸，煎得鱼皮酥脆微黄，再倒入啤酒黄焖，辣椒必不可少，啤酒鱼有辣才够味，还要加一些切成片的西红柿，既给啤酒鱼增色，又在香辣口感中添了一味酸甜。阳朔的啤酒鱼外酥里嫩，透着酒香，使人垂涎。一盘鱼做菜就够了，主食自然是闻名全国的桂林米粉。这算是桂林美食的拳头产品了，每一条美食街都有它的踪迹。

从秦始皇时代开始，桂林米粉就已成型。传闻秦军来到此处作战，西北人吃惯了面食，桂林师傅只好将米磨成米浆，做成米粉，拟面条的形状。米粉软滑却筋力足，高明的师傅做出来后，一根能拖十来米不断，一根米粉可下一大碗。桂林米粉花样繁多，吃法也多种多样，凉拌吃，炒着吃，就汤吃，最受喜爱的就是浇上卤水配菜吃。挑着担子的米粉师傅，走街串巷，不用大声吆喝，卤水的香气已把老食客肚里的馋虫勾出，担前抽出一条板凳靠街坐下，雪白的米粉从沸腾的锅里捞出来，密制的卤水一浇，不免食指大动，更何况米粉上还有香嫩的牛腩、嘣脆的花生米。马肉米粉更是一绝，过去只有达官贵人吃得起，酒杯一般大的小碗，只有一根粉，两三片马肉，哧溜一下入肚，只觉得香，还没来得及细品，当然要再来一碗。吃顿桂林马肉米粉，桌上摆出十几个碗碟，很有派头。

桂林被称作世外桃源，因为这里与自然山水最亲近，最宜修身养性，解愁忘忧。桂林也确实建了一个世外桃源景区，就在阳朔白沙镇遇龙河流域。遇龙河，人称小漓江，两岸绿树红花，古桥流水，村落民居掩映其间。传说大好风光吸引东海的蛟龙在这里逗留，常被行人撞见，故有遇龙河之名。世外桃源景区处在遇龙河最美的一段，天高云淡，风轻月明，燕子湖畔杨柳依依，湖水清波荡漾，湖中小岛亭亭玉立，荷花池中菡萏盛开，莲叶如盖。这里有农田菜地，有炊烟渔火，听得见鸡鸣狗吠之声和乡邻们的欢声笑语，男人扛着犁耙归来，女人在河边洗衣浆裳，孩子牵着老人的手，仰头听着古老的故事。这里的村民都乐呵呵地守着这方小天地，丰衣足食与世无争，真是一个世外桃源呢！

桃花漫山遍野，可能因为这里气温和暖，几乎一年四季桃花常开不谢，枝头开出千万朵，灼灼其华，开出了人们心中的桃源梦，每一天都是芳菲节。桂林桃花江两岸也遍植桃花，粉红的花瓣飘落江水中，娇媚无比，便是林黛玉见了，也舍不得用花锄把桃花埋葬起来，就让它在洁净的流水中，杳然而去，唯有香如故。

山水画廊，世外桃源。难怪陈毅将军来到桂林时，曾感慨道："宁做桂林人，不愿做神仙。"桂香浮动千峰翠色，山歌唱醒漓江春水，如梦如幻的桂林，人间的仙境。

精致厦门　鹭岛琴声

日光岩题壁

蔡廷锴

心存只手补天工，八闽屯兵今古同。

当年故垒依然在，日光岩下忆英雄。

厦门城市不大，但精致而温馨。厦门与宝岛台湾隔海相望，唇齿相依。厦门是经济特区，人民生活富足。它四季常青，环境优美。湛蓝的天空，清澈的海水，白鹭高飞，凤凰树花开似火，钢琴声悠扬动听。

海上花园鼓浪屿

鼓浪屿，是厦门第一景。它本来有个土土的名字：圆沙洲。鼓浪屿是在明朝更名的，因为岛的西南海滩上有个巨大岩石，长期经历海水冲刷，中间形成空空的岩洞，涨潮的时候，海浪拍打岩洞，发出咚咚的轰鸣声，就好像有人在击鼓。无论是从字音、字形还是字义考虑，鼓浪屿此名都更为鲜活，仿佛听到海水鼓起波涛，平添几分诗意。这块立功的巨岩仍在海岛上，岩顶上还生出一棵顽强的树，擎起一方绿荫。

有海上花园之称的鼓浪屿，是茫茫海水中的一片绿洲，凤凰木、白玉兰、榕树、椰树、棕榈各种树木遍布岛屿。岛虽小，五脏俱全，衣食住行都很方便，鼓浪屿的居民若不愿远行，完全可以常居岛上。外人若要上岛，得去坐渡轮。岛上的道路纵横交错，狭窄崎岖，因此没有汽车行驶，显得整洁而干净。小小的鼓浪屿随处是景，上岛的人得用自己的双足去丈量它的美。

日光岩是鼓浪屿的制高点，它本名晃岩，但人们觉得它阳光充足明媚，胜过日本的日光山。就把“晃”字拆开，唤作日光岩。如果想在岛上盘桓一天，早晨去日光岩最佳，在高处俯视鼓浪屿全景，海上的神秘花园跃入眼帘。清晨的霞光温柔地笼罩鼓浪屿，碧蓝的海水中丛丛绿树，束束红花，漂亮的或中或西的建筑错错落落地伫立在大片绿植中。日光岩上面的摩崖石刻很精美，尤其“鼓浪洞天”四字，是明代所刻。抬眼望，美丽的鼓浪屿鼓起海浪，可不就是洞天福地吗?

山不在高，有仙则名。日光岩有一座小小的寺庙，著名的弘一法师曾在此居住讲法。弘一其人，俗名李叔同，他不仅是一位得道高僧，还是才气纵横的音乐家、书法家、画家、戏剧家。李叔同最先在中国办起戏剧社，自己扮演《茶花女》中的玛格丽特。裸体人像画，也是他最先在中国提出实施，他教过丰子恺这样的绘画大师。南京大学第一首校歌是他写的，更为人们熟知的是《送别》:“长亭外，古道边，芳草碧连天。晚风拂柳笛声残，夕阳山外山。”在岁月磨砺中，李叔同修得一颗慈悲心，坐藤椅先摇一摇让虫子逃生，怜惜飞蛾纱罩灯。他最终剃度出家，成为弘一法师。

菽庄花园，本来是鼓浪屿中一家私人花园，20世纪50年代归于政府，现在已经对外开放。“菽”是豆类的意思，菽庄有归隐田园的意味，原主人林尔嘉，父辈靠垦殖发家，此名也有纪念之意。林尔嘉的雕像立于园中，林尔嘉字叔藏，和菽庄花园谐音。他生于厦门，在台湾经商，后因甲午战争之变，回到厦门，担任厦门总商务经理，对厦门经济建设做出了很多贡献。

菽庄花园最妙的地方是藏海于园中，瑞士顶尖的造园设计师来到菽庄花园后也钦佩不已，他说:“我们只能在园中藏湖，你们却能藏海。”偌大一片海，怎么藏呢?这就是菽庄花园的匠心了。初入园中，一堵高墙阻挡视线，大海被林尔嘉养在深闺。只见小桥流水绕亭台，九曲回廊精雕细琢，使人如置江南园林之中。再往前走过月洞门，眼前豁然开朗，一大片蓝色海洋静静地呈现面前，天地为之一宽。林尔嘉将波澜壮阔的大海纳入自己的私家园林，可谓大手笔。

借景造景，更是菽庄花园的拿手好戏。花园中的清泉、花树、红亭、粉墙，这是实打实的近景，是精致的小画卷。仰望日光岩，俯视茫茫云海，远视南太武山脉，海阔天空，这些是借来的远景，是开阔的大画卷。菽庄花园有四十四桥十二洞，四十四桥只是一座桥，传闻因园主建桥时正逢 44 岁。桥下有闸门，开闸放闸，就巧妙地把海水引入园中，藏了起来。十二洞的确是 12 个洞，像迷宫一般颇有妙趣。游客特别是蓬头稚子，活泼地在洞中穿过来穿过去，欢快的身影与愉悦的笑声形成动景。桥廊楼阁则是静止的，可以闲坐静赏。渡月亭最宜观月，月下清波脉脉，漱石枕流。动景与静景相互映衬，两自相宜。

鼓浪屿又被称为琴岛，从上岛的钢琴码头就可以感受到音乐的情调。钢琴码头设计别致，蓝白色调，它的形状像一架张开的三角钢琴，又如乘风破浪的帆船。进站口上方有“鼓浪屿”三个大字，很多游人喜欢在这拍照。鼓浪屿只有两万居民，但它的钢琴密集度居全国之首。很多人家在新婚时，就把钢琴列入家庭装修必备清单，让小孩子一出生就接受音乐的熏陶。走进鼓浪屿的林间小道上，不时传来悦耳的琴声。钢琴居多，也有小提琴、手风琴等各种乐器。琴声有可能来自一幢古老的小洋楼，雪白的纱窗前坐着一个长发披肩的姑娘，黑色的琴键衬得她皓腕如玉，修长的手指更显白嫩；琴声也有可能来自海滨的凤凰树下，白发苍苍的老翁手拉着风琴，海风吹平了他额上的皱纹，他沉吟不语，也许想起了年轻时经历的悲欢离合。

菽庄花园中有一座钢琴博物馆。它位于听涛轩中，听涛而鸣琴，涛声轰鸣琴声悠扬。钢琴博物馆是不可以拍照的，因为这里陈列的皆为古琴、名琴，独一无二的奇珍。它们大多来自一位澳籍华人胡友义的捐赠。胡友义爱琴成痴，耗尽一生积蓄去收藏世界名琴，并把它们安置在自己的故土：厦门鼓浪屿。搬运时，胡友义夫妇亲自到码头上督工，生怕心爱的钢琴受到磕碰，好在它们都平安抵达菽庄花园，就好像漂泊在外的游子回到故乡。

钢琴博物馆是琴的世界，馆内最早的一架钢琴来自英国伦敦，1801年由“古钢琴之父”克莱门第制造，经历200年的时光，它的声音还是很清亮，不禁让人穿越到英格兰的衣香鬓影中：奢华的宴会大厅里，演奏者在弹着优美的钢琴曲，长裙曳地的淑女和穿着燕尾服的绅士一起跳着华尔兹。最小的一架钢琴来自阿根廷，像个工艺品。最高的则是个庞然大物，竖起琴弦，看不见弹琴人。有的钢琴风格浪漫，桃花芯木鎏金花纹，铸铁板要么白如新雪，要么灿如黄金；有的钢琴则简约朴实，注重音色音质。古老的手摇琴，没有琴键，事先录好曲子存进去，只需转动把手，美妙的音乐就自动一首首播放出来，类似于八音盒。弹得累了，还可以用脚踏琴，享受音乐的同时还有健身功能。钢琴上方，有的燃着油灯，有的竖着烛台，这是为照亮琴谱用的，现在主要功能是装饰，其中很多也是胡友义先生私藏的珍品。

鼓浪屿琴声悠悠，古有弹琴者爱慕周郎之貌，故意拂错琴弦，现在的琴声中，又传递着什么样的故事呢？鼓浪屿有很多钢琴世家，祖孙几代都会弹琴，合家团聚之时，就是一台小型音乐会。鼓浪屿的钢琴学校名气在外，吸引了全国各地热爱音乐的人来此进修，也培养出大批音乐界的精英。一些世界顶级的钢琴赛事也选择在鼓浪屿举办，在第二届中国音乐“金钟奖”暨首届鼓浪屿国际钢琴艺术节上，鼓浪屿被授予“音乐之岛”的称号。

听着钢琴声漫步岛上，你会发现鼓浪屿的建筑很美。由于厦门是近代第一批通商口岸，有十多个国家在这里修建领事馆，还有很多华人华侨在这里筑起私家庭院。红白相间，有四根大廊柱的，是美国领事馆。暗红色清水砖的是日本领事馆，上层下层皆是维多利亚风格的联排拱券门。八棱形攒尖穹顶的金瓜楼，屋顶像半个镶着金边的南瓜。汇丰银行通体洁白，却戴着顶红帽子，圣诞老人一样。天主堂也是白色，尖尖的哥特式屋顶上有一个十字架，庄严圣洁，配上精细的玫瑰花窗，又有一丝俏皮。

唱一首《鼓浪屿之波》吧！“鼓浪屿四周海茫茫，海水鼓起波浪。鼓浪屿遥对着台湾岛，台湾是我家乡。登上日光岩眺望，只见云海苍苍。”鼓浪屿上一半的居民有海外关系，厦门与台湾之间有一段剪不断的乡愁。皓月园中有高大的郑成功塑像，是中国历史人物中最大的一座。郑成功是民族英雄，收复台湾，得到厦门人的尊敬。

海底世界里各类鱼儿活泼地游来游去，百鸟园中群鸟欢鸣花香四溢。明亮的阳光、澎湃的海浪、优雅的音乐、洋气的建筑，共同打造出鼓浪屿这座美丽的海上花园。

凤凰树下白鹭飞

有一种蓝，叫作厦门蓝。来到厦门的人，第一眼就会被厦门的蓝天惊艳到。当浓重的雾霾席卷中国西北的城市时，京城跳广场舞的大妈不得不戴着口罩，灰色的、暗沉沉的、雾蒙蒙的天空让人们不敢大口呼吸。相较下，厦门的蓝天白云就显得格外珍贵。它蓝得彻底，蓝得纯净，湛蓝的天空像在海水中刚清洗过，蓝水晶一样，蓝丝绒一般，无边无际铺在人们的头顶上，简直有点奢侈了。朵朵白云，轻而软，一团团的点缀在蓝天上，是华服上的蕾丝花边。空气是最清新的，有海风的味道和三角梅的清香。这实在是个宜居的城市，一抬头就坐享蓝天，幸福指数高。

厦门的江，叫鹭江。厦门的岛，叫鹭岛。美丽的白鹭，是厦门的市鸟。传说在很久以前，当厦门还是个荒无人烟的岛屿时，白鹭是最初的主人。当一群白鹭从远处飞至厦门，它们爱上了这里洁净的空气和海水中吃不尽的鲜鱼活虾，就以此为家住了下来，那时的厦门一片荒芜，杂草横生。白鹭用长长的尖嘴啄开海沙，挖出汩汩流淌的泉眼；又从内陆衔来花籽，种下万紫千红。在白鹭的努力下，厦门一天天明媚起来，花香阵阵，蝴蝶飞舞，也渐渐有了渔民在此居住。其中最美丽的一只白鹭，就是白鹭女神，她颈中有七彩翎，可幻化成人形。白鹭女神经常变作一个渔家女，来岛上游玩。有一天她听到叮咚婉转的琴声，寻声而去，只见一位青年公子正优雅地坐在岩边抚琴，两人坠入爱河，幸福地生活在厦门。

然而，东海蛇王发现了这个海滨花园，想据为己有，吐出了贪婪的信子。在白鹭女神指挥下，白鹭们同心协力，竖起了蓬松的蓑羽，为保卫家园殊死搏斗。白鹭女神的七彩翎凌乱了，浸着鲜血一片片落到地上，但她细长的黑喙啄得蛇王遍体鳞伤。蛇王吓退了，白鹭女神也倒下了。她身下长出一株株凤凰木，枝叶像白鹭的羽毛，她流出的鲜血开出簇簇红花。白鹭们又自由自在地游弋栖憩于碧水之间，厦门又恢复了生机。

“三山半落青山外，二水半分白鹭洲。”南京有个白鹭洲公园，厦门也有，更美丽。其中最显眼的就是白鹭女神的雕塑，她通身洁白，半跪在一块巨大的岩石上，像从海水中刚刚出浴。白鹭女神不着寸缕，但圣洁而娴雅。她微侧着头，梳理着如柳丝一样飘坠而下的秀发，目光温柔。她的肩头停着一只白鹭，悠闲自在地跷着一只脚，栩栩如生。白鹭洲的湖水中星星点点的身影，则是真正的白鹭。白鹭以厦门为家，充分证明了这座城市的环境质量。白鹭女神的广场上，常年饲养着成群的白鸽，它们逍遥自在地觅食，有时也会飞到白鹭女神的肩上，和雕塑的白鹭玩耍一会儿。

从空中俯视厦门岛，形状正如一只白鹭。厦门人很喜欢纯洁高雅的白鹭，很多地方都以“鹭”字命名。白鹭女神鲜血所浇灌的凤凰木，叶如白鹭之羽，花若凤凰之冠。凤凰花开，满城云霞。橙色红色的花朵与碧绿的枝叶构成美丽的风景，美得艳丽，美得明亮。凤凰花的花语，有离别之意，在毕业季开得更盛。每一届厦门大学的学子们离开校门时，总爱选择在凤凰树下踯躅而行，留影为念。凤凰木青翠挺拔，花开灼灼如烈日，似厦门如火如荼的经济建设，也传递了厦门一种积极向上的人生态度。

厦门气候好，冬天也暖和。每年十一二月时，北国已经千里冰封万里雪飘，厦门的市花三角梅正漫山遍野地盛开。三角梅又叫叶子花，它的花苞薄薄的，打开后只有三片，简简单单的美，花瓣就像一片叶子，连脉络都清晰可见。颜色有的白如茉莉，有的粉如桃瓣，有的黄似迎春，更常见的是紫色和红色。紫色贵气，红色热烈，单看一朵三叶梅并不妖娆，但厦门的三叶梅簇簇盛开，形成一片花的海洋。厦门的市花公园就有大片大片的三叶梅，它的花期长，几乎一年常开不败。三叶梅容易存活，既可做盆景，又能大片种植，给山坡增色。三叶梅生命力顽强，也许这正是厦门人喜爱它的原因。

来厦门旅游，肯定要去厦门大学看看，它是全国重点大学，是中国近代教育史上第一所华侨创办的大学。创办人陈嘉庚，是著名的华侨领袖、企业家、教育家，毛泽东曾赞他为“华侨旗帜、民族光辉”。陈嘉庚身处南洋，心系中国革命，一手办实业一手重教育。他首创橡胶制品工厂并大规模生产，推动了民族工业发展。他家有万金，却生活俭朴，但对投资办学十分热衷。他在家乡创办了集美学村，涵盖从幼儿园到中学、大学各个阶段。即便是在他的企业遭遇危机的时候，他也不放弃资助办学。陈嘉庚痛惜南国无高校，一力创办厦门大学，从校址选定到校舍设计，陈嘉庚处处亲力亲为，当然资金也是靠他慷慨解囊。

厦门的学子称陈嘉庚为“校主”，这既是表达一种敬意，也是对家人的亲切称呼。厦门大学设有陈嘉庚纪念堂，堂前是他的塑像。陈嘉庚视厦门大学为自己的孩子，在办学资金紧张的时候，他说：“宁可不要大厦，也要厦大。”后来，他真的把自己在新加坡的三座大厦卖掉了。在当时的爱国华侨中，陈嘉庚不是最有钱的，或许也不是最有名望的，但他对教育的重视与付出无人能及。教育是国力的基石，教育强则国强。陈嘉庚的一颗赤子之心得到了回报，厦门大学蒸蒸日上，从最初的 80 个学生 20 个教师发展成学科门类齐全的知名学府，为南国最强。

让厦大人骄傲的是，经历百年浩劫，厦门大学从未更名。走进厦门大学，首先被它优美的风光吸引。厦门大学的建筑风格别具特色，一开始陈嘉庚找了外国设计师做了图纸，后来他否决了，亲自设计。厦门大学的建筑是由西式的外形和中式的屋顶组成，穿西装，戴斗笠，西洋和古典碰撞到一起，形成了视觉上的美景。这是陈嘉庚为洋人戴上了中国帽子，是一种爱国情怀的流露。

厦门大学的主楼叫群贤楼，意为群贤毕至。陈景润、余光中是厦门大学的校友，鲁迅曾在厦门大学任教。群贤楼群的楼名简洁文雅而有深意，映雪楼、囊萤楼、同安楼、集美楼。孙康借雪光读书，车胤借萤光求学，寄托了对厦大学子的期望；同安集美，是陈嘉庚家乡的地名，集天下之美共享安宁。在校园中心地带的芙蓉湖，可看到厦门大学的嘉庚楼群倒映在湖水中，优雅的黑天鹅在湖中栖憩。芙蓉湖被厦门大学的学生称为情人湖，湖心有小岛，坐而观景，赏心悦目。当然这里也是校园爱情多发地带。

芙蓉隧道是厦门大学的重要景点，长达千米的隧道满满是涂鸦，虽是涂鸦但都用了心思，看起来饶有趣味。上弦场是体育场，宽阔宏大，是厦门大学历届毕业生拍毕业照的地方。浓浓的学院风配上中西合璧的氛围，吸引很多影视剧选择来厦门大学取景。厦门大学四季有花，被称为英雄花的木棉，入冬犹在开放，盛开时红艳欲滴，坠落时飘然潇洒，颜色久久不败。木棉一谢，凤凰花开，绚烂的模样就如年轻学子火热的青春。红砖的宿舍楼前，落英缤纷，铺了一层鲜花地毯。无怪乎厦门大学被称为最美的校园之一。

南普陀寺紧邻厦门大学，布局严谨香火鼎盛，天王殿中盘坐着慈眉善目的弥勒佛，笑眯眯地对着叩拜的芸芸众生。大悲殿中祀奉四座观音菩萨，这应该是它得名普陀的由来。南普陀寺还设有佛学院，弘一法师在厦门时曾在此收徒讲学。这里的素斋也很不错，色香味俱全，菜名文雅又寓含佛理，比如南海金莲、梵宫玉笏。名菜“半月沉江”是郭沫若所题，雪白的面筋烹调成汤，半片香菇沉于汤底，如同月色沉入江心。大学与寺庙靠在一在，青春与古老、人文与宗教和谐共存。

出了厦门大学，走过天桥，就是白城沙滩和海滨浴场。这让人们对厦门大学的学生十分羡慕。厦门四面临海，但白城沙滩人气最旺。除了厦门大学的学子，厦门本地人和外地游客也钟爱这里，沙滩很长，水天一色。沙子虽然没有三亚海边的细腻，但也很软，还有点湿漉漉的，赤脚走在上面，沙子从脚丫缝里漏出来，痒痒的。运气好可以拾到小海螺和小贝壳，不过完整的不多，因为游人太密了。厦门日照足，沙子有点烫，傍晚的时候还是温热的。嫌热往前走一点，海水漫过脚踝，漫过小腿肚，凉意从脚底漫上来。浅滩边可以游泳，对面还有海鲜排档，深夜都不打烊，灯火通明的，在沙滩走累了吃点海鲜，可不逍遥快活。

闽南风光曾厝垵

厦门曾厝垵，被称是厦门最文艺的渔村。有多文艺？简单地说，它就是诗人海子理想中的“面朝大海，春暖花开”。它没有鼓浪屿的人多拥挤，还保留着从前做渔村的一丝质朴宁和。各种宗教——佛教、道教、伊斯兰教、基督教等都在这个小渔村并存。圣妈宫里供奉着妈祖娘娘。妈祖，是东南沿海一带信仰的海神，经福建向港澳台地区及东南亚广泛传播。她本是一个年轻美丽的渔家姑娘，叫林默，人们亲切地称她默娘。她心地善良，又身怀绝技。因为从小在海边长大，默娘谙熟水性，经常帮助来往的渔舟商船。若是海水中有妖魔作怪，她会挺身而出。洪水泛滥或久旱不雨时，也是她为黎民百姓祈来风调雨顺。默娘还懂得医术，祛病救人。后来她在一次拯救海难中去世，但人们说天上现出五彩祥云，默娘是白日飞升了。

曾厝垵里的红砖古厝，是闽南的传统建筑，红砖白石，朱瓦灰檐，燕尾脊两边翘起。砖墙的墙身上、窗檐边都刻着各种精美花纹，描着上拱下凹的曲线，甚至青石做的砖墙勒脚都雕着老虎、麒麟的图案。厝，就是房屋的意思，红砖大厝几进几出，院落相当壮观。番仔楼是南洋风格的，多为厦门的华侨所建，每一幢番仔楼背后都有一部创业史，交织着奋斗中的辛酸与喜悦。“番”即是“洋”，番仔楼将闽南民居和西式建筑搭在一起，厦门大学的建筑就是番仔楼。

街边一间接一间的特色小店，也是体现曾厝垵文艺的地方，店里的装潢设计，店的招牌和看似不经意的几句留言，都透着小清新的味道。柜台的摆设自不必说，精挑细选的。掌柜的连天花板都不放过，一定要体现自己的创意。绿植随处可见，从店铺的花窗里探出头，从屋角的灰檐边闪出身。街边客栈很多是民宿，价格适中，整洁干净。每个房间都有自己的名字，在小院里露天餐桌上吃饱喝足，天台屋顶上备好了躺椅，吹吹海风，看看星星，赏赏月亮，脑子里说不定就冒出一首诗来。

美食自然是多的，曾厝垵是厦门美食的集中地，有地道的闽南风味。厦门靠海，生猛海鲜肯定要吃的。一对大虾用竹签串成一串，不用放太多调料，吃的就是鲜味儿。肥美的花蛤和金针菇一起，包在锡纸里烤，香味能飘到马路对面。生蚝扇贝也可以烤，干扇贝、鲍鱼片、大个的螃蟹，每天从海里现捕的新鲜货，怎么做都好吃。曾厝垵的甜点店也多，到处是卖奶茶果汁的。水果若是看上了，可以报家里地址，直接打包寄到家。很多卖大青芒的，如果想吃不用弄得双手汁水淋漓，店主会殷勤地帮忙剥开切好，装在大号纸杯里，放一把小勺，可以边逛街边尝上一口。咖啡馆就更多了，据调查厦门人均咖啡消费全国第一，这似乎也是厦门这座城市文艺小资的明证。

沙茶面算是厦门小吃的代表了，面条放了碱，柔软又有韧性，大笊篱捞一把下到沸水中迅速出锅，面里还可以放入青菜、虾仁、猪肝、肉片、鹌鹑蛋，放什么都可以，最重要的是沙茶酱。这种酱要用花生米、小鱼干、小虾米、洋葱、大蒜等十种配料油炸研磨而成，辣中微甜。调上酱汁的沙茶面汤鲜面美，吃完连汤也能喝精光。蚵仔煎名气也不小，外形相当于闽南的煎饼果子，一样要用鸡蛋摊成饼状，里头却大有乾坤，粉是番薯粉，一个个牡蛎洗得干干净净，加上葱花香菜做成饼里馅料，煎好后的牡蛎一个个在金黄的面饼里鼓起来，可以文雅地切成一小块慢慢品尝。牡蛎被称为深海牛奶，很有营养。土笋冻，可不是竹笋，它的原料是一种蠕虫。捉来先养一天，让它把肚里的泥沙杂物吐净，再用大火熬煮。这种虫富含胶质，冷却后就成为晶莹润白的土笋冻，直接吃就可以，加上配料滋味更妙。

随着厦门日新月异的发展，作为厦门方言的闽南语正逐渐消失。厦门政府重视保护它，有的学校还开设了闽南语课，把它传承下去。曾厝垵还是有不少居民在讲闽南话的，听不懂，但却很有趣。有的店面上还特意标上闽南话和普通话的对照，外来游客可以学上两句。煸豆干是什么意思？可不是在锅里煎块豆腐干，而是指一群人围聚一起吃自助烧烤，鱼虾海鲜可劲儿造。外地人只怕是摸不着头脑。水查某又是什么意思？原来它是远古一种美艳的神兽，所以水查某就代指美女了。用厦门方言夸一个女孩子颜值高，就可以说她很“水”。

厦门的绿色跑道环岛路，是国际马拉松指定赛道，双向六车道，视野开阔。环岛路途经很多景点：厦大白城、五绿湾湿地、观音山、椰风寨、胡里山炮台，也经过曾厝垵。一路椰风吹拂，四季花开，阳光灿烂。《鼓浪屿之波》的音乐五线谱就雕塑在胡里山炮台，作为世界最长的五线谱被列入吉尼斯世界纪录。环岛路最适宜骑行，沿途很多人物雕像，都被做成马拉松比赛中运动员的各种运动姿势，他们矫健的身躯、坚定的目光、昂扬的斗志，给骑行锻炼的人以振奋和鼓舞。厦门国际马拉松赛从2003年创办，在国际国内都具有影响力。依山傍海、白云蓝天，使厦门的赛道成为世界上最美的赛道。

曾厝垵的小白鹭民间舞团是中国第一个民间舞表演艺术团体。有些人了解厦门，就从小白鹭开始的。民族的就是世界的，小白鹭民间舞团有专业的舞蹈团队，带有闽南风味的民族舞蹈前景广阔。在对外交流上，小白鹭经常代表中国去国际上参赛，她们精湛的舞蹈表演功底征服了那些金发碧眼的外国人，屡屡斩获奖项。在管理模式上，小白鹭民间舞团是很严格的，成员绝不走穴赚外快，潜心研究艺术。小白鹭舞团还和戏曲舞蹈学校结成对子，这种校团合一的理念在中国是数一数二的。舞团成员会到学校讲课，点拨学生，学校也给舞团提供了源源不断的后备军，让小白鹭飞得更高更远。

马拉松和民间舞，是力与美的碰撞，对于厦门来说，它们都传递了一种精神信念：超越自我极限，坚韧不拔，奋力拼搏，不断提高自己追求完美。这也正是新一代厦门人的信念。在马拉松的奔跑中，在民间舞的旋转中，挥洒了汗水，释放了青春。马拉松需要耐力与坚持，舞蹈也一样，甚至更苦。小白鹭民间舞团的演员已经很有名气了，但每天还坚持练基本功，压腿、踢跳，每个动作一遍遍重复训练、精益求精，这样才能让舞台上的身姿更蹁跹绰约。

中国国际投资贸易洽谈会，简称投洽会，被誉为“全球规模最大、影响最广的投资博览会”。因为它每年9月8日在厦门举办，所以它的会标就是由数字9与8组成的一把金钥匙。它的确是厦门打开非凡人生的金钥匙。投洽会设在厦门国际会展中心，它既是中国了解世界招商引资的窗口，也是中国与国际交流的桥梁。对于东道主厦门来说，更是一个展示自我的炫丽舞台和快速发展的契机。

耸入云端的双子塔，是厦门的新景观，仿佛两片风帆停泊在海岸边。双子塔有世界最高的过街天桥，里面设施豪华，有五星级酒店、高级办公楼，购物餐饮的门店里弥漫着奢侈品的气息。双子塔是繁华厦门的缩影。厦门虽不是一线城市，但有很多自身优势。厦门是第一批经济特区，招商引资的技巧娴熟。它的地理位置毗邻台湾，环境宜居，有众多天然良港。厦门人友善而随和，滨海风光、音乐之岛这些旅游资源更是为厦门加分，把绿水青山变成金山银山，是厦门一如既往的努力。

浪漫丽江　风情万种

雪山歌

（元）李京

丽江雪山天下绝，堆琼积玉几千叠。
足盘厚地背擎天，衡华真成两丘垤。
平生爱作子长游，览胜探奇不少休。
安得乘风临绝顶，倒骑箕尾看神州。

“彩云之南，我心的方向。”这里有一个浪漫多情的城市，芳名丽江。来到丽江会一见钟情，未至丽江则魂牵梦萦。丽江被称为艳遇之都，每一棵树下都住着一个故事，每一片瓦上都写着一句情诗。

小桥流水有人家

丽江风景动人心，第一数古城。丽江古城，始建于南宋，有浓郁的民族风情，1997 年就已申报为世界文化遗产。中国有许多古城，但哪里也比不上丽江古城的风韵，它既像一卷笔墨丹青，又如一幅精美油画。它坐落于丽江坝之中，背北朝南，地理位置优越，气候温和舒适，一派生机盎然。

丽江古城家家有水，户户有花，因为它巧妙地利用地形，建于流水之上。黑龙潭的泉水奔涌而至，分东河、西河、中河三大支流，又变成无数小溪穿城而出，与街巷相邻，从宅院经过，纵横交错，时隐时现。因为流水，饱经沧桑的古城有了灵气，格外妩媚妖娆，啼莺舞燕，烟云弥漫春色。潺潺流水配小桥，古城桥多，共354座，可以说走几步就有一座小桥。桥很密集，但正如王羲之《兰亭集序》中二十多个“之”字各不相同般，古城每座桥都别具特色。从材质看，有木制、有砖筑、有砂石，不一而足；从形态观，有单孔桥、有双孔桥、有多孔桥，各具风姿。“杨柳萦桥绿，玫瑰拂地红。”古城的桥点缀在如画美景中，说不尽绮丽风流。有的是一道窄窄的原木，闲闲地横于河上，悠然自得；有的则以五花石精心筑就，宽阔平坦，庄重大方。

每一座桥都有一个有趣的故事。万子桥，是座单孔石拱桥，相传有户杨姓人家，多年无子，处处行善积德。他捐资修桥时特意采用砂石板铺砌桥面，这种砂石板由千万颗砂粒凝聚而成，寓意百子千孙。后来诚心感动天，真的产下一子。消息一传十，十传百，附近想求子的人家都来桥上走一走，沾点喜气。仁寿桥，又名百岁桥，也同样寄托了美好祝愿。清代有位名叫年世光的老人，活了108岁，历经乾隆、嘉庆、道光三朝，无病无痛寿终正寝。更巧的是他的儿子也活到108岁。这在医疗不够发达的封建社会已属十分罕见的了，地方官奉旨建桥纪念。乡亲们都说：“百岁桥上坐一坐，活到八十不为过。”卖鸭蛋桥，名字质朴，望文而生义，因为古城的桥梁往往是商旅会集之处，居民交易之所。丽江的大姑娘小媳妇在农闲的时候，拎着一筐自家的土鸭蛋，斜倚桥头，一边聊着家长里短，一边热情地招揽生意，心里想着赚些零花钱买头油香粉，不禁喜上了眉梢。最壮观的是大石桥，由明代木氏土司建成，桥长十余米，宽四米，桥的坡度很平，承载百年间商贾行人往来，稳稳当当。从大石桥俯视，能看见玉龙雪山的倒影，所以它又有一个诗情画意的名字：映雪桥。

“烟气笼青阁，流文荡画桥。”古城的桥活色生香，收工的汉子忙完一天，在桥头小憩一下，美美地抽袋旱烟；女孩子有什么小秘密，总喜欢拉着自己的闺蜜猫在桥洞里，互诉心事。桥下春波脉脉绿，桥上惊鸿照影来，小桥流水处荡漾着风情。

行走在丽江古城，触目无处不美。高高低低的树很美，擎着华盖，缀满丹霞，风吹过，树叶瑟瑟作声，树像墨绿的巨伞，遮着缓缓流淌的光阴。柳树最多，“碧玉妆成一树高，万条垂下绿丝绦”，温柔的枝条垂在水边，像姑娘的秀发，发间点缀着各色鲜花，金黄的迎春，粉红的月季，洁白的山茶……一年四季，整个古城始终弥漫着芳香。红檐黛瓦的房屋掩映其间，随手一拍就是一张精美的明信片。

丽江古城布满琳琅满目的店铺。踏着青石板铺就的小巷信步走来，铺子里各种精致的产品让人目不暇接，爱不释手。对于爱逛街的姑娘们，这绝对是最佳去处。吃的，有各种风味的牦牛肉干，店前一溜小碟子，切得细细碎碎的，五香味儿、麻辣味儿、椒盐味儿，等等，乖乖地盛在碟中，任君品尝。轻轻地拈一点儿放嘴里，所有的味蕾欢喜地唱起了歌。这里有云南特色鲜花饼，甜而不腻，美容养颜。鲜花饼制作工序十分复杂，像玫瑰花馅儿，必须清晨采下沾着露水的新鲜花瓣，洗净去蒂，拌以蜂蜜砂糖，封好避光发酵三两天，配上猪油面粉精心调制的双层饼皮，刷上蛋液烘烤，饼皮金黄酥脆，饼馅红艳诱人，咬上一口，唇齿间全是玫瑰芬芳，感觉自己变成金庸小说中那个爱吃花瓣的喀丝丽公主。螺旋藻、普洱茶是馈赠亲友的佳品，益寿延年，来丽江的人也不会忘记拎上两盒回家。

丽江粑粑形状像小烧饼，磨细的精麦面加上火腿肉，烤得两面金黄，咸咸脆脆的。若是拌上绵白糖，就是甜津津的味道，走饿了来上两块，立刻有了力气。或者寻个小方桌，吃一口丽江粑粑，就一口酥油茶，慢悠悠地享受丽江的时光。夏天走在街口有点热，可以喝一碗鸡豆凉粉，晶莹透亮的粉片上飘着红红的辣椒、绿绿的葱韭，酸辣开胃。这种凉粉冬天也吃得，切得方方正正油锅一煎，去掉寒气风味不改。米饭被压成圆形小饼，但不是裹上海苔做寿司，而是放火上烤，叫作烤饵块，得蘸酱汁吃，和单纯吃米饭的感觉不同。

至于女孩子们喜爱的饰物，古城一应俱全。古城有很多卖银器玉器的店铺，手镯、项链、耳钉、长命锁之类应有尽有，有的闪闪发亮，有的晶莹圆润，但质量良莠不齐，需要精准的眼光去仔细挑选。另有些当地特色的木质、石质饰品，价格实惠，造型别致，很受游客垂青。丽江有很多少数民族的居民，他们能歌善舞，喜爱色彩鲜艳的服饰，哪怕一根细细的腰带，都要精心绣上美丽的图案。披肩，是古城一道风景线，随便往身上一裹，民族风情呼之欲出。披肩多是机器织的，但有些丽江摩梭女郎，在店内摆一张织机，用古老的方法手工纺线，现纺现织。女郎微微含笑，纤纤素手一针一线慢慢地织着，织进密密的相思之情与祝福之意。

有些店铺更具特色，在热闹的四方街大石桥头，有一家叫布家铃的小店，做工精致，花样繁多，远近驰名。古城有不少这种卖驼铃的小店。丽江驼铃，并不是拴在骆驼身上，而是丽江马帮所用，挂在马身上，既防止马无意中跑丢，又有祈祷一路平安之意。当出门的马帮踏上古老的茶马古道时，家中的妻子亲手拴上一枚驼铃，小小的驼铃承载着沉甸甸的爱。如今，马帮踪影不在，但驼铃作为吉祥的信物，清脆悦耳的声音依然回荡在古城。有些卖陶土木雕的小店，来逛店的客人可以现场学习制作，看着自己手工制成的憨态可掬的手工艺品，心里肯定美滋滋的。

客栈是十分别致的，沿街而设，自带一处院落，白天阳光充足，夜晚满院星辰。院里花木扶疏，一片诗情画意，来丽江的游客得早早地在古城订下房间，因为时常爆满，小院里可以喝茶，可以听音乐，可以和心爱的人一起看星星看月亮，可以睡到日上三竿，也可以彻底不眠，慵懒的，自在的，这就是丽江。

一生总要来一次丽江。一次不够，古城留住了人心，有的大学生一路打工而来，有的都市白领放弃城市的高薪工作，在丽江开起了酒吧。丽江被称为艳遇之城，每年迎接几千万中外游客，在这片美丽的土地上，木讷的人也变得健谈起来，一见如故，一吻定情。如果你渴望恋爱，就来丽江；如果你生性浪漫，就来丽江。走走停停，寻觅知音。不早不晚的，相逢在丽江，相视一笑，原来你也在这里。

夜色撩人，丽江不曾睡去。古城的红灯笼点燃了，和满天星光交映生辉。酒吧一条街，热闹非凡，斟起了美酒，弹起了吉他，青年男女衣香鬓影眉目传情。尽管肤色不同语言各异，但一个眼神一个微笑就能畅快交流。华尔兹奏起了第一个音符，故事开始了第一个段落。古城的夜晚，是属于爱情的，是浪漫的桃花色。美女媚眼如丝，温柔的眼波像春水盈盈，轻盈的一个转身，绅士的胸膛上拂过她的发香。深情的拥抱，一刻就是一生，心在跳，小鹿乱撞，脸颊红晕，也许是因为酒，也许是因为情。吻，蜻蜓点水间，已俘获了芳心，越来越缠绵，像春雨落上了海棠花，花朵不胜娇羞地低下头去，却悄悄打开了合拢的花苞。

垂柳依依，小桥流水处，皆是有情人。粗豪的汉子唱起了情歌，歌声荡进古城的流水里，水波荡漾，情思荡漾。酒吧的灯火彻夜不熄，随着歌声起舞吧，不要害羞，大声地说出爱，在这醉人的夜色里。今夜，不醉无归。

夜朦胧，心事也朦胧，丽江让人变得年轻，悄悄地，走近情的深处，回忆往昔遥想未来，悄悄拨动心弦。街道上斑驳的光影，是游人的舞步，孔明灯飞在天上，荷花灯开在水里。比灯光更亮的，是星光；比星光更亮的，是爱人的眼神。丽江之夜，风情万种。

神秘多情女儿国

《西游记》中有一个神秘的女儿国，饮子母河的水而延续生命。女儿国女性当家理政，国王尊贵无匹而貌美痴情，连从不动凡心的唐僧也只能躲闪她的目光。这应该是全书最动人的一段，表现在电视剧更如此。当美艳的女儿国国王吐露炽烈的情意时，唐僧额头冒出汗珠，他喃喃道："来世若有缘分……"女王打断他的话："我只想今生，不想来世。"插曲歌词也荡气回肠："说什么王权富贵？怕什么戒律清规？只愿天长地久，与我意中人儿紧相随。"情意定是有的，哪怕只在一瞬间，无奈结局早已注定，倾国之爱争不过郎心似铁，唐僧是决意要西行的，不曾有一夕厮守，但今后定魂萦梦牵。

看书与看剧的人，都把一掬感伤的泪抛撒在女儿国，为多情的女王，为无情的命运。更情不自禁猜测，这世上有没有真的女儿国？像书里剧里那样，美女如云，她们自强自立，世世代代守护着自己的家园。还真是有的，它在丽江，在风光如画的丽江泸沽湖畔。

这是一个神秘的所在，是摩梭人聚居之地。摩梭是一个特殊的民族，未经官方认定，大多被视为纳西族的支系，有自己独特的语言。摩梭人是中国唯一现存的母系氏族社会，一家十几口甚至上百人共住在祖母屋，年龄最长的女性即祖母是家族最高领袖，掌握经济大权。这就是女儿国的生存方式。

但与《西游记》不同的是，摩梭人也有男性，繁衍子孙也不是喝子母河的水。但它依然是以女性为主，所有人始终和自己的母亲住在一起，女孩子自不必说，家中男子，成年后依然不会自立门户，哪怕做上了父亲、祖父，也始终住在自己母家。因为摩梭人不嫁不娶，盛行走婚制，为爱而来夜合晨离，释放天性，浪漫而传奇。

走婚，是以爱情维系的一种特殊形式。摩梭少男少女 13 岁即为成年，要举行盛大的成丁礼。祖母屋有一个火塘，终年燃烧不息，是摩梭人的精神图腾。成丁礼这一日，火塘的火烧得更旺，男孩女孩换上成人的服饰，再长得几岁，就可以寻觅自己的意中人。“月上柳梢头，人约黄昏后。”当夜暮降临，摩梭小伙来到心爱的姑娘的花楼下，低声唱起情歌，姑娘若是心中愿意，自会悄悄打开窗，让情郎攀缘而上。小伙子进了闺房，两情欢好之际不忘在窗边挂上自己的帽子，告诫旁人这里名花有主，而后来者自然知难而退。一夜缠绵再怎样难分难舍，小伙子也得在天亮前返回自己家中，否则就失礼于人前。

夜晚是属于爱情的，天明却各回各家，因为走婚所建立的是情侣关系而不是配偶关系。孩子的抚养父亲不须承担什么责任，只在满月酒、成人礼这些重大仪式出席一下，他们往往对自己姐妹的孩子比自己亲生骨肉还要熟悉。

如果你以为摩梭人没有婚姻制，就如一盘散沙，在感情上朝秦暮楚，那真是错了，摩梭人对爱情十分忠贞，不会轻易更换伴侣。而以母系氏族社会生存的方式，凝聚力非常强。摩梭人不分家，和和美美地住在一起共享天伦之乐，日出而作，日落而息，将姐妹的孩子视作自己的孩子共同抚养。这未免不是一种好的生活方式。

可以说，每个摩梭女孩都是一个骄傲的小公主，白天辛勤劳作打理家事照顾幼子，夜里迎接心爱的情郎来访。她们挑选爱人从来不考虑物质利益，爱是彼此间最诚实、最结实的纽带。她们是独立的，无论生活与爱情。爱，就在一起，窗扉打开的时候，心扉也为之打开。若是真的爱到片刻不能分离，她们也可以选择和自己的“阿夏”举行定居婚。不存在什么七年之痒，当爱意消失时，挥手自兹去，无牵无挂。

摩梭姑娘不依靠男人而活，分手时也绝不会哭哭啼啼，像料理家务一样，她们能打理好自己的感情。摩梭人道德感很强，几乎没有作奸犯科的，他们天性纯朴，笑容阳光，生活在一片净土。

丽江束河古镇，有一个女儿国文化风情园，向好奇的民众展示摩梭文化。走婚不是滥情低俗的表现，而是圣洁的自然之爱。在园中，可以看到摩梭姑娘的花楼，她正在窗前殷殷期盼，灯光映照她美丽的剪影，她眉头微蹙，似嗔似怒，含羞带怯，在一分一秒的等待中，她的情郎悄悄敲响她的窗，摩梭小伙手脚麻利地缘墙而上，窗户打开又合上，灯光从明到暗，人影依偎，情话绵绵。这虽然是表演出来的，却也给园中的游客留下无尽的遐想。

束河古镇的夜市也是十分热闹，行走的游人手中光芒点点，如夏夜的萤火闪烁，石莲山上仿佛还有多年前的篝火，学校的读书郎团团围坐，借着火光苦读诗书。西山的漆树，叶红如霜，金秋送爽。田畴与山野间，有花香鸟语，绿意盎然，好一片田园风光。

纳西文化，是丽江一大特色，纳西族是中国众多民族中的一个，绝大部分人住在丽江。他们依照父系血统组成，重情重义，坚韧勇武。在明太祖时期，纳西族得到封授的“土官知府”，朱元璋欣赏纳西土司主动归顺的忠心，赐姓木，称为木氏土司。古城有一座木府，是丽江的文化大观园，坐西朝东，占地46亩，中轴线近400米长，议事厅宽敞明亮气势恢宏，万卷楼收藏了众多珍贵的书法字画，护法殿、玉皇阁、三清殿等环绕其间，形成一个壮丽的建筑群，整体风格仿紫禁城，一时曾有“北故宫，南木府”之说。木府很重视园林艺术，亭台楼阁九曲回廊，雕梁画栋美轮美奂，体现了纳西族博采众长的特点，又兼有当地文化的气质风采。

纳西人有自己的宗教和文字。这种神秘的东巴文字，有一千七百多个，是目前世界上罕见仍存的原始象形文字。东巴，是纳西人对传统宗教神职人员的敬称，也指代智慧的人。东巴文化历史悠久，包罗万象，有音乐、舞蹈、天文、历史、医学、哲学，等等。东巴经书汇聚纳西族文化精华，用特定乐调吟咏唱诵。东巴绘画和雕塑风格粗犷、浑朴率真。东巴纸更是神奇，它的原材料是纳西族特有的高山野生植物丽江荛花，经过重重工序，纸质厚而柔韧，能双面书写，能做各种装饰品。荛花略含毒素，故而东巴纸抗虫抗蛀，可保存千年之久。在丽江有制纸的手工作坊，人们可以亲眼见证一张东巴纸的诞生。

东巴扎染，是纳西人借鉴了白族扎染与苗族蜡染的工艺制作而成，扎染是中国民间一种独特的染色技术，在染色前要把描在布上的图案，用针线扎起使之不得着色。纳西人在扎染图案中注入丰富的东巴文化元素，有独特的艺术品位。东巴扎染多是蓝底白花，素雅清新，仿佛青花瓷在素胚上勾勒青花模样。也有五彩斑斓的，阳光下展开欣赏，美艳不可方物。逢到节日，纳西女性披上华丽的七星扎染披肩，载歌载舞向意中人诉说情意。

在云南旅游，有很多有趣的称呼。到了石林，女孩被唤作阿诗玛，男孩被唤作阿黑哥；在大理，则被称为金花与阿鹏；丽江呢，更加有趣，相传纳西族以胖为美，以黑为尊，所以当地男女不论年纪大小，都被称为“胖金哥”“胖金妹”。这也许是以讹传讹，众多窈窕白净的纳西美女会觉得莫名的委屈，但纳西族女主外男主内却是常事。纳西女性上得厅堂下得厨房，家里家外一把手，男人喝茶吃酒，乐得逍遥自在。

这也仿佛女儿国一般，女性当家，她们用温柔的双臂护卫一家人的生活。由于云南日照光线强，常年在烈日下劳作，难免被晒得黝黑，没有健康的体魄是撑不下来的，所以纳西妇女大多结实健壮。但也不乏苗条的姑娘，腰肢如杨柳一般纤细，她们能歌善舞，明眸善睐。纳西民族热情淳朴，对于远方的客人欢迎之至。到丽江纳西人的小院做客，尝上几个家常火腿粑粑，啜一口甘醇的琥珀色窨酒，学几个东巴文字，实在是件惬意的事情。

一米阳光爱永恒

丽江玉龙雪山，是很多人心中的圣地，常年白雪皑皑，峰峦叠嶂，似矫健玉龙飞舞云间，又如冰清玉洁的女神，令人意醉神驰。有时白雾迷离，雪山丽影在云蒸霞蔚间若隐若现；有时碧空如洗，玉龙雪山洁白晶莹仿佛童话世界。当漫天红霞拥抱雪山时，她如一个娇羞的新娘子低头不语；瑟瑟秋雨袭来时，雪山又昂首挺胸傲然伫立，像英勇的战士守卫着丽江。在山下春风醉人，似见江南山水之秀；登山巅寒风扑面，又睹北国冰雪风光。执着爱人的手，在雪山峰顶相依相偎，低声唱一首丽江情歌，听导游说起玉龙和金沙江兄妹的故事，心会慢慢变得很温柔。

相传，玉龙和哈巴是一对孔武有力的孪生兄弟，他们相依为命生活在美丽的丽江。有恶魔来侵扰家乡，玉龙兄弟奋起相搏，用生命守卫美好的家园。他们与恶魔激战三天三夜，砍断了十三把宝剑，化作十三座雪峰，流下的汗水变成丽江的河流。他们是纳西族人心中的英雄。人们遥望圣洁的山顶，心中怀着崇敬和感激之情。

雪山的传说很多，有一则最为凄美。玉龙和哈巴兄弟还有三个姊妹：金沙江、怒江、澜沧江。少女怀春，三姊妹相约去寻觅爱人。金沙江年幼，族规不许她出远门，老族长命令玉龙和哈巴轮流看守金沙江，失职就要被砍去头颅。玉龙兄弟尽职尽责，但生性活泼的金沙江被强行幽禁，心急如焚。有一天夜深人静，玉龙睡去了，哈巴打着呵欠撑着眼皮在看守。小妹金沙江一看，计从心来，她轻轻地走近哈巴哥哥身边，一边甜甜地展开笑靥，一边温柔地唱起了民歌，她的歌声如空谷黄莺，如此美妙动人，哈巴戒备的神色渐渐放松，不禁在舒缓的歌声中沉沉入梦。金沙江机灵地跑过他身边，提着裙子一路狂奔。等玉龙醒来，看到此情此景，又怒又悲，既痛恨妹妹的莽撞冒失不管后果，又伤心好兄弟玩忽职守将被族规处置。大滴的泪水从他双眼滑落，变成丽江的白水与黑水。当玉龙忍痛抽出宝剑砍下哈巴头颅的一瞬间，他和哈巴一起化作两座巍峨的雪山。

一米阳光，是玉龙雪山最迷人之处。玉龙雪山终年积雪覆盖，山侧不能照射阳光，但在秋分时节，日月交辉之时，峰顶会乍然出现一米左右的阳光，给皑皑白雪镀上一道道金边，美得惊心动魄。传说，能在雪山之巅沐浴一米阳光的人，能得到世上最永恒的爱情。“爱有万丈阳光，你要几米？”这动人的呼唤怎不令人心驰神往。

很久很久以前，有一个妩媚多情的纳西姑娘开美久命金，她和当地小伙朱补羽勒盘深深相爱。他们是生活在丽江的朱丽叶与罗密欧，由于家族反对不能结合。开美久命金感觉生无可恋，怀着对情人的爱香消玉殒。等到朱补羽勒盘闻讯赶来，一切已经迟了，心爱的姑娘再也不会活转过来。他悲痛欲绝，燃起了熊熊烈火，他不愿开美久命金孤单上路，就抱着她纵身跳进火海。就像梁山伯与祝英台一样，生不能长相厮守，死也要灵魂相依！

“问世间情为何物，直教人生死相许？”他们是丽江第一对殉情的恋人。玉龙雪山积雪不融，本来秋分之日上天会赐予万丈阳光照拂雪山，送给丽江子民美满的爱情。但开美久命金心中幽怨，她死后变作风神，嫉妒世间有情人终成眷属，便总是在峰顶盘旋，诱惑人们去殉情，并卷起狂风乌云遮盖阳光。朱补羽勒盘不愿得罪恋人，但他天性善良，悄悄剪下一米阳光藏于雪峰之间，并用灵力赋予神奇的力量。沐浴在一米阳光中的爱人，生生世世不会分开。

“弱水三千，只取一瓢。”从爱情的阳光中采撷到最难忘的一米，这一刻即是永恒。它比钻石珍贵，值得一生回味。随着经典电视剧《一米阳光》在丽江取景热播，这里更成了相爱的情侣们盟誓朝圣之处。两人历尽艰险攀上玉龙雪山峰顶，共同许下相伴一生的誓言，天地寂静无声，却有青山碧水共同见证。若是幸运的，捕捉到雪山的一米阳光，共同沐浴在真爱的光辉下，会触景生情地想到一句话：“你若不离不弃，我必生死相依。”

爱是什么？是雪山终年不化的积雪，是迷雾中的一米阳光。这里的雪是纯洁无瑕的，纤尘不染的，这是爱情的底色，像新娘洁白的头纱。掬一捧在掌心，山顶很冷，雪在掌中犹未融，晶莹的一片，似有爱的芬芳。这里的阳光是明亮的，暖意不在身上，而在心底。阳光轻轻吻着雪山，天空格外的蓝，草甸格外的翠。

山麓间有湖泊，湖水清澈，雪山倒映在湖中，如同美人对镜梳妆。山坡奇石次第而卧，如绽开朵朵白莲，阳光照射，又如点上万盏银灯。“几番雨露银灯亮，一幕江山玉液倾。”雪山是美的，美在三春烟笼晓曙，美在六月玉带夕阳。

虎跳峡，又深又窄的峡谷，在两座雪山之间。奔腾的飞瀑流至江心，被江中巨石阻挡，日日惊涛拍岸，雪浪翻飞山谷轰鸣。巨石好比踏脚板，从玉龙雪山下来的猛虎，急如闪电，在石上微微一踏，纵身一跃，风驰电掣一般，迅速奔向对面的哈巴雪山。这正是虎跳峡名称的由来。

矫健的猛虎虽已不见，但虎跳峡之险不亚于猛虎下山，金沙江江风烈烈，悬崖陡峭，两座雪山如森森的门户，奔涌的波涛一路而来，非要穿门而入，生生撞上虎跳石，发出震人心魄的怒吼声，溅出了千万朵浪花，犹如翻山倒海一般，看得人心惊胆战。峡谷间似乎回荡着老虎的狂啸声。

初来的游人虽贪看这胜景，但见它险隘，不免生出几分怯意，走起来小心翼翼。丽江的居民却不怕，在江边湿滑的礁石上行走，如履平地，来去自如。笔者去虎跳峡的时候，看到有人在窄窄的过道边摆个小摊兜售工艺品，七彩石穿的项链，东巴纸做的书签，各式各样的。摊主是个小姑娘，八九岁的模样，梳着双辫，也不吆喝，睁着一双水灵灵的眼睛看着你，带着几分稚气。怎么放心让这么小的孩子出来摆摊呢？左右一看，她的母亲就在不远处，也支一个同样的摊子。原来小姑娘是趁假期来帮忙的，生意竟比母亲的还要好。笔者看她可爱，也买了两串手串，绿绿的珠子和洁白的小石子穿在一起，竟有一点玉龙雪山的模样。

若不是自驾游，跟着旅行团来玉龙雪山，就得起个早，凌晨三四点钟就得从宾馆的床上爬起来去赶旅游车，因为还有一截路程要赶，上山又有不少手续。有些人懒怠起早，犹犹豫豫的，导游就会推荐另一条线路，比如去东巴谷逛逛。但玉龙雪山最好还是要去的，它是丽江的一个灵魂，不用担心山上的寒冷与高原反应，有羽绒服可以租，有氧气瓶可以随身携带。

雪山脚下的格桑花海也是很美的，格桑花的花蕊金黄，花瓣是单瓣，简简单单的几瓣，却十分清丽。格桑花有的是纯色，有的由白至粉，颜色渐变，到花瓣最边缘已变至深红，在碧绿的花萼上显得娇小可爱。雪域风寒，它浑然不惧，看似弱不禁风，却暗藏着力量。格桑花在藏语中是幸福美好的意思，一片格桑花海，就是一片吉祥。有人骑着骏马从花海边驰过，哒哒的马蹄声踩出一行行诗歌，马背上的青年英姿勃发，他轻盈地跃下马背，摘下一朵芳菲的格桑花，去送给心爱的姑娘。

访茶马古道，看古柳新春。丽江，它享受的是慢时光，远离大都市的繁华与喧嚣，不疾不徐的，让身心放松，自由自在惬意悠然。古城喧闹，雪山清幽，女儿国如梦如幻。丽江，彩云之南的美丽人家，风情万种的浪漫之城。来吧，一起去追寻丽江魅影，桃花源里走一回，邂逅一场浪漫，约会一个春天。

璀璨香港　凤凰涅槃

香港感怀

（清）黄遵宪

沸地笙歌海，排山酒肉林。
连环屯万室，尺土过千金。
民气多膻行，夷言学鸟音。
黄标千万积，翻讶屋沉沉。

2017年是香港回归祖国的二十周年，它是特别行政区，也是世界一线城市。在中华人民共和国正式恢复对香港行使主权时，不少人对香港的未来既憧憬又担忧。如今，在“一国两制”的基本国策下，港人治港，它日益繁荣。经历了百年沧桑的香港，如浴火重生的凤凰，冲天而起，自由地翱翔于神州华夏。

百年梦醒紫荆开

从1841年开始，香港就成为国人心头的一道伤，英国强行占领香港岛，并于次年的《南京条约》签订后正式割占。这一刀割得太深，伤口汩汩流血。暗无天际的日子里，香港在悲鸣。但噩梦难醒，珠江口东岸笼罩着阴云。1860 年，英国利用《北京条约》割占九龙半岛；1898 年，《展拓香港界址专条》强租新界。

太平山夜夜叹息，香江水奏起了哀歌。香港在哭泣号啕："我好比凤阁阶前守夜的黄豹，母亲呀，我身份虽微，地位险要，如今狞恶的海狮扑在我身上，啖着我的骨肉，咽着我的脂膏。"国人提及香港，无不如鲠在喉。大陆人民也好，香港居民也罢，骨肉离分的痛楚烙在每个人的心头。满天风雨中，怀着希冀努力着，朝朝暮暮地期盼着，中国在崛起。回归，是期盼，甚至，是一种信仰，支撑着漫长岁月无数个起起落落。

邓小平"一国两制"的伟大构想，使得 20 世纪 80 年代的中英谈判如此圆满。一个国家两种制度，除了善于解放思想的邓小平，还有谁会有这样的奇思妙想并把它付诸实践。1982 年的谈判中，邓小平"主权问题没有回转余地"掷地有声，以致一向镇定自若的铁娘子撒切尔夫人，在迈出会议厅时神思恍惚竟跌了一跤。英国不是日薄西山而来，恰恰相反，英国刚在马尔维纳斯群岛战争中击败阿根廷，皇家海军士气高昂。但邓小平说："香港不是马岛，中国不是阿根廷。"这个时候的中国，已做好以战火与热血迎回香港的准备，英方最终妥协，两年后签署联合声明，同意香港的回归。

百年离别割不断血浓于水的亲情，沧海桑田抹不去国人对香港的思念。声声呼唤中，1997 年 7 月 1 日零点整，米字旗降下，取而代之的是鲜艳的五星红旗和紫荆花区旗。它们冉冉升起，鲜艳的中国红如一团烈焰，香港正是烈焰中涅槃重生的凤凰。场内场外的中国人无不眼含热泪，电视机前的观众奔走相告，激动的香港人拥抱在一起。魂牵梦萦一百年，漂泊在外的游子，只有回到故国的怀抱，才最安心。

凄风苦雨一朝散尽，东方之珠熠熠生辉。香港的金紫荆广场，属于地标性建筑，来香港必游之处。金紫荆雕像正是回归日中国政府赠送给香港特别行政区的礼物。紫荆花是香港的市花，它盛开在香港的区旗上，也盛开在每一个中国人心田。紫荆扎根于庭院，花语是亲情，象征骨肉团聚。在古代有田氏兄弟三人分家，庭前紫荆一夜枯萎，满地残花。田氏兄弟感动重聚，和睦共生，紫荆再度枝叶繁茂，鲜花怒放。香港选择紫荆花为市花，正是表达与大陆唇齿相依，同为中国领土不可分割的一部分。在香港的传说中，洋紫荆是被烈士鲜血浇灌而开的。当年自发抗英的仁人志士们前仆后继，舍生取义，在他们的坟前开放的满树繁英正是洋紫荆，热烈的花朵中传递了一种浓得化不开的爱国情怀，也让香港更为美艳。

金紫荆广场的巨型紫荆花是镀金铜雕，不论日夜金光闪耀。紫荆开放的花岗石基座设计成万里长城的城墙形状，意为香港是中国疆土神圣而不可分割的一部分。每天早晨，国旗与区旗一并在这里升起，迎着骄阳，自信飞扬。在特殊的日子，升旗仪式会隆重而壮观，乐队奏曲，国歌唱响，紫荆花永远盛开，香港的舞台拉开了更华丽的帷幕。

香港回归祖国纪念碑静默地矗立一侧，它由 206 个石环组成，每一环为一个年份，整体为深色麻石，而几个有大事发生的年份，则用浅色区分。最有意义的 1997 年，是唯一嵌有光环的一环，寓示着这一年不同寻常的光彩。胡锦涛在讲话中不断强调："这是一座记载中华儿女维护国家统一、领土完整的奋斗历史的丰碑。"香港的回归不仅是中国的盛事，对维护世界和平也有深远意义。纪念碑高大宏伟，与永远盛开的紫荆花雕像相互辉映，夜间灯光点亮，尤为壮观，它不仅是一道风景，更在每一个人心中有着沉甸甸的分量。

筚路蓝缕，春华秋实。从回归日算起，也有整整 20 个春秋了。艰难困苦，玉汝于成。香港在万众瞩目中成长，飘扬的五星红旗下，风华正茂的香港如今更光芒四射。初次来到金紫荆广场的人们，先不忙拍照留念，得静静地站一会儿，才能按捺住胸怀之中一颗激动的心和四肢百骸中沸腾的鲜血。此景此情，不由得人思潮起伏。正是有一个不断强大的祖国做支撑，香港的紫荆花才能骄傲地绽放，它盛开的沃土，是中华的土地。紫荆花开得更艳丽，是因为汲取了这片沃土的营养。香港仿佛一个孩子，离家多年，终返故里。在岁月的打磨中他变得成熟而睿智，他可以处理好自己的事情，港人治港，高度自治，这是家人对他的信任与期许。但孩子毕竟是孩子，任何时候，祖国母亲都用宽广的臂膀拥抱着他，他的每一个兄弟姐妹，都用关切的眼神凝望着他。繁华盛世，家族共享荣光，若有风雨袭来，他们是彼此最有力的臂膀。

中国强则香港昌。祖国的强大给香港人吃了一颗定心丸，他们不再漂泊无依，不再是异国的二等公民。香港人忙碌而愉快，他们为了香港的明天更加努力拼搏，也如同奋斗的孩子，想要看到母亲赞许的眼光，听到母亲嘉奖的话语。20 年中，香港做得很出色。作为“亚洲四小龙”之一的香港，在世界享有极高声誉，风头直追伦敦、纽约，是全球第三大金融中心。

香港为什么以香字冠名呢？其实在很久以前，它只是一个岛上的村落，后来因溪流入海形成一个天然港湾。明朝年间，此处以转运香料兼种植香料得名，香料质量上乘，使得港口气味芬芳。著名的维多利亚港，位于香港岛和九龙半岛之间，是世界三大天然良港之一，名字中仍有英国的痕迹，但这已不是耻辱，而是时光的见证。海运繁忙的维多利亚港见证了香港的兴衰荣辱，推动了香港的蒸蒸日上。每一天，拥挤的人流从港口跨越南北，水波中涌动着财富之光，也闪烁着港人对香港的赤诚之爱。

维多利亚港美不胜收，远洋船和豪华游轮穿梭不停，也可以乘坐天星小轮慢慢感受港口的美景。海风吹来，心情畅快，两岸的高楼大厦形成一幅城市画卷。夜景之美更是使维多利亚港被誉为人生中不得不到之处。灯光胜似星光，繁华不似人间，使人眼花缭乱。灯光在岸上，也是在水里，多彩多姿，旖旎迷离，照亮了整个香港之夜。有时会有几滴水珠溅到人们脸上，送来一阵清凉。夜色中的香港时尚摩登，这是一座世界级的城市，在百年的风云变幻中，它蜕变得更迷人了。远处的渔船上星火点点，万吨巨轮鸣起长笛，游轮在锦缎一般的水波中穿行，夜色使人沉醉，几乎忘了今夕何夕。只希望它一直慢慢行驶，行驶在这幅华美的画图中，饱览香港风光，不愿入睡，也移不开双目。

若是登上太平山顶俯视，整个维多利亚港流光溢彩，奇幻多情，像打翻了调色盘，五光十色肆意地在水面铺开，又如开启女王的珠宝匣，各种奇珍异宝琳琅满目落了一地。太平山是香港最高峰，坐着观光缆车上山，登上凌霄阁的观景台，视野开阔，从黄昏日落下到万家灯火起，美艳辉煌的香港夜色呈现眼前。香港确实是一颗动人心魄的东方之珠。

谁都听过这首《东方之珠》，赏景的人们也情不自禁唱出声来：“月儿弯弯的海港，夜色深深灯火闪亮，东方之珠整夜未眠，守着沧海桑田变幻的诺言。”海风吹拂，海潮涌起，歌声嘹亮，东方之珠确是悬于祖国母亲脖颈上的一颗耀眼明珠。

星光灿烂耀香江

维多利亚港边，有一条特殊的小道，被称为香港的星光大道。对于香港来说，娱乐圈的鼎盛和电影业的辉煌是人们津津乐道的，不仅使香港名声大噪，也刺激并直接带动了香港经济的发展。为了表彰这些杰出香港影星的贡献，建造星光大道，也使热爱香港电影的人有了一个寄托情思的免费景观。

星光大道入口处是一尊香港电影金像奖铜像。香港金像奖是华语电影的重要奖项，所有活跃在电影界的人，都以获此奖项为荣。金像奖的造型为一个手持星球、身穿胶片裙的女神形象，她高高昂起头，目光坚定，充满向往。获奖的艺人往往在接过它的时候，激动地去亲吻女神手中的星球。位于星光大道的金像奖铜像则是放大版，被托举的星球呈银白色，夜间燃亮通体洁白，像一轮圆月，又如一盏明灯，仿佛昭示香港电影光辉的过去和明亮的未来。

沿途有很多拍电影的场景和一些人气明星的塑像，李小龙的铜像尤为引人注目。功夫影帝李小龙，是进入好莱坞的第一位华人影星，让世界认识了中国功夫，他的贡献是无可比拟的。李小龙曾拜叶问为师，精通各种拳法，并于 27 岁自创截拳道，他的电影《猛龙过江》《精武门》等无不票房惊人，掀起好莱坞功夫片的热潮。他疾如狂风、迅如闪电的拳法，他的雷霆万钧的连环踢，无不让人感受到中国功夫的威力，甚至可以说，硬汉李小龙刷新了很多外国人对中国的认知观，中国的形象不仅是温良恭俭让，也可以是这种威猛的、钢铁般的能在瞬息间置人于死地的力量。

李小龙的粉丝遍及全球，虽然他不幸英年早逝，但他的影响力是空前的，人们称他是一颗不灭的星。很多男孩子崇拜李小龙，或者说他们的心里住着李小龙，他们想像李小龙一样，威风凛凛一身正气，拳打脚踢所向披靡。即使没有一身功夫，最起码像李小龙一样拥有强健的肌肉，就像女孩子想成为公主，男孩子渴望化身英雄，有源源不断的力量，有无比强大的内心。李小龙代表了功夫梦、英雄梦。

全球有很多李小龙雕像，香港星光大道这尊为纪念李小龙 65 岁冥寿而立，采用电影《龙争虎斗》中的人物造型。李小龙精赤上身，摆出经典的截拳道手势，面容凝重，全身积蓄力量，让人想到他凌厉的身手、顽强的斗志、眼花缭乱的动作场面。铜像临海而立，既是李小龙生前所爱，也为香港增添了力与美的一道风景线。

星光大道还有一尊引人注目的艺人雕像，是香港女明星梅艳芳，她造型时髦前卫，长裙飘曳宛如重生。梅艳芳形象百变，音色优美，演技精湛，既是歌后又是影后，而且她一向热心公益，积极做慈善，为人仗义耿直，在香港娱乐圈有很高的地位。想到梅艳芳，特别经典的是《胭脂扣》中哀怨的名妓如花，风情万种又清高孤傲，然而还是败给了爱情。爱是真的，但在难堪而庸俗的岁月中，爱也黯淡下来。殉情路上，如花独自成行，她怀着一颗痴心游荡地府 50 年，痴痴等待情人十二少共赴黄泉厮守，而十二少仍在人间苟且偷生，真相让她绝望。她将心爱的胭脂扣掷还给他，轻轻地说一句："我不再等了。"默然转身离去，身影如此凄凉，看得人泪流满面。

注视着梅艳芳铜像，不免想到她光彩夺目又历经坎坷的一生。她芳华绝代却终身未嫁，后因宫颈癌含恨辞世。在美女如云的香港银屏中，她的五官并不算特别惊艳，却有与众不同的魅力。她眉目冷峻，是一种英气勃勃的美，崇山峻岭一般。她的声音也不清甜温柔，而是微带低沉沙哑的，她幽幽地唱："我有花一朵，种在我心中，含苞待放意幽幽，朝朝与暮暮，我切切地等候，有心的人来入梦。"也许她始终未等到这个有心人，也许已在无意中错失。"爱过知情重，醉过知酒浓，花开花谢终是空。"梅艳芳这朵女人花，最终早早凋零了。但香港人不会忘记她，因为她是"香港的女儿"。

20 世纪的香港电影，星光熠熠，涌现出一大批经典影片和国际巨星，从 70 年代的功夫片开始，李小龙、洪金宝、成龙开始崭露头角。80 年代的警匪片、枪战片、黑帮片红极一时，谁不记得《英雄本色》里的小马哥，燃起钞票点香烟，那种潇洒不羁令无数少女痴狂。枪林弹雨中的兄弟情义，乱世佳人与末路英雄的生死爱情，成为香港电影卖座的重要元素。90年代，无厘头电影火爆起来，像周星驰的《大话西游》。90年代也是赌片的黄金时期，从《赌神》《赌圣》到《赌侠》，越拍越多，在竞争激烈的市场上，慢慢地有了没落的趋势。

虽然如此，香港电影在人们心目中有着不可替代的地位，特别是影片中的女主角们，被人们誉为真正的美人，惊艳了时光，温柔了岁月。朱茵饰演的紫霞仙子，怀着对爱情的憧憬，忽然狡黠地一眨眼，十分动人，对面的至尊宝目瞪口呆，转过身不敢直视。林青霞饰演的东方不败，男儿身女儿心，脉脉有情诉不得，她一袭红衣青丝飞舞，转身高举酒壶一饮而尽，饮下了心事，豪爽又有几分落寞。张敏饰演的蒙古郡主，遥骑白马而去，蓦然回首，妙目顾盼，眼波流转间既有柔情蜜意，又有对未来的笃定与坚持。王祖贤扮演的女鬼聂小倩，全然没有传统鬼魅的阴森可怕，而是飘然若仙，水中沐浴穿衣的一瞬，娇羞妩媚。香港电影中的美人太多了，张曼玉、邱淑贞、李若彤、袁咏仪……在没有修图也没有整容的时代，她们的美是原生态的，是天然去雕饰的，已成为一代人心中的美好记忆。

男星当然也不胜枚举，周润发、成龙、刘德华、张学友、黎明、梁家辉、郭富城……在星光大道上设有装嵌电影名人的牌匾，留下了他们的签名和手印，这里是很多游客感兴趣的地方，把自己的手掌印和偶像的手印叠在一起留影，很有纪念意义。

香港电影的魅力是无穷的，即便一部动画片，也能在全球知名。麦兜是香港人创造的一只卡通小猪形象，有很多部系列电影。麦兜呆萌可爱，有很多梦想。它不聪明，所以常失败，但它从没放弃希望，一直乐观地活着。它有着温暖人心的治愈力量，香港人都喜欢这只憨憨的小猪。星光大道特意设立一只金色麦兜雕像，它举起一只脚，努力睁着小小的眼睛，胖胖的身体让人忍不住想抱一下。喜欢看电影的人是幸福的，电影里光怪陆离的场景，悲欢离合的故事，跌宕起伏的命运，丰富了我们的人生感悟，像跟着形形色色的人物活了一遍，也收获很多启迪与智慧。

沿着星光大道，漫步在尖沙咀滨海长廊，一路风光秀丽，维多利亚港的船舶川流不息，两岸的都市霓虹纸醉金迷。悠闲地走着，吃一根哈根达斯，凉沁沁地像往口腔吹了一阵风。尖沙咀很繁华，被称为香港的心脏，摩天大楼尤其多，入夜的灯光音乐会演最美妙，名字也动人，叫“幻彩咏香江”。它是全球最大型的灯光音乐会演，持续十几分钟时间，炫彩的灯光和动听的音乐汇成华丽的舞台，一幢幢高楼仿佛有了生命，跳起舞来，舞姿不断变幻，靓丽的身影投射在海水里，海水亮了起来，闪动着一道道七彩的光。光又映照在维多利亚港上空，点亮了夜色，天空如同贵妇人的头巾绣着艳美的图案，缀满富丽的流苏，让人惊叹香港不愧为国际性的大城市。

若是逢到佳节，比如香港回归纪念日，或者新年倒数活动时，香港的演出更为盛大。海上烟花一朵朵绽开，如仙女散花一般，此起彼伏的，满城次第花开，朝气蓬勃，这边若旭日初升，那边如皎月出海。满城璀璨，砌玉堆金。这花朵是有声音的，和人们喜悦的欢呼声交织在一起。烟花与灯火争艳，音乐为美景增彩，此时无论是不是香港人，在这一片动感之城赏景，都会发自内心地说一声：我爱香港。

购物天堂销金窟

很多人去香港是为了购物，铜锣湾、尖沙咀、旺角都是人头攒动的地方。特别是住在深圳的人，由于交通便利，很多人清晨驱车去香港大肆采购，星夜归来，当然不仅仅是买自己的东西，亲戚的、朋友的，甚至把代购当作一种职业。因为香港是自由港，贸易畅通无阻，商品种类极其丰富，特别是一些紧俏的进口商品，内地难觅踪影的，在香港却可以尽情挑选。不仅货源足，而且质量过硬，东西正宗，店大不欺客。另外，香港大量商品免税销售，加上港币与人民币的汇率差，使得香港的商品价格比内地便宜很多，圣诞节前后的大型促销，折扣力度更是惊人，使得很多人不惜舟车劳顿去香港购物。

当然，如果只是为了点蝇头小利，还不值得花费来回的机票钱，所以去香港购物的多为奢侈品，像名牌手表、高档首饰、限量款包包，最起码也是偏昂贵的护肤品、电子产品。这样折扣下来的差价，与内地相比就非常划算了。这使慕名而来的人无法按捺住自己的购物欲，一路买、买、买，大包小包地扛回来，身体是疲劳而狼狈的，但心情却愉悦又满足。女性尤其多，她们有可能是初入职场的新人，想犒赏一下自己，买一瓶平时舍不得买的雅诗兰黛眼霜，或者一个心仪已久的香奈儿包包，内地的价格让她们望而却步，就在香港满足一下自己吧！有可能她们是温柔的妈妈，为了给孩子吃上自己中意的放心奶粉，不惜在人山人海中排很长时间的队，拎着沉重的购物袋，细绳子把她们的手勒出红印，但她们脸上却是春风满面的。有些细心的家庭主妇则拥在各大药房，为家人屯下一些内地难买但效果奇佳的药品。也许买回后不一定用得上，但她们心里想的是家人的健康，用不上更好，这份温柔的心意是不过期的。

时代广场、崇光百货、海港城、朗豪坊，这些大型商场中，货物在柜台中闪闪发亮，和它一样闪闪发亮的是购物者的眼神。对于富豪来说，奢侈品不过是他们眼中的生活用品，他们自然可以淡定地刷下卡，潇洒地转身离去。而对于大部分收入一般的普通人来说，来香港大肆采购奢侈品的心态就比较复杂了。有人为了炫耀，有人为了攀比，有人为了提升生活品质。不管出于什么心态，他们在这里挥金如土，购物者给香港的经济繁荣做出了贡献，而香港也以优质而齐全的商品赢得了“购物天堂”的美誉。

曾有一个男人在香港出差，顺手给妻子买了一款昂贵的名牌包，妻子拿到礼物后激动莫名，大声地说：“我背着它可以一口气爬上珠穆朗玛峰。”虽然夫妻之间的感情不能用物质来衡量，但昂贵的礼物似乎使感情更耀眼了，因为不像廉价的路边摊随拎随走，总要挑选一下，斟酌一下。更何况是在她不知情的前提下，这慷慨就更珍贵了。特别是对一向简朴的女人来说，偶然间的一次奢侈，使平凡的生活瞬间华丽起来，她触摸到少女时代曾经做的美梦，如在锅碗瓢盆的琐碎间点亮了一束光，这束光能照亮她今后的生活很久很久。

女人总是爱购物的呢！事事顺遂的时候，购物是锦上添花；心情抑郁的时候，购物是减压放松。她们从一个商场冲向另一个商场，穿上高跟鞋奔波一整天，神情兴奋不见疲态。她们耐心地精挑细选，认真地货比三家，付款时她们也会心疼，但看着手中的战利品，满足感溢在眼角眉梢。一件漂亮的时装，一双精致的鞋子，当她从试衣间出来时，焕然一新的不仅是她的形象，还有她的心情。在商场采购比起网络购买，感觉更赞，心仪的商品，看得见，摸得着，即便暂时买不起，目光流连一下也是好的。很多女人一整天穿梭在香港的大街小巷，一家一家铺子逛过去，也许最终一无所获，但她们不觉得浪费时间，光欣赏商品已经过足了眼瘾。

名不虚传的“购物天堂”里，即便是缩在街角的一家小店，也都用尽了心思。它们的店主有可能是艺人，或者是设计师，力图在寸土寸金的香港打造出小店的风格。店员自然是时髦漂亮的，妆容得体，穿着前卫，露出职业式的微笑。本来无意购物的人，也情不自禁地在这微笑里沦陷，乖乖掏出腰包。

香港也是世界知名的美食天堂，全世界的美食都能品尝得到。可以用美国的大汉堡配上英国的炸薯条，分量足热量高，比较抗饿，也能节省时间边走边吃；若用非洲的咖喱鸡搭上荷兰的奶酪，蘸取一点法国的鹅肝酱，就要坐下来慢慢品了；喜欢甜的，来一份瑞士的芝士火锅，就着意大利的新鲜披萨，或者是俄罗斯的小面包，又热又香；生鱼片当然选日本的，火腿、香肠最好是来自德国的，烤肉是阿根廷的，正在铁板上滋滋作响；若还想开胃，来一份泰国冬阴功汤，又酸又辣。酒嘛，看各人爱好，白酒性烈得浅斟慢酌，葡萄酒浪漫有气氛适合情侣或小资人士，啤酒最好一堆人共同畅饮才有感觉。吃到最后，中国人还是习惯来碗白米饭的，就用韩国泡菜下饭，满足地打个饱嗝。虽然人在香港，却已吃遍了全世界。

旺角的花园街、油麻地的庙街，都是小吃汇聚的地方。除去各地风味，香港也有很多有特色的美食，比如甜品，香港人喜欢吃甜品，杨枝甘露就是其中代表。将新鲜的甜芒果榨成汁，也留一部分切成果丁，西米下锅煮好放凉，椰浆和淡奶也入锅煮下，洁白晶莹的，徐徐倒进芒果汁，变成奶黄色，完好的芒果丁漂浮在上层做装饰，和它相伴的还有红心西柚，微酸的口感中和了芒果与椰奶的纯甜，入口芳馨，就好比观音净瓶中的甘露。恋爱中的女孩子们尤为喜爱，酸酸甜甜，如同她们正经历的爱情。

鸡蛋仔是香港特有的小吃，也比较甜，外地人有点不屑，他们觉得这不就是鸡蛋糕吗？或者算是变了形状的华夫饼？香港人却百吃不厌，不惜排起长队去等待它出锅，鸡蛋仔将蛋香和奶香融合在一起，口感酥软香浓，也可以卷起来，在里面加两个冰激凌球，能吃出夏天的味道。

当然也有咸辣的，像碗仔翅，普通人吃不起鱼翅，便用粉丝来替代它，以肖其形，亮晶晶的盛在小碗中，以假乱真。碗仔翅也可以淋上胡椒粉和辣椒油，街头一坐，点一份美味的碗仔翅逍遥自在地吃起来，幸福感不亚于在五星级饭店品尝真正的鱼翅。

喜欢泡酒吧，兰桂坊比较适宜，很多香港电影中都出现过兰桂坊，使它名声大振，这里也常有大牌明星出没。兰桂坊位于中环，一条斜坡往上，两旁遍布酒吧，装修比较西化，外籍人士出没得多，酒吧的女招待也能说一口流利的英语。兰桂坊消费算是偏中高端的，所以来眷顾的多为城市白领，他们在下班后喜欢来这里，卸下一天的疲惫，点一杯酒水，跟着酒吧的音乐尽情摇摆。有些人夜里在兰桂坊与白天在公司里完全判若两人。香港是一个节奏快的城市，很多人生活压力大，白天穿着正装，在上司面前唯唯诺诺，疲于奔命，也许只能在这里，他们才能找到真实的自我。兰桂坊的灯影交错间，歌舞笙箫里，他们会让不堪重负的灵魂暂时休息一下。

若是带着孩子旅行，香港迪士尼乐园和海洋公园当然是不能错过的。穿过迪士尼的美国小镇，一路看到可爱的米奇、米妮、小熊维尼这些动画中的经典形象，笑容可掬地与游人握手。女孩子喜欢去睡美人城堡看公主，或者在香港迪士尼独有的梦想花园散步；男孩子则热衷于在森林河流中历险，飞越太空山闯荡一番。迪士尼是童话之旅，童话其实并不是孩子的专利，即便人到中年甚至白发苍苍，仍然可以保留一颗纯真的童心。迪士尼如同开启了时光机，让长大的人们再回到童年，寻找孩提时代的快乐。香港海洋公园依山临海，是亚洲最大的海洋公园，既能亲近美丽的自然，和大熊猫、小海豚做朋友，又有各种疯狂刺激的游玩项目，深受国内外人们的喜爱。

东方之珠的美是璀璨夺目的，涅槃的凤凰爱惜自己的羽毛，张爱玲笔下的浅水湾，依然有森森绿树映照蓝绿色的海，蓝得能染上窗帘与灯罩，蜜合色的沙滩还是那么细软朗阔，半山的豪宅隐约可见一角，黑色雕花大门后住着神秘身份的主人。香港大学里随处可见席地而坐，捧着一本书看的学生。繁忙的双层巴士在城市中穿梭，有人赶着去参观著名的杜莎夫人蜡像馆，有人虔诚地去黄大仙祠上香，有人则闲闲地吃着鱼蛋喝着奶茶。五光十色的香港，欣欣向荣的香港，它已是中国的骄傲。

妩媚广州　岭南明珠

广州二首

（宋）曾丰

其一

室女环垂额，蕃儿布缠头。

阛门罗姥妇，游艇售娼优。

曲巷公渝滥，通衢乱溺溲。

羊山来辄去，地恶不堪留。

其二

绕处无非湿，终年不识寒。

家饶安乐睡，市卖喜欢团。

倡女青芒屦，渔儿白布冠。

北人落南者，久亦自相安。

这是一座从悠久历史里走出来的青春城市，它的每一天每一秒都是新的。广州，以火箭一样的速度在发展，日新月异，时时刻刻刷新人们对它的认知。它的美，如二八俏佳人，百媚横生。它是岭南的明珠，光华璀璨。

纤纤一束小蛮腰

广州的妩媚，从新地标建筑广州电视塔开始，它对于广州的意义，不亚于上海的东方明珠。它的昵称叫小蛮腰，是现在人们对于它最强烈的视觉印象。小蛮腰设计独特，整体纤细玲珑，在一众规规矩矩、整齐划一的摩天大楼中显得格外别致。而中间一段最为细长，如同女子的纤腰一束，婀娜多姿。

小蛮腰是中国第一高塔。一般的电视塔，都以传统的那种古板又凌厉的外形示人，如同孔武有力的猛士。东方明珠算比较特别了，打造了“大珠小珠落玉盘”的诗意形象，但还是以刚性美为主。广州的小蛮腰却在金属的材料上呈现出柔美的风格。没有多余的装饰，全部线条朝轴心拧过去，协调一致的在中间收紧，直上云端，简洁而不单调，坚固却又轻盈。

设计师是一对荷兰夫妇：马克·海默尔和他的妻子芭芭拉。当他们第一次在家中用软泥扭出这个造型时，就十分兴奋，这绝对是建筑界一个绝妙的创意！但又是很大胆的，这种两端宽中间窄的建筑，能不能竖得起来？能不能承受住各种压力呢？即便在全球竞标中成功胜出开始着手，大家仍然充满了怀疑。比如台风，就是首先要考虑到的因素，设计师用它的不规则造型、开放式格栅来对抗风流，塔顶安装了减震器。每一个楼层的设计，每一个数据的计算，都精准到位，确保万无一失。即便遭遇 7.8 级地震、12 级台风，电视塔依然可以发射信号，游客们的发丝也不会被吹乱，手中的咖啡也不会溅出一星半点。

广州塔曾进行全球征名，各种文采斐然又含意深远的佳名层出不穷，但最终为人们接受的是“广州塔”“小蛮腰”。大名官方正式，向世界推介广州；小名形象贴切，性感妖娆。和很多地标建筑一样，小蛮腰功能多多。有世界最高旋转餐厅，每 100 分钟旋转一圈，优雅进餐，自在赏景。有世界最高摩天轮，但它不是竖立的，而是沿着倾斜的轨道慢慢运转，在小蛮腰坐摩天轮十分浪漫，花城在脚下铺开锦绣，广州的新娘子爱来这里拍照。胆子大体力好的，可以攀爬蜘蛛侠栈道螺旋上升，可以挑战极速云霄从高空急坠而下，玩的就是心跳的感觉。

白天的小蛮腰是银灰色的，像穿着铠甲的美少女战士。晚上，铠甲变成华丽的晚礼服，变幻着不同的色彩，使少女的身影更加姣美。小蛮腰的灯光秀让人惊艳，灯光一层层亮起，忽而通体鲜红如珊瑚，忽而全身翠绿如碧玉，忽而又如万缕金灿灿的阳光从天上泼下，忽而又如一泓蓝莹莹的海水从脚边涌起。有时各层灯光效果不一，赤橙黄绿青蓝紫，就如裁下了天边的彩虹。

有时候，小蛮腰的上方还会打出一些温馨的标语和图案。比如猴年来临时跳出的“金猴迎春”，比如数羊入睡的图画，路人看到会心一笑。广州又叫羊城。传说在西周时期，洪涝大旱接二连三，广州城颗粒无收，饿殍遍野。突然从天下飞临五位仙人，服色鲜艳，各骑一羊，羊嘴中衔着饱满的稻穗。仙人们把羊赐予广州，从此之后，广州风调雨顺，五谷丰登，百姓安居乐业。在广州越秀山，建有五羊雕像，主羊高昂羊头，口中衔穗，其余四只羊亲昵环绕在它身边。“五羊衔谷，萃于楚庭”，把广州羊城的传说和人们睡不着数羊的习惯结合在一起，闪烁在小蛮腰上，是寓意今夜广州伴你入眠。有时小蛮腰的标语会作商业用途，明星王源的粉丝就曾集资为他庆生，当小蛮腰打出王源的名字时，粉丝们齐声尖叫，萌炸少女心。

小蛮腰的吉祥物是西关小姐。这也是从一堆参赛作品中千挑万选出来的，将广州塔的形象和广州西关小姐的历史文化巧妙地融合在一起。明清时代，政府执行闭关锁国政策，严格禁止对外贸易。但闭关锁国也不是将国门彻底堵住，还留下一个窗口，这窗口就是广州。大名鼎鼎的广州十三行就在西关，所以西关是广州最富庶的地方，西关小姐即是当时的富家千金们。她们知书达理时髦现代，很多都留过学，最少也上过私塾。她们思想新潮言语端庄，举手投足落落大方。西关小姐就是优雅的广州小姐。吉祥物中的西关小姐头戴广州市花木棉花，乌发如瀑身段窈窕，类似于广州塔一般的曳地长裙，裹着她的长腿细腰，令人眼前一亮。长裙的颜色多变，恰如广州塔的璀璨灯光，展示着优雅的广州形象。

广州不仅有西关小姐，还有东山少爷。东山范围不大，却是当权人物集中地，有很多西方教堂、医院和一幢幢花园洋房。特别是在民主革命时期，国共两党的高级将领喜爱在这里筑宅定居，东山也就成了名流望族所在地。高干子弟在此出没，他们有着良好的教养风度，有显赫的出身与非凡的前途，故有东山少爷一说。

西关小姐和东山少爷之间，肯定发生过一些缠绵悱恻的故事。故事的发生点，常常在骑楼街。骑楼是一种廊式建筑，沿街而建，底层一般为装修考究的店铺，上层住人。特别的是，在寸土寸金的街面上，店铺的门脸却往后退几米，撑起立柱，半悬在街上，像踩上了高跷，却留下一条宽宽的长走廊，成为行人的共享空间。走在骑楼下，可以避雨，可以纳凉。骑楼的店铺也显得开阔大气，像拥有一方开放式的庭院。

广州的骑楼风格各式各样，有巴洛克式，有哥特式，更多的是南洋风味。西关骑楼建得比较早，整体风格富丽典雅，罗马宫廷风的立柱，用繁复线条做成门廊和墙面的浮雕。西关大屋是有钱人的深宅大院，西关小姐们的家。当时西关的商贸十分活跃，广州商人经常和外国人打交道，就将外国人的建筑特色和中国文化结合在一起。外国人爱用花玻璃，中国人把它引进来做成“满洲窗”，用蚀刻方法做出各种花鸟人物图案，喷沙脱色，嵌在传统的木框架里，彩色的窗子亮晶晶的，像一块块镂上花纹的宝石，漂亮极了。东山的骑楼建得迟些，风格偏向现代，简明朴实的方柱，墙上挑出拱形雨篷，美观实用。骑楼随路而设，步步生景浑然天成。骑楼是广州的特色建筑，现在也被保护了起来，成为人们寻找老广州风韵的地方。

建筑是人们对一个城市的鲜明印象，小蛮腰妩媚风流，骑楼古老又洋气，广州还有很多另类的建筑。有一栋大厦叫广州圆大厦，它的形状像一枚巨大的玉佩，不过玉佩一般是白色、绿色，它却是富贵逼人的土豪金。所以人们觉得它更像一枚大铜钱，招财进宝，和广州这个能与北京、上海一较高低的城市很搭调；但也有不少声音批评它过于俗气了，江边赤裸裸地放一枚金铜钱，未免有点暴发户的心态。

广州圆大厦是塑料交易所总部大楼，外表浑圆，设计师借鉴了交易所的开市铜锣形象，和广州南越王墓古玉璧外形。大楼内部其实是规矩的正方形的，但也采用了很多圆的概念。从外面看，整面玻璃幕墙金光闪闪，如同佩在广州腰间的黄金环，帝王般尊贵霸气，极具辨识。它靠近桥梁和高速公路，是广州的西南门。更精彩的是，金环的倒影投入江中，双环相连，形成一个数字“8”，在中国，8谐音发，是非常吉利的数字。这象征着塑料交易所的财源广进，也寓意广州是个聚宝盆。

新落成的广州之窗也如同大型城市雕塑，它由三栋建筑组成，自东向西形成“001”组合，像推开了两扇大窗户来眺望整个世界。广州是广东省会，海上丝绸之路的起点，国际性的大都会，拥有超强的经济实力与科研能力。风靡全国的微信、UC浏览器、网易都是在广州诞生。广州就像这广州之窗一样，从不故步自封，始终敞开怀抱接受各方资讯，与世界接轨。

行罢花街饮早茶

广州被称花城，一年12个月皆有鲜花簇拥。广州人的生活是少不了花香鸟语的。从开年起，各城区的迎春花市就已繁花似锦香飘满城，这是广州的狂欢。从明朝开始，广州就有了卖花渡头，从三三两两地捧着鲜花沿街叫卖的小姑娘，到街道两旁摆着大水桶摆卖的花贩，人流越来越多，摩肩接踵，于是搭起棚架，租上档口，正式地做出规模，形成花市了。广州人把逛花市叫行花街。“年卅晚，行花街，迎春花放满街排，朵朵红花鲜，朵朵黄花大，千朵万朵睇唔晒……”花市一出，新年的味道来了，满街挤挤挨挨办年货的人。与别的城市不同的是，广州市民有买年花的习惯，爱上了行花街。公交车上地铁上常见到抱着花盆花束的行人，一路挤回家，即使折损了一多半，那也要买。一束鲜花，所费不多，带回去一屋馨香，更获得一份长久的好心情。

迎春花市的鲜花和盆栽品种繁多，有广州土生土长的花卉，也有漂洋过海从国外空运来的洋花，看你喜爱什么了。广州人做事爱讲个好彩头，其实全国人民都这样，所以年花一般挑名字好的、开得长久的。金橘是最受喜爱的，家家户户都要摆上两三盆。“金”是财富，“橘”与“吉”音似，金橘贺岁，大吉大利。金橘的外形也十分讨喜，绿油油的叶子间，一枚枚果子金灿灿黄澄澄的，像元宝一样，放在门厅里，取开门见吉之意。有些人家还在金橘树上挂红包，吉上加吉，寓意挡不住的财运。

桃花也是年花主角，特别是开得正艳的红桃花。“红桃”和“鸿图”谐音，寓意大展鸿图，升学的期望前程无量，工作的渴盼升职加薪，多好的吉兆！桃花还是爱情的使者，桃花运嘛！毛头小伙和待嫁姑娘都钟情这个，将桃花摆放在自己的房间里，只怕连做的梦也是粉红色的。

如果想看漫山遍野的桃花，最好去白云山桃花涧，这里如陶渊明笔下的桃花林一般，“夹岸数百步，中无杂树，芳草鲜美，落英缤纷”。事实上，它就是按《桃花源记》为主题构思的。桃花涧在一道山谷里，丛丛桃花开得烂漫，使人真想隐居于此，吃桃花糕，喝桃花酒，不管外面的风云变幻，忘掉世间一切烦忧。广州的花多，南沙区的百万葵园里成片成片的向日葵迎着太阳，每天 20 万朵热烈盛放。白色基座上巨大的红风车，吹拂着一地波斯菊，好似来到一个荷兰小镇。走进薰衣草花海中，忧郁而浪漫的紫色，深深浅浅的，又如同身至普罗旺斯。玫瑰园中的玫瑰树居然有好几米高，使人如走进玫瑰丛林中。

其实不必特意去公园里，花城广州，哪里都是花海，在“美丽广州”摄影赛中，一帧《新滘立交上的杜鹃花》让人们惊艳，高低错落的立交桥位于一片绿野之中，满满的绿植充满屏幕，而立交桥被嵌在两条粉紫色的丝带中，立交桥两侧都是杜鹃花，使冰冷的立交桥鲜活起来，车子和行人如穿梭在仙境之中。天桥上、小区的绿化道上，花满羊城。在众多鲜花里，广州选择了红棉作为市花，木棉有烽火树、英雄花之称，花开深红似火，激情澎湃。“粤江二月三月来，千树万树朱花开。有如尧时十日出沧海，更似魏宫万炬怀高台。”这与广州蓬勃向上的形象很是贴近。

广州人爱吃茶，见面打招呼也是：“饮咗茶未？”因为是海上丝绸之路的起点，广州商贾云集，远道而来的商人总得需要一个歇脚的地方，精明的广州人在路边搭上凉棚，摆上几条木桌木椅，过往的商贾行人可以小坐一下，交流货物行情，聊聊当地热闻。渐渐地，小茶馆变作大茶楼，或中或西，装修的档次呈现三六九等。广东吃茶分早茶、午茶、晚茶，从早茶开始，五点钟就有茶楼营业了。广州人吃早茶吃得惯了，携家带口地出来，去什么茶楼喝什么茶，看自己的经济承受能力，几百一杯的固然喝得豪气，几块一盅的也不丢面子，丰俭由人。

饮茶不是单纯喝茶，更重要的是精致又美味的茶点。顾客施施然踱进来，叫盅热茶，翻开了点心单子，一盅搭两件，吃一个月不重样。很多茶楼有自己的招牌点心，用装小笼包那种小蒸屉，一屉一屉码得高高的，迎面看去，各屉里的点心都不一样，小巧玲珑的装了三两个。另外有现下的汤面馄饨，生滚的各种肉粥鱼粥，排骨牛腩糯米鸡什么的，一张点心单子看都看不完，选择自己喜爱的两样，吃早茶也就填饱了肚子。

虾饺烧麦叉烧包，几乎家家茶楼有供应。广州的虾饺用的是鲜虾仁，饺皮极薄，薄到透明，红润的虾仁从里面透出来，像少女吹弹即破的细白肌肤下隐隐可见的血管。饺皮上有匀净的褶子，非得手工捏制才入味。虾仁的鲜味里透着猪油香，润嘴又弹牙。肠粉的来头不小，据说是乾隆皇帝亲自定的名，流传下来的。肠粉与肠无关，最多能算个形似，是用黏米粉加上粟粉、生粉现磨成米浆，再加米浆浇到铺上白布的网筛上，隔水用热气熏蒸，流动的米浆凝固成米皮，用刀切成长条形的，卷上馅料，有点肠的形状。吃肠粉，有的重视嫩滑的肠皮和浇淋上去的鲜酱汁，但更多的是重视馅料的口感，也是可咸可甜，一般咸荤甜素。雪白晶莹的肠衣裹着神秘馅料，一段段玉体横陈地摆放在同样雪白的盘子里，衬着青翠的几片蔬菜叶，你不知道里面等待你的是什么样的惊喜。广州把吃早茶叫“叹”茶，叹是享受的意思，也似好吃的品种太多，让人美得长叹。

煲汤是广州人眷恋不舍的，早饮茶晚喝汤，养生之道。茶能清理肠胃，排除体内的脏东西，也能涤去燥气。喝汤则是滋补调理，吸收营养。中国诸多城市中，广州最喜喝汤。开宴前要喝，吃到尾声也要喝，无汤不成席。不管是星级大厨还是家庭主妇，没一道拿得出手的私房靓汤，简直颜面无存。喝汤按季节区分，夏天要清火，可以放鲜荷叶；冬天要调养，则需要花旗参。按火候和手法分，又有滚汤、煲汤、炖汤。粤菜中的老火汤，就是慢火细煲。守着一个厚重的砂锅，先用大火烧再用小火焖，煲一碗汤要几个小时，简直在和厨房谈一场恋爱。

文艺的说法是汤里氤氲着诗情。不必说虫草炖鲍鱼、西洋参煲鹌鹑脯、海底椰煲响螺肉这些听起来就高档的汤水，只听名字就已千回百转韵味十足，食材之间的搭配自是精挑细选的。家常的一道冬瓜排骨海带汤，或者枸杞子乌鸡汤，广州女人也全心全意守在旁边，盯着砂锅瓦罐，决不肯胡乱煮一会儿就完事。对煲汤的女人来说，厨房是她的战场，也是她的舞台，她正调度千军万马，又或在等着好戏开场。轻轻地，煲烂的肉从骨上分离出来，一点一点将精华溶解在汤里。砂锅慢慢弥漫出雾气，雾气中香味越来越浓，海带和冬瓜估计是入口即化的状态，乌骨鸡也绝对不会塞牙，鲜黄的姜片、红润的蜜枣在汤水中浮动。煲汤的广州女人，不管有没有姿色，眉眼一定是温柔的。能这么用心对待一锅汤，就肯定会更用心对待这个家。

放学的孩子踢球回来了，大汗淋漓口干舌燥，妈妈递上一碗莲藕绿豆汤，凉而不冰，是估摸着孩子要回来的时间事先从冰箱里取出来的，解暑却又绝不伤胃，放了点蜂蜜，恰到好处的甜。下班的丈夫恐怕累了，陷在沙发里一身疲态，却又不时咳嗽两声，妻子不声不响地递过去一盎奶白菜炖猪肺，花一下午时间熬的，化痰止咳，汤里沉淀的是煲汤人的爱。

若不是归人只是过客，想品尝广州老火靓汤，那只有去饭店了，广州有很多主打煲汤的饭店。都说“吃在广州”，广州人是不肯亏待自己的舌头和胃的，而且很喜欢尝试新菜式，有句话说广州人“除了天上的飞机、地上的坦克、四条腿的桌子不吃以外，什么都吃”。广州菜是粤菜主打风味，不像川菜那么辣，强调食材的原味鲜味，比较清淡。满汉全席的重头戏烤乳猪，就属广州菜品。乳猪皮刷了糖浆，色泽焦红油亮，酥嫩清甜，肉质肥而不腻汁浓味美。白切鸡、蜜汁叉烧、上汤焗龙虾、清蒸石斑鱼……光听菜名就叫人垂涎三尺。有香花、有凉茶、有靓汤、有名菜，这就是广州。

不辞长作岭南人

中华文化博大精深，其中就有开放兼容的岭南文化，涵盖语言、思想、饮食、建筑、音乐、绘画、民俗、工艺等各个方面，探索求新、实利重商、百花齐放。广州是岭南文化中心，体现了岭南文化的丰富内涵和独特魅力。

广州象岗山的西汉南越王墓，是人们了解岭南文化的一扇古老的大门，20世纪80年代，人们推开了这扇沉封许久的门，找到了陵墓主人赵眜的玉印。赵眜是南越国二代王。南越国是与西汉并存的政权，赵眜的祖父赵佗在秦末混乱之际起兵建国，存在了93年，后被汉武帝征服。南越国巅峰之时，统辖广东、广西、香港、澳门、海南岛，自在为王，与汉朝分庭抗礼。南越王墓的发现，是考古界一大盛事，对研究秦汉文明和岭南风俗意义非凡。

墓葬中出土了大量珍宝，玉璧、玉佩又大又通透莹润，雕着龙纹、凤纹，镇墓之宝“文帝行玺”金印，纯金铸造，上有龙钮。这些无不彰显了主人尊贵的皇帝身份。传世的皇王金印极少，西汉时期的四枚金印有三枚在南越王墓中。规模宏大的青铜编钟，乐声依旧精准动听。从墓葬的陪葬品看，南越国十分富有，而且有些率性为之。皇室贵族所用的陪葬玉衣，一般都用金丝或银丝衔穿玉片，称为金缕玉衣、银缕玉衣。南越王墓出土的玉衣却用朱红丝线穿成，这显然不是中原习惯，而是岭南遗风。另外从随葬品可以发现岭南与国外交流频繁，赵眜所用来装药的银盒，遍刻莲瓣，赫然是波斯风格；而五支大象牙如此粗壮，应是从非洲经丝绸之路辗转而来。

人们在墓址上修起了博物馆，用红砂岩筑起外墙，上有粗犷的大型浮雕，秦汉风云扑面而来，两道墙之间一道窄长的蓝色玻璃，像从天边投来的一束光。在灯红酒绿的广州城，这里有一种另类的严肃，却也不突兀，从狭长的通道回廊走过，像来到神秘的时光隧道，一级级台阶拾级而下，在逐渐幽暗的光线中来到地宫。广州南越王国的传说一直扑朔迷离。开国之君赵佗在位六十余载，富贵无极，为防自己死后皇陵遭人觊觎，生前就苦心布置，遍设十多处疑冢。后来赵眜在为其下葬时更绞尽脑汁，派四支队伍抬着一模一样的棺椁送至不同方向安葬，使得两千年来，无论是考古学家还是盗墓高手，都无从知晓南越国第一代君主魂栖何方。但赵眛墓穴出土的奢华景象，却更吊起人们对赵陀墓葬的好奇心，也许在不久的将来，它也会出现在人们的视野中。

南越王墓穴中游荡的是岭南文化的辉煌与沧桑，黄花岗烈士陵园和黄埔军校，表达的则是岭南的精神与风骨。“七十二健儿酣战春云湛碧血，四百兆国子愁看秋雨湿黄花。”广州是近代中国民主革命的策源地。黄花岗起义，是在敌众我寡的情况下，明知不可为而为之，革命者用自己淋漓的鲜血去洗亮羊城道路。有人批评黄兴起事盲目，逞匹夫之勇而遭毁灭性牺牲，黄兴本人也说此役使他“肝胆俱裂，五内俱焚，悲痛不能自已”。但在浑浑噩噩的中国，此事也是情非得已，正如维新变法中谭嗣同放弃生还计划从容赴死一样，血溅城头才会使更多人警醒奋起。黄花岗铸就了一种精神，这就是墓园入口正门处孙中山手书的四个大字“浩气长存”。碧血浇灌黄花，碑亭长伴忠魂。

1921 年孙中山在广州就任大总统，做出重要决定，吸收新的血液，与共产党合作。1924 年国民党一大召开，统一战线建立，同年创办黄埔军校，成为中国革命的人才宝库，“怒潮澎湃，党旗飞舞，这是革命的黄埔”。当时，蒋介石任校长，周恩来任政治部主任，廖仲恺任党代表。黄埔军校名将辈出，陈赓、聂荣臻、刘志丹、戴安澜都是从黄埔军校出来的杰出将领。走进黄埔军校可以看到很多标语，振聋发聩，比如孙中山的遗训：“革命尚未成功，同志仍须努力。”黄埔怒潮澎湃，多少热血男儿在这里百炼成钢，他们怀揣振兴中华的理想，在这里勤学苦练，继而走出校门投身革命，一路披荆斩棘，立下丰功伟绩。

广州民间工艺异彩纷呈，有“三雕一彩一绣”之说。南越王墓出土的五支大象牙，雕了花样，这便是广州传统技艺象牙雕。象牙坚固洁白，有很强的装饰性，大象又是国家保护动物，因而材料不易多得，比玉石还要珍贵。广州人特别擅长在象牙上细镂精雕，以工艺细致见长。一颗象牙球能雕几十层，每层都能转动。姑娘们则喜欢牙雕做成的首饰，与众不同。广州玉雕也喜欢雕层层相扣的玉球，玲珑剔透，翡翠最为常见。而广州木雕正好为玉雕做底座，就好像给盛装的仙蒂瑞拉穿上了合脚的水晶鞋，更加光彩照人。明清时精美的如油画一般的珐琅彩，就是从广州一带传入京城。广州釉上彩瓷吸收了西洋风格，在白胎上织金绘锦，与景德镇素雅的青花不同，广彩以浓艳著称，仿佛在玉瓶上飞针走线，描绘一片大好春光。广绣是四大名绣之一，明代已声名鹊起，善绣的艺人不仅用丝线作绣，还能用孔雀羽和骏马尾毛拧成线缕，针法精湛，绣成后不见针眼，如画上去一般，远观更是光影流动，富丽饱满。

苏东坡有句诗："日啖荔枝三百颗，不辞长作岭南人。"何出此言呢？因为在古代，岭南地处偏僻，人们印象中是一片穷山恶水，也多是官员遭贬、罪人流放之处。所以写到岭南文化的多有伤春悲秋之词，豁达的苏轼独具慧眼，看到岭南好风物。广州增城的挂绿荔枝，荔壳红中透绿，荔肉清甜汁水丰盈，曾在拍卖会上拍出一颗荔枝几十万元的天价。荔枝不仅可做水果吃，还能做各种菜式，剥下的荔枝壳放于灶火中，不一会儿就一室果香，用这种灶火蒸饭，米饭中也会有荔枝的甜味。当然最好配上增城的丝苗米，它也是广州特产，米粒细长洁白，放于手心中有丝光玉影，被称为"米中翠玉"。这种米做的饭格外香，不需佐菜，就能直接划拉两碗下肚。花都区的炭步槟榔香芋粉糯香软，新垦莲藕则嫩白脆甜。信手拈来的一两个例子，都能让人不辞长做广州人了。

既是广州人，必有广州话。广州话是粤语中最具影响力的方言，在人们印象中就代表粤语。粤与越同音，粤语起源于南越国。很多影视剧中也出现粤语，人们饶有兴趣地学，一开始不看字幕是听不懂的，简直像外语一样。因为粤语的发音和普通话差别大，而且句法多变，喜欢用倒装，比如"我先走了"，粤语要说"我走先"；比如"烧公鸡"，广州人说"烧鸡公"。广州人说话喜欢拉尾音，加一堆语气词，特别是"啦"，像"你好啦""唔好意思的啦"。粤语既有民间俚语又吸收外来语言，鲜活生动，很多已慢慢渗透到普通话里了。比如喜欢讲东家长李家短的叫"八卦"，谈恋爱叫"拍拖"。拍拖本指广州的客船被小火轮拖着航行，而恋爱中的人情热如火，总是如影随形相依相偎，可不正是在拍拖吗？十分形象。

在广州听粤语不大懂，却觉得语调铿锵别有风味，因为粤语比普通话多很多声调变调，平常一句话也能高低起伏，唱起歌来更好听，年轻一代的人，谁不会唱几首粤语歌呢？港台明星唱的那些经典粤语情歌，已成为很多人心中永恒的记忆。青春年华时，手拿着歌词本跟着荧屏里的歌手一起唱，卷着舌头蹩脚地模仿，陈百强的《偏偏喜欢你》、李克勤的《红日》、陈慧娴的《千千阙歌》、张学友的《相思风雨中》……太多太多，特别是80后的人，几乎人人会唱，至今在KTV点歌时还高居榜首。用粤语唱，似乎歌里的韵味更足，情感也更浓，唱着唱着就把人带入歌词的意境中，往往情不自禁地落下泪水。

广州富庶，但广州人却低调不爱攀比，喜欢舒适的着装，不一定要奢侈的品牌；喜欢美味的小吃，不一定要去高档的酒店。见人总客气地称呼“靓女”“靓仔”，不要怀疑，说的是城市本身。广州很靓，它鲜花满城，美食遍地，有历史积淀有自然风光，在南粤大地独领风骚。

阳光三亚　椰风海韵

流崖州至鬼门关作

（唐）杨炎

一去一万里，千知千不还。

崖州何处在，生渡鬼门关。

古崖州，是历史上的流放之地，也是三亚这座如今蜚声海外的国际度假旅游目的地城市的发源之地。现如今，这绝对是一个特别适合度假的城市。在崖州湾上，既分布着天涯海角、南山寺、大小洞天三大知名景点，也很好地保留着原生态的海滩、丛林，传承着地道的海南南部风土人情。如果你喜爱碧蓝的海水与金黄的沙滩，喜爱椰树叶里漏下的阳光与清凉，不必长途跋涉去马尔代夫、普吉岛，也不必去夏威夷、爱琴海。它就在我们身边，天空澄碧清朗，满地水果鲜花。三亚，一生中必去的地方。

请到天涯海角来

听过这首歌吗？“请到天涯海角来，这里四季春常在，海南岛上春风暖，好花叫你喜心怀。三月来了花正红，五月来了花正开，八月来了花正香，十月来了花不败。”这是海南岛热情的呼唤。或者是这首金嗓子周璇甜美的声音："天涯呀，海角，觅呀觅知音。小妹妹唱歌郎奏琴，郎呀咱们俩是一条心。"还有古典的、依依惜别的："天之涯，海之角，知交半零落。一壶浊酒尽余欢，今宵别梦寒。"

天涯海角，给人一种极遥远极寥廓的感觉。仅从字面来看，就很唯美很文艺，适合怀古思人，适合赌咒盟誓。情侣们尤其钟爱。经典的情话独白："今生只爱你一人，愿随你去天涯海角。不离不弃，生死相依。"听的人自然心中感动，而说的人在自觉浪漫缠绵之余还有一种隐隐的悲壮感。在人们的想象中，天涯海角，似乎藏在宇宙尽头，与世隔绝。四处云海茫茫，惊涛拍岸，一片空旷与高远。天地之间，几乎没有人烟，相爱的两人来到天涯海角，就只有彼此相依为命，自然情比金坚，至死不渝。

那么，真的有天涯海角吗？有，就在美丽的海南三亚。天涯海角风景区，面对茫茫大海，岸边有高大的椰子树，海里有洁白的帆船。若说看海景，这里并不是三亚最美的地方。它最大的看点，就是海滨上的礁石。沉默的、雄伟的、高耸的礁石。它们不是普通的石头，它们有名字，有来历，甚至有生命，令人产生美妙的遐想。在天涯海角，感受的是一种意境美，是心灵的一次旅行。

天涯石和海角石是最引人注目的，古朴的礁石上镌刻着朱红的大字，相视相对，寓意深刻。当地人传说，在这里曾有一对热恋的小情侣，认定彼此是今生唯一的伴侣。然而，天不遂人愿，男孩的父母与女孩的父母是多年的宿敌，两家的恩恩怨怨牵扯几代了，势必要棒打鸳鸯。为了断了女孩的念想，父母把她关押起来，甚至给她定了一门亲事。男孩很无奈，夜夜在她窗下徘徊，终于在一个月黑风高的夜晚，女孩偷偷从家中跑出来，拉着男孩一起来到相约的海边。然而海上没有渡船，天大地大，他们竟然无处可去。海风呼啸，海浪奔涌。知心的话还没说上几句，身后已隐约听见寻找他们的呼喊声。仓促之间，女孩温柔地拉着男孩的手，指着大海说："你愿意和我一起跳下去吗？"男孩坚定地说："你跳我就跳。"他们眷恋地最后看了一眼美丽的家乡，双双跃进了茫茫大海深处。奇怪的是，他们的家人请了当地水性最好的渔民来打捞，也捞不到他们的尸体。而岸上，却莫名其妙地出现两块巨大的礁石。人们说，这是他们的爱情感动了天，化身为石，生生世世，永远再不会分开。

天涯海角充满了爱情的气息。除了这两块“天涯”“海角”石外，还有永结同心石、爱情石。爱情广场上有一颗天涯海角星，它本是国家天文台命名的一颗小行星，是三亚人的骄傲。而刻在大石碑上的“情定天涯海角，相爱白头到老”的浪漫誓言，像一支羽毛温柔地拂着人们的心。这里有很多慕名而来的情侣，十指紧扣相依相偎，眼角眉梢俱是柔情。但更让人动容的，却是两鬓斑白的老人，搀着自己的另一半，有些蹒跚的步伐，饱经风霜的脸，最美就是夕阳红，温馨又从容。这是岁月洗刷后的云淡风轻，是相濡以沫的深情，他们是天涯海角最好的代言人。看着这些牵手走过的老人，你会更相信爱情。哪怕海枯石烂，也会忠贞不渝，相伴一生共赴白头。

除了爱情石，天涯海角还有财富石，就是巨大的“南天一柱”石，无论风吹浪打，高耸入云岿然不动，像一根独撑苍穹的柱子。南天一柱也是第四套的二元人民币背面的图案。传说落魄的富商经过南天一柱后重振家业，所以这里很受人追捧，都要来摸一摸它，沾点财气。天涯海角还有些奇怪的禁忌，因为古时候有很多流放的犯人在此行刑，而天涯海角本身，有点到了人生尽头的意思。很多迷信的人视为穷途末路，不祥之兆。以讹传讹，出现很多讲究。比如夫妻来看天涯石一定要抓紧对方的手，看完即转身，不要去寻觅海角石。比如爱情广场的入口处不能胡乱拍照。比如走在仕途的人不宜来此。凡其种种，不一而足，但也是仁者见仁，智者见智。相信的人觉得有几分道理，不信的人则认为是无稽之谈。

“请到天涯海角来，这里瓜果遍地栽，百种瓜果百样甜，随你甜到千里外，柑橘红了叫人乐，芒果黄了叫人爱，芭蕉熟了任你摘，菠萝大了任你采。”歌里唱得不假，海南岛的瓜果远近闻名，也是人们来三亚的第一印象。

椰子是标志性的，在三亚你可以不用喝水，清甜的椰汁解渴生津。三亚多的是椰子树。树木高大，可有几层楼高，四季常绿。椰树叶像一片片巨大的羽毛，高傲地从树顶垂下来，典型的东南亚风光。椰树会开花，米白中泛点浅黄，春去夏来，椰树挂果了。一开始小小的，青绿色十分可爱。随着时间推移，椰果越长越大，累累地垂在枝头，颜色也越来越深。三亚的新鲜椰子，又大又圆，现摘现吃，绝对天然的绿色食品。在天涯海角十元就买到一个，椰壳很硬，不会弄的人简直束手无策，卖椰子的小哥用工具熟练地凿开一个小孔，插入一支吸管，捧起来就喝，甘甜的汁液一入口，遍体生凉。在似火的骄阳下尽情地喝上一肚子椰汁，别提有多美了。椰汁喝完，小哥用刀麻利地劈开椰壳，露出洁白的椰肉，尝上一口，甜甜的，有奶香。如果带回家加工就更妙了，可以用搅拌机把椰肉搅碎，做椰奶冻、椰蓉面包、椰子糕等各种甜品，还可以用来煲鸡汤、煮椰子饭，滋味诱人。吃剩的椰壳也是有用的，能做出各种漂亮的工艺品。椰树叶、椰树根甚至椰子上的粗纤维都有充分的实用价值。

三亚瓜果飘香，有人把水果当饭吃。波罗蜜，柔软肥厚，阵阵浓香，味道像蜜一样甜。大青芒，皮薄肉嫩个头大，扒开它青绿色的外衣，金黄的果肉汁液饱满，饭量不大的人，吃上一个就饱了。红心火龙果，切开来红艳欲滴，点缀着黑芝麻一样的籽儿。榴莲，水果之王，闻着臭吃着香，有人捂着鼻子快步疾走，有人吃得根本停不下来。红毛丹，外表毛茸茸的长着软刺，像是荔枝嫁了小刺猬，味道和荔枝像，但比荔枝更甜。番木瓜，一剖两半，剔去籽儿放上冰糖银耳，养颜美容还丰胸，特别适合女性吃。鸡蛋果，名字有趣，酸甜适口，是做饮料的佳品，它还有妩媚的学名西番莲，又叫百香果，因为它能散发出十几种水果的香味。莲雾，富含多种维生素，润肺止咳，宁神安心。猴面包，三亚也有，将未熟的果实往火上一烤，有面包的味道，熟了则甜中微酸，汁水丰盈。还有芭蕉、荔枝、菠萝、龙眼，说也不说完。爱吃水果的人有口福了，三亚就是一个水果王国，吃得你满口生津，幸福满满。

当然是不能仅靠水果满足的，三亚人靠海吃海。捞一尾鱼煲汤就鲜得不得了，活蹦乱跳的皮皮虾，可以椒盐可以白灼。肥嫩嫩的石斑鱼，只需清蒸；生蚝扇贝，花蛤蛏子可以香辣。大螃蟹左右摇摆，正好抓来下酒。小田螺一口一个，也可以煮进粥里，味道妙不可言。内地吃海鲜总是在奢华的大酒店，价格高昂。而海鲜重点一个鲜字，三亚海边的老渔民，做出来的海鲜不比米其林餐厅的大厨差。小饭馆没有原材料，他们只管加工，食客自己去海鲜市场现买，挑中心仪的海鲜拎回饭店，静等美味上桌。当然有当地人带着最好，毕竟海鲜市场也是鱼龙混杂，一定要活鱼、活虾、活蟹，才能吃出天涯海角的好滋味。

一湾月影金作沙

来三亚自然为享受海景之美，三亚有众多海湾，一一走遍可能不大现实，可以根据它的特点与自己的需求有选择地去。

高端一点儿的首推亚龙湾，它有“天下第一湾”之称，又名“东方夏威夷”，其实它的海滩长度是夏威夷的三倍。亚龙湾风景一流，海水清澈干净，与湛蓝的天空融为一色，让人分不清哪里是天空，哪里是海水。沙滩的沙质细腻柔软，在阳光下发出银白的光辉。亚龙湾的水质与沙质不仅在三亚是最好的，就是在世界也名列前茅。众多豪华别墅和高星级宾馆选择在这里落户，提升了亚龙湾的身价。宾馆提供最好的服务，配套设施十分高档，躺在宽敞的海景房阳台的藤椅上，边啜饮椰汁边眺望三亚湾的万顷碧波，是不是有种贵族般的感觉？特别是当夜幕降临，一轮弯月当空，皎洁的月光下的亚龙湾也呈月牙形，海水银光闪烁，与天上的月亮交相辉映，此情此景，只怕不会吟诗的人也要脱口吟出：“海上生明月，天涯共此时。”

当然，你不可能一直在室内闲坐。美丽的沙滩在向你招手，亚龙湾的户外运动名目繁多。海上冲浪、沙滩摩托车，惊险又刺激。胆小的，也可以乘坐快艇、摩托艇、香蕉艇或者玻璃观光船，优哉游哉地欣赏迷人的海上风光。更受欢迎的是潜水，你可以深入神秘的海底世界，与海洋亲密接触。没有游泳基础的旱鸭子也不必担心，全程有教练贴身保护。亚龙湾的海水里，有世界上保护最完好的珊瑚，像一株株色彩斑斓的树枝，红的耀眼，粉的娇媚，紫的可人，什么颜色都有，构成一个缤纷艳丽的海底花园。在“花园”里穿行的，有各种大大小小的鱼类，逍遥自在贴着潜水人的身子游过。海藻密密匝匝地缠绕着，像少女温柔的三千青丝。水母撑着透明的小伞，也是五颜六色的，还会在水中发出明亮的光芒，像丢了一把亮晶晶的小彩球在海里，又像给虾兵蟹将们打亮一把把小手电。海星更漂亮，大大小小的，呈五角或多角状，真如一颗颗鲜艳的星星在海水中浮动。海胆像一个带刺的毛球，有些能刺人中毒，但一般的还是可以吃的，海胆黄有点像蟹黄，不过是甜味，也很鲜美。乌贼在海里横行霸道，惹毛它会喷你一身漆黑的汁水。

海棠湾蜈支洲岛也适合潜水，水质也很干净，环境也很优美。不过开发得迟些，地段偏远，交通不如亚龙湾方便，但也是很高端的，有些酒店还圈起私家海滩。如果想大众化一点消费的，可以去大东海和三亚湾。大东海开发最早，离市区近，所以来的人特别多，也热闹非凡。大东海是三亚首家零收费开放式景区，餐饮、娱乐、酒店设备齐全，而且性价比很高。大东海一年四季如春，水暖滩平。这里随处可见身材惹火的比基尼美女，欢快地在海水中嬉戏，海水没过她们白嫩的小腿。也有帅帅的大叔在躺椅上晒日光浴，裸露出古铜色的肌肤。妈妈陪着小孩子在沙滩上做沙雕，拾贝壳，摸小螃蟹。情侣们手脚并用，在沙滩上画出各种跟爱有关的文字和图案。海岸边有很多大排档，提供各种风味小吃。附近的烧烤一条街格外受欢迎，各种海鲜肉类串成大大的一串，火上烤得喷香，想减肥的姑娘只怕也无法拒绝这个诱惑。

三亚湾类似大东海，沙滩的颗粒要略粗一些，离市区更近，游人如织。椰梦长廊是三亚湾的招牌景点，被称为“亚洲第一大道”。高大的椰树矗立于道路两旁，一眼望不到边。椰树成林，天然的绿屏风，为沙滩带来阵阵凉爽。退潮后的沙滩上，留下一地彩色的小贝壳。椰梦长廊有二十多公里长，林荫道上最适合散步。可以挽着爱人的手，边走边低语甜蜜的情话。也可以一个人慢悠悠地走，想点心事也好，什么也不想也行，满眼的绿意让人舒适自在。看夕阳也很美，落日余晖洒满椰梦长廊，银色的沙滩染上金光，像从天国吹来的粒粒黄金沙，如斯美景使人不愿离去。

三亚各大海湾不仅仅有沙滩海浪，还有很多主题公园。亚龙湾的蝴蝶谷，里面有成千上万只蝴蝶。谷中青山隐隐，绿水潺潺，一年四季花团锦簇。好花引来纷飞蝶，各种各样的蝴蝶在花丛间翩翩起舞，有的洁白素雅，有的艳美无匹。它们像谷中的小精灵一样，并不怕人，随意停在游人的肩上、手上，很亲昵的样子。姑娘们到了这里，感觉如梦如幻，想象自己是个花中仙子，是遍体生香惹得彩蝶纷飞的香妃娘娘，是娇喘微微自在扑蝶的薛宝钗。小孩子也喜欢这里，追着蝴蝶跑来跑去，充满童真。蝴蝶谷中有一个展馆，里面都是世界各地珍贵的蝴蝶标本，让人大开眼界。亚龙湾还有贝壳馆，琳琅满目的贝壳看得人眼花缭乱，贝壳制成的小工艺品，精巧别致，摆在案头不失为一种好看的装饰品，而且有海南的情调。据说好的贝壳拿到耳边细听，可以听到海风海浪的声音。大东海的白鹭公园，绿草芳菲，水流凝碧。时常有白鹭在岸边栖息，悠闲地踱着步，你可以从浅水里摸些鱼虾来喂食它，但不要大声喧哗，否则无须两个黄鹂来鸣翠柳，白鹭们就会拍拍翅膀直上青天。

热带雨林，也是三亚的迷人所在。亚龙湾有热带天堂森林公园，因电影《非诚勿扰》在这取景而名声大噪。特别是影片中舒淇走的过江龙大吊桥，晃晃悠悠地悬于两座青山之间。它是海南第一铁索桥，四周林木繁茂，鸟语花香，桥上的网似有千千心结，交织着爱恨，缠绕着蜜意柔情，故被称为由情网织就的情人桥。它离地近40米高，走在上面是很稳当安全的，但如果有劲风吹来，桥也会摇摇晃晃起来，比较有挑战性。过了桥，深谷间有小石子铺成的林间小径，诗情画意的，曲径通幽。山上有成片的鸟巢度假别墅群，人们更喜欢称它们为爱巢，依山面海，十分奢华浪漫。森林公园的红霞岭，有一个巨石，像弥勒佛在打坐，妙趣横生。这里也是公园的制高点，可以俯瞰整个亚龙湾的美景，海天一色，碧波万顷。如果在这里观日出也是很妙的，一轮红日从湛蓝的海水里喷薄而出，沙滩染成了金红色，蔚为壮观。

喜欢热带雨林的，呀诺达更好，只是离三亚市区有一点儿路，是三亚市下辖的黎族自治县，所以这里除了雨林景观，还有特别的黎族文化。呀诺达是欢迎、祝福的意思。这里林木繁茂，巨大的榕树青翠欲滴，像一把把参天的大伞；百年的古藤遒劲有力，密密交织缠绕；仙草灵芝生机勃勃地从林间探出头来；槟榔树摇曳生姿，鸟鸣更显山幽，实在是消暑的好去处。呀诺达景区分好几个片，有瓜果乡，有水族馆，有山盟海誓的主题婚恋区，有流泉飞瀑的梦幻谷。瀑布很大，一泻千里水花四溅，似宏大的交响乐，清泉汩汩流出，又像奏一支舒缓的小夜曲。年轻人喜欢去踏瀑戏水，顺着湍急的溪流而上攀至顶点，令人热血奔涌。由于任务艰险，一般需要团队协作，这样在游山玩水的同时，还能收获一份友情。

演出值得一看，娇美的黎族少女，穿着花筒裙扎着花头巾，脖子和手腕上都是亮晶晶的银饰，跳起舞来环佩叮咚。她们的声音清亮亮的，就像山谷间的泉水。一曲歌罢，少女们奉上黎族特有的山兰酒。酒香醇而甘甜，专为招待贵客。当年苏轼被贬海南，一路颠簸身心俱疲，热情善良的黎族人奉上山兰酒，苏轼饮后称为玉液琼浆，写下很多佳句，如“小酒生黎法，乾糟瓦盎中”“冻醴寒初法，春醅暖更蒙”。黎族人一向热情好客，元朝时，身世凄凉的黄道婆，不堪夫家的种种虐待，从上海一路逃到三亚崖州，黎族同胞充满同情地收留了她，并传授她当地的棉纺织技术，后来黄道婆返回家乡，将它发扬光大，一时衣被天下。黄道婆对中国棉纺织业的贡献是巨大的，她也流芳百世受人敬仰，这与当年黎族人的帮助分不开。黎族人还善织锦，呀诺达也有展出，黎锦以棉线为主，辅以各色丝线麻线，将扎染与织造相结合，工艺独特美观大方。黎族少女身上穿的筒裙就是黎锦，还可以在上面镶嵌云母片、贝壳片等各种小装饰，珠光宝气，璀璨夺目。

观音普度鹿回头

中国很敬观音，浙江普陀山、广东观音山、四川广德寺、河南香山寺等各地都奉有观音像。而三亚的海上观音，更觉气质非凡。它位于三亚南山文化旅游区的南山寺，南山是福寿之地，对年长的人常用的祝词就是：福如东海，寿比南山。南山海上观音有 108 米高，是世界上最大的观音像，巍峨耸立，白衣飘飘，宝相庄严。而且她象征福寿禄三面合一，无论从哪个角度，都能看到一尊完整的观音像，但三个面又各不相同。正面的观音手持经书，另两面分别手持莲花和佛珠，经书为赐予众生智慧，佛珠则以慈悲心解脱世间种种烦恼痛苦，而莲花一尘不染，寓意六根清净，世界和平。观音有千般变化，一身白衣更显圣洁，她端立于108瓣的金色莲花宝座中，头顶是洁白的祥云，身后是茫茫的大海。观音面带祥和的微笑，似踏海而来，凌波而立，救苦救厄。不时有游人上来抱佛脚，在如此高大的海上观音像下，人显得格外渺小，三个壮汉合抱，也没观音一个脚趾头大。观音的莲座下是占地15000平方米的圆通宝殿，里面金碧辉煌，陈列十万观音佛像。偌大的宝殿人头攒动，但悄然无声。无论有无宗教信仰，在这里都会庄重严肃，真心礼佛。

南山旅游区还有一尊金玉观音，供奉在南山佛教文化苑中，全身动用一百多公斤黄金，一百多公斤翡翠，四百多粒南非钻石，另有祖母绿、珍珠珊瑚等各种宝石无数。钻石晶光四射，翡翠碧绿莹润，红蓝宝石熠熠生辉，使得观音头上的天冠与胸前的璎珞异常珍贵华美。天冠正中是一尊白玉化佛，剔透玲珑，观音有八只手臂，优美而自如地舒展，每只手上都有一样法器。金玉观音双目微合，眉心有一粒巨大的星光红宝石，耳边饰有祖母绿耳坠。她面带笑容，端庄秀美，立于白翡翠雕成的千叶莲花宝座上，似引领人们前往极乐境土。三亚金玉观音是世界的稀世珍品，也是海南岛的镇岛之宝。如果说海上的白衣观音圣洁而高雅，那么这尊金玉观音则展示了佛家的非凡气度。

观音广场很大，还有两侧的公园，都是以佛文化为主题，一片祥和安宁。观音普度众生，有大慈悲心。观音的女性化形象更让人感到温和与亲切，仿佛一位善良的母亲，再多的苦难她都能替你分担。跪在观音像前，似拔开了心中迷雾，心变得平净如水。什么也不必说，她能洞察一切，倾听你心里的愿望，抚平你过往的伤痛。点一炷香，在烟雾缭绕中虔诚一拜。红尘纷扰，贪恋嗔痴，在这里皆可放下。人生恍如梦，名利若浮云，将所有烦恼与欲望抛到一边。听着周围的风声与佛音，似豁然开朗。离开观音殿，回望观音含笑的双眼，竟也步步生莲，轻松自在。

如果想欣赏三亚全景，当然要登高望远。鹿回头公园，是三亚的最高点，也是鸟瞰三亚的最佳之处。它三面环海，重峦叠嶂，登上最高峰，看见美丽的三亚城多姿多彩。楼宇整齐地立在海滨，天边云霞缱绻，海水浮光跃金，天与海巧妙地融在一体，共为一色。蓝，是三亚最鲜明的色彩，天是蓝的，海是蓝的，各种深蓝、浅蓝、粉蓝、天蓝、湛蓝，蓝得纯净，不染纤尘。绿，是三亚最普及的颜色，山是绿的，树是绿的，嫩嫩的绿很清新，翠翠的绿很养眼。三亚又是彩色的，朝霞红似火，沙滩白如银，枝头的水果五彩缤纷。若是看夜景，在鹿回头公园俯视全城，山上的灯光投射到海面，海水波光粼粼，海水的靓影又反射在高楼华厦之间，有着若隐若现的美丽波纹。一盏盏灯火，从山上绵延到山下，起起伏伏，如满天繁星。夜晚的海滩仍然是很热闹的，人们在暮色中谈论一天的所见所闻，开心地品尝当地风味。直到夜深人静，繁华落幕，海水无声地拍打着礁石，似诉说千年的故事。

和天涯海角一样，鹿回头也有一个动人的传说。曾经有一个英俊的黎族青年阿亚，和自己的母亲相依为命。他家境清贫，但非常孝顺。母亲得了重病，他衣不解带日夜侍奉，但母亲的病情日益沉重。后来有高人指点，用鹿茸入药可救其一命。鹿茸昂贵，阿亚决定自己进山猎鹿，他将母亲暂时托付给邻居照看，就束上一条红头巾出发了。山上百雀齐鸣，野兔乱窜，小猴子吱吱乱叫，就是没见一头鹿。正在阿亚心急如焚的时候，一头漂亮的梅花鹿进入他的眼帘，他正要搭弓去射，机灵的小鹿一闪身向前奔去。阿亚赶紧拔足追去，翻过一座座山，涉过一道道水。梅花鹿终于跑不动了，停下脚步。阿亚拉开长弓，箭在弦上，梅花鹿突然回头凝视着他，一双大眼睛蓄满了泪水。阿亚心软了，弓箭落在地上。就在这时，天空腾起九色祥云，灼灼的光华让阿亚睁不开眼睛。等他回过神来一看，梅花鹿不见了，一个楚楚动人的姑娘正站在他面前，她微笑着说：“你是要这个吗？”她的手中捧着鹿茸。阿亚把这个名叫阿鹿的姑娘带回了家，煎好鹿茸给母亲服下，果然药到病除。阿鹿被他的孝心打动，嫁给了他，小日子越过越红火。后来，人们就把他们相遇的地方取名鹿回头。

鹿回头有一处按这个传说立起的雕塑，在山顶最高处，所以是全城最高的雕塑，三亚别名鹿城，也是因为这个缘故。爱情传说给鹿回头公园带来了浪漫气息，是恋人们喜爱的地方。以爱的名义，鹿回头公园有很多精心的设计。有“永结同心台”“海枯不烂石”，夫妻树依偎在一起，像生死不渝的伴侣。摩崖石刻上，有“爱”与“永恒”的图案与字样。月老雕像笑眯眯的，正在寻找天下有情人，用一根红线把他们拴在一起。还可以挂一把连心锁，象征相爱的人永不分离。

中秋月圆之夜，月照鹿山，凉风习习。这里是离月亮最近的地方，一轮圆月高挂苍穹，似黑丝绒盒子里的白玉盘，正是赏月的好时机。鹿回头公园的平台有三座塔灯，分别为福、寿、禄，意为福泽绵长、万寿无疆、高爵厚禄，都是吉祥如意的好兆头。中秋是阖家团圆的日子，大圆桌团团围坐，月光如银，满室清辉。吃完团圆饭，切开一盘五仁月饼，边细细品味边闲话家常。当地的居民会信步上山，在大好月色下共同点燃三座塔灯里的蜡烛，祈愿合家幸福，万事如意。如果有些亲人来不及赶回，人们也会在山顶望月，明月千里寄相思，暂收起离情别绪，举起一杯椰酒，天涯若比邻，今夜共婵娟。

崖州古城是三亚唯一的历史文化名镇，保存了大量书院、庙宇、宗祠、名人故居，古色古香，走在飞檐翘瓦的古城楼下，便触摸到三亚的过去。东渡日本的鉴真和尚，曾在此登陆，留下了一批珍贵的经书典籍。鉴真对中日文化交流做出了重要贡献，崖州的大云寺处处有他的足迹。崖州城的大小洞天也是国家级 5A 景区，有 30000 株龙血树，又称不老松，洞天福地，福寿无边。而数据证明，三亚南山人均寿命确实长，应该与这里山清水美及洁净的空气有关。这是一个长寿之乡，养生之所。南山又称鳌山，远远望去，如一只大鳌漂浮在海面上。有一个成语叫“独占鳌头”，所以过去考科举的人会来此祭拜，传说魁星住在这里。现在呢，石壁前奉有精铜所铸的神鳌，金麟龙爪，威风八面。想考试高中榜首，想升官仕途顺畅，可在鳌前燃一炷香，讨个彩头。当地的渔民出海捕鱼，也会来这里敬香，祈祷无风无浪，满载而归。

“北国青苗破嫩芽，三亚椰林舞风芭。大小洞天观音立，五指山下遍山花。”美丽三亚，浪漫天涯。海风吹来了，带着香甜的瓜果味。阳光洒满沙滩，白如雪，灿如金。妩媚的三亚女郎，穿着比基尼泳衣露出柔滑细嫩的肌肤，赤足走在海岸上，樱桃小嘴正嚼食着槟榔。天涯海角，遍地芳草。海上观音送出吉祥的祝愿，心中一片宁和。热带雨林静谧而清幽，胜似蓬莱仙境。生猛海鲜在渔网中声声召唤，椰树叶在凉风中摇摆致意，请到大涯海角来，三亚，让你不虚此行。

魅力长沙　百舸争流

沁园春·长沙

毛泽东

独立寒秋，湘江北去，橘子洲头。
看万山红遍，层林尽染；漫江碧透，百舸争流。
鹰击长空，鱼翔浅底，万类霜天竞自由。
怅寥廓，问苍茫大地，谁主沉浮？
携来百侣曾游，忆往昔峥嵘岁月稠。
恰同学少年，风华正茂；书生意气，挥斥方遒。
指点江山，激扬文字，粪土当年万户侯。
曾记否，到中流击水，浪遏飞舟？

长沙，湖南省省会，它是楚汉名城屈贾之乡，也是中国新民主主义革命重要活动基地。往事峥嵘，鹰击长空，长沙敢为天下先，留下了革命领袖的足迹。湖南卫视收视长虹，将欢声笑语送至全国。长沙这个山水洲城以快乐的形象，散发着青春的光彩，充满了无尽的魅力。

岳麓山书声琅琅

文化赋湖湘。长沙的文化可追溯到遥远的春秋战国。随着楚国在长沙建城，零散的村落逐渐繁荣起来。三闾大夫屈原，其实并不是湖南人，长沙是他被放逐时盘桓之地，也是他坚贞不屈的生命终结之处。屈原的爱国情怀与忧思离恨感动了长沙，汨罗江永远怀抱一缕诗魂。

屈原生逢乱世，战国时期群雄并起，逐鹿中原。处在强秦之下的楚国步履维艰。王侯昏庸，奸佞群小横行，使屈原的一颗赤胆忠心得不到赏识，一次次被流放。他劝谏楚怀王别听张仪的空口许诺，怀王不听，所谓的六百里土地不过是六里，沦为历史笑柄。等到屈原好不容易结成秦楚联盟，并擒回张仪，楚怀王又不听屈原之谏，放走了他。秦王邀楚怀王赴会，屈原力陈秦国是虎狼之国不能前往，楚怀王一意孤行，果然亡命他乡。到了楚顷襄王时，楚国情况更加混乱不可收拾，忧愤绝望的屈原，写下了绝命诗《九章·怀沙》，一路南行，“浩浩沅湘，分流汨兮”。长沙用一江清波收留了这位孤寂的诗人。

一百年后，西汉政治家、文学家贾谊重复屈原的命运，遭奸臣排挤贬到长沙，并写下著名的《吊屈原赋》，感叹屈原的遭遇，并以此自况。他认为贤臣见弃，小人得志的情形，就如同鸾凤在流窜，猫头鹰在翱翔；就如同骏马拖车，而把跛驴作驾。贾谊又被称为贾长沙，正如屈原也被称为屈长沙一样。屈贾之乡也由此得名。

“路漫漫其修远兮，吾将上下而求索”，成为多少人的座右铭，一曲《离骚》文采风流，开中国浪漫主义文学的先河。屈、贾二人的碧血丹心，光照汗青。长沙太平街的太傅里，一条清幽的巷子，是屈原、贾谊故居所在。“沧浪之水清兮，可以濯吾缨；沧浪之水浊兮，可以濯吾足。”太傅里又名濯锦坊，屈原是很爱洁的，从他诗中可以看到，他总以香草美人的意象来比喻高洁的品质。所以，屈原常在这里濯洗蒙尘的锦衣，也濯洗自己疲惫的心灵。太傅贾谊来了后，在这筑宅而居，写赋明志。太傅里修有祠堂，供奉贾谊铜像。祠前的古井相传是贾谊亲手所凿，诗圣杜甫曾为此写下“长怀贾谊井依然”。贾谊故居是中国最早的名人故居，被称为湖湘文化的源头。

端午节，是长沙重要的传统节日，地位仅次于春节。家家户户门口摆一束碧绿的艾草，老一辈的人会用艾草汁给小孩子洗澡，杀菌去痒，皮肤光洁不起湿疹。胸前挂上五色丝线缝制的香囊，驱邪避瘟。屋子里会燃一盘雄黄蚊香，蛇虫鼠蚁不敢入侵。粽子和咸鸭蛋必不可少，长沙的碱水粽菱角形，翘起尖尖的角，像个玲珑宝塔，味道绵糯黏滑，馅心丰富可甜可咸。长沙人把好吃的粽子投到江中，去纪念屈原。长沙的千龙湖、石燕湖、浏阳河各地，都会举办大型的赛龙舟比赛。龙舟雕镂得很华丽，几十人同心协力划动如箭飞驰，“共骇群龙水上游，不知原是木兰舟。云旗猎猎翻青汉，雷鼓嘈嘈殷碧流”。锣鼓喧天，千帆竞发，百舸争流。

楚江渺渺，楚韵流芳。位于长沙市芙蓉区东郊的马王堆汉墓，沉睡着一位两千年而不朽的东方美人。她是西汉长沙相轪侯利苍之妻辛追。隔着漫长的光阴，她的皮肤仍有柔软的弹性，手足上的纹路还清晰可见，甚至全身不少关节可以灵活转动，这和风干的木乃伊不同，在世界上是独一无二的奇迹。辛追夫人遍身绮罗，富贵无极，腹中有一百多枚甜瓜子，专家研究后得出，这是她死亡的罪魁祸首。可以推测，在一个悠闲的午后，50岁的贵夫人辛追小睡初醒，府中的下人殷勤地送来切好的甜瓜。虽然她的王侯丈夫已死，她戍守边关的将军儿子也已不在人世，但辛追夫人仍过着锦衣玉食的生活。她做梦也不会想到，一碟子生冷甜瓜断送了她的性命，吃后腹中绞痛不已，最终心脉紊乱而死。她更加想不到的是，两千年之后，大汉风云早已湮没在历史的故纸堆，沧海已变桑田，而她的肉身仍保存在这个世界上，每天有排着长龙一样队伍的参观者用或好奇或研究的眼神打量着她。

长沙有丰富的地下文物，马王堆汉墓中有大量的漆器、兵器、彩俑、珍宝。其中帛画帛书尤为珍贵，内容无所不包，是不可多得的历史资料。墓中居然还有桃子、藕片和金黄的稻谷，桃子新鲜，藕片雪白，稻谷饱满，只是开墓后遇空气迅速氧化，化成一摊水一摊泥。毕竟这是两千年前的果实了。马王堆素纱禅衣，纤细的桑蚕丝织就，薄如蝉翼，透如烟雾，叠在手中如同一块纱帕，轻若无物。有人纳闷，古人制这么轻薄透明的衣服，又不能防寒又不能遮羞，干什么呢？设想美人新浴，如芙蓉出水，含羞带怯地披上这样一件素纱禅衣，这般香艳岂不是令人血脉贲张？也可以穿在华裳之外，精美的刺绣花纹透过轻纱，若隐若现，明艳的色彩顿时产生了朦胧之美。纱衣轻盈，行走时衣袂飘动，恍若神仙妃子。

岳麓山，是长沙最具代表性的景点，名扬天下。和其他的名山大川不同，岳麓山成名，不因山峰之险峻清奇，也不是因为古刹香火，而是湖湘文化。岳麓书院，中国四大书院之一，自宋朝建立，墨浓书香，人才济济。可以说，岳麓山的每一棵古树，都传递着时光沉淀的人文气息。

宋朝时，理学大盛。由于唐末的动乱，统治者需要重建封建纲常秩序，崇尚伦理道德、修身齐家的理学成为官方正统思想。理学是在儒学的基础上吸收佛教和道教的思想，具有思辨性和哲学色彩。宋朝学术氛围很浓，许多颇有名气的理学家在岳麓书院讲学，慕名前来学习的也是饱学之士。朱熹，宋朝理学集大成者，继孔子后的又一大儒。“四书五经”的四书之名，就因为朱熹编成的《四书章句集注》。朱熹是白鹿洞书院洞主，但长沙的岳麓书院，他也频繁往返讲学。朱张会讲，盛况空前。张为张栻，岳麓书院主管，也是一代学宗，与朱熹同列东南三贤。同为理学大师，但二人在某些问题的看法上有分歧，故而约在岳麓书院会讲辩论。这是一场热烈而友好的辩论，碰撞出思想的火花。长沙还有朱张渡和饮马塘这样的地名，因讲学的两个月中，来听讲的人络绎不绝数以千计，把岳麓山下的小道踏平了，池塘里的水也喝光了。最后朱熹接受了张栻的观点，并手书“忠孝廉节”赠予岳麓书院，两人结为莫逆之交，共游衡山，作诗唱和，讨论书中精义三天三夜不眠不休。张栻去世后，朱熹大恸，对岳麓山缅怀故友。

王阳明也来岳麓书院讲过学，他是心学的集大成者，心学是理学的一支，但强调心外无理，一切通过内心反省获得，是一种主观唯心主义。“惟楚有材，于斯为盛。”王夫之、魏源、曾国藩、左宗棠、蔡和森、郑中夏等一众英杰从这里走出去。岳麓书院经过千年淬炼，书香一脉相传。现在已成为湖南大学的人才培养基地，专收文史哲硕博研究生。到书院去看，很安静，讲堂庄严而神圣，御书楼里有很多珍贵藏书，学生们沉浸在知识的世界，连导游讲解，都不会高声大嗓，声怕惊扰了这里的文化氛围。

岳麓山的核心景区清风峡，有一座漂亮的小亭。翠绿的琉璃瓦，白玉的栏杆，深红的亭柱配着彩绘藻井，端庄秀美。它是爱晚亭，此名当然因为杜牧的名诗："停车坐爱枫林晚，霜叶红于二月花。"杜牧是唐朝诗人，爱晚亭却是建于清代，但爱晚亭与诗的意境十分吻合，四周遍植枫树，秋阳一照，红叶如火般欲燃。也有民间传说称才子袁枚来岳麓书院拜会名流罗典，遭受冷遇，故意于亭中留诗"停车坐枫林"，暗讽罗典不爱护晚辈，罗典会意而改名爱晚亭。这可能是后人牵强附会，但爱晚亭幽静古雅，赏景绝佳。亭中小坐，放眼望去，春夏苍翠秋如丹霞，冬天白雪覆满枝头，抚古思今，心旷神怡，不会吟诗也会吟。

橘子洲谁主沉浮

毛泽东的一首《沁园春·长沙》让人们记住了这个不平凡的城市，"独立寒秋，湘江北去，橘子洲头。看万山红遍，层林尽染；漫江碧透，百舸争流。鹰击长空，鱼翔浅底，万类霜天竞自由。"长沙如此多娇，新中国的缔造者毛泽东在这里写下激扬的文字。长沙，往事峥嵘，岁月铿锵。

从走出韶山冲开始，毛泽东立志"学不成名誓不还"。毛泽东是湖南人，自然向往长沙。少年时代就品学兼优的他被老师慧眼识珠，推荐进入湘乡一中求学，那年他 17 岁。进入新的天地，毛泽东的视野更加开阔，特别是辛亥革命爆发后，各种进步思想传播到长沙，毛泽东如饥似渴地学习，日益成熟睿智，冒着被学校处分的危险，他带头剪掉辫子。三年后，毛泽东考进湖南第一师范，更加发愤苦读，以至于无论谁来找毛泽东，得到的回答都是："他应该在阅读室。"他还结识了很多志趣相投的好朋友，像蔡和森、萧三、周世钊、向警予，正如词中所写："恰同学少年，风华正茂，书生意气，挥斥方遒。"他们一起走在长沙的热土，慷慨激昂投身到革命的洪流。为了给学校的进步团体筹备经费，毛泽东还在长沙摆过摊卖小吃。

写下《沁园春·长沙》正值1925年年底，中国处于国民大革命时期，北伐形势正好，工农革命运动如火如荼。作为其中的领袖人物，毛泽东壮志满怀。其时国共第一次合作尚未破裂，但国民党的反动面目已初现端倪，面对中国未来的前途与命运，毛泽东发出谁主沉浮的呐喊。这不是疑问，而是自信，是匡复天下扭转乾坤的担当。他很快证明了这一点。不久国民大革命失败，反动派疯狂残杀共产党人。南昌起义，打响了武装反抗国民党反动派的第一枪，中共创建了自己的军队，在进攻长沙失败后，毛泽东创造性地提出“农村包围城市”的思想，开创了中国特色的革命道路。

对于长沙，毛泽东有着深挚的感情，这里有他最好的青春年华，一草一木一山一水都是他熟悉的、喜爱的。他在岳麓山顶远眺，抒发胸中之志；他在湘江冬泳，中流击水浪遏飞舟。长沙见证了他的理想与抱负。他和杨开慧的爱情，也在这里萌发。杨开慧的父亲杨昌济在湖南一师任教，他是毛泽东的授业恩师，很欣赏毛泽东，经常带他回家交流学问。毛泽东得以结识花季少女杨开慧，在一次次畅谈中，毛泽东的才华学识打动了杨开慧的心，而外表温柔内心坚韧的杨开慧，也让毛泽东深深为之着迷。他为她写下平生第一首婉约词《虞美人》，相思入骨情真意切。他们结婚时在长沙清水塘租了间只有木板床和条桌的房间，尽管家徒四壁，但两人的心里全是甜蜜。毛泽东一生丰富多彩，特别是革命时代在多个城市留下光辉印迹，但长沙在他心中的地位是与众不同的。新中国成立之后，他曾40多次走访湖南，重回长沙的怀抱。

从空中俯视，狭长的橘子洲就像一艘翠绿的军舰，雄赳赳气昂昂，停泊于湘江之中。它是长沙的地标，充分显示了山水洲城的巧妙融合。伟人的雕像立于橘子洲头，雕像高32米，这正是毛泽东挥毫写《沁园春·长沙》的年纪。他风华正茂，头发在风中飞扬，深邃的双眼注视着祖国的大好河山。这与其他地方庄严肃穆的毛泽东塑像是不同的，这是青年时代的毛泽东，一腔热血正沸腾的毛泽东。他眉头微蹙，似担忧“山雨欲来风满楼”的中国；他嘴角含笑，目光如炬，充满了自信与力量。他的双肩，化作连绵的山体，这使他的胸襟更显得宽广。每一个来游览的人，如同站到巨人的肩膀上。雕塑采用福建的“永定红”花岗岩拼接而成，江山永定，固若金汤，东方红，太阳升，雄鸡一唱天下白。毛泽东为中国做出了巨大的贡献，他伟岸的身影就如同一座巍峨的高山。而他亲笔手书的《沁园春·长沙》则刻在一座大型诗词碑上，文字豪情激荡，书写笔走龙蛇，带人们走进那些年的峥嵘岁月。

在唐朝时，橘子洲就以盛产甘美的橘子闻名。“一年好景君须记，最是橙黄橘绿时。”橘子洲栽有数千株柑橘鲜橙，实至名归。累累橘果挂满枝头，像点上了橙红的灯笼。春天，桃园里桃之夭夭，灼灼其华，仿佛一片绯色云烟。夏天，竹园里竹影婆娑，送上绿意与荫凉，修长而茂密的翠竹有君子之风，江中的白鸥点点，帆影若现。金秋时节，一入橘子洲，香气袭人，桂园里花开正艳，米粒一样小的花瓣，有的赤红，有的金黄，有的洁白无瑕，秋风送爽桂花香。葱茏的橘子洲万橘竞秀，回归自然。入冬后，梅园一片银装素裹，白雪红梅，琉璃世界，湘江水卷起玉琼花，橘子洲白茫茫一片，江风戏雪，暮色静美。

橘子洲的百米音乐喷泉，安装了各色节能彩灯，随着动听的音乐，喷泉喷上几十层楼高的天空，十分壮观。橘子洲尾，水净沙明，毛泽东 80 岁来长沙登临橘子洲，还想在江水中冬泳。游人可在平坦的沙滩散步，在泳池戏水，在江中渔舟唱晚。也可去洲上的展馆中了解下长沙的历史，在朱江渡感受下当年士子云集而来的岳麓学风。漫步橘子洲，登上问天台，像伟人一样向天空呼喊一声：“问苍茫大地，谁主沉浮？”

逢到周末，橘子洲有焰火表演。湘江边人山人海，翘首以待。橘子洲特意辟出烟火广场，东风夜放花千树，在长沙上空绽放了一场一场的流星雨。音乐及时响起，橘子洲成了一片欢乐的海洋。五彩缤纷的烟花一朵朵爆开，点燃了夜色中的激情。站在潇湘大道或者五羊方尊广场，仰头看见璀璨的夜空不断变幻迷人的光影。若登上岳麓山观景台，凌空俯视，盏盏流火如飞萤，闪烁不定，让人想伸手采摘。

长沙浏阳区，是蜚名中外的烟花之乡，“浏阳河，弯过了几道弯，几十里水路到湘江”。聪慧的长沙儿女，制成质量精良的烟花，为节日增添更多的光彩。放烟花，是中国人的传统习惯，特别是在春节。吃罢年夜饭，一家老小喜盈盈地燃放烟花，小孩子最高兴，边笑边打闹，胆子小的被父母抱在怀里，捂着耳朵瞪大双眼看。即便是家境不好的人家，也会在这个时候买上几支，小地鼠在院里滴溜溜转，钻天猴“呼”的一声直入云霄。虽然放烟花爆竹会产生一定的环境污染，但这种欢快热闹的气氛让人无法割舍。橘子洲的节日烟火表演，更盛大，漫天烟花飞舞，与城市的万家灯火连成一片，让人目眩神迷。而且，不同的节日有不同的主题，烟火组成各种流光溢彩的图案，将长沙的历史与今天巧妙地融合在一起。

烟花冲向天空，就好比长沙蒸蒸日上、锐意进取的形象。2017 年夏季，长沙持续降水，破历史新高。橘子洲被洪水贯穿，毛泽东雕像四面临水，汛情紧急。橘子洲的图片一次次出现在《人民日报》、新华网等各种报刊及网络媒体的头条，让全国人民揪心。长沙临危不乱，抗洪抢险工作有条不紊地展开。工作人员站在及膝深的洪水中，坚守橘子洲。这种众志成城的精神正是长沙人的风骨。从曾国藩操练湘军，勇猛坚定、不屈不挠、无畏无惧的品格就刻进长沙的灵魂深处。抗日战争时期，面对日军的疯狂进攻，长沙风雨同舟，共赴国难。

“心忧天下，敢为人先。”这是长沙的城市精神，作为湖南省省会，长沙凝聚湖湘文化的精华。天心阁、开福寺、火宫殿，这些有着悠久历史的地方镌刻着湖南的繁华与沧桑，辛亥革命的风云激荡着山水洲城，湖湘弟子冲锋陷阵，血映中华。侠骨柔情的蔡锷将军，长眠在岳麓山的山峰之中。黄兴墓也在这里，当年自发送葬的队伍挤满长沙城。为了中国的崛起，革命者献出了宝贵的生命。青山有幸埋忠骨，橘子洲头立伟人。毛泽东，先天下之忧而忧，神州的中流砥柱，年轻而伟岸的身影伫立长沙，永远激励着长沙青年锐意进取，步步向前。改革开放的新时期，随着中部城市的崛起，长沙把握住时代的机遇，展示着新的魅力。

娱乐城精彩无限

长沙，是一个快乐的城市，被称为娱乐之都。从电视节目看，湖南电视台的娱乐综艺节目是先锋，领跑全国。王牌节目《快乐大本营》在其他卫视都以新闻电视剧为主打时，一枝独秀，受到无数年轻人的热捧。2005年，选秀节目《超级女声》火爆全国，万人空巷，简直可以算是中国综艺节目史的神话。各地心怀梦想的才艺少女，在一场场比赛中脱颖而出，过五关斩六将会聚长沙。之后又推出《快乐男声》，新生代明星几乎一半从长沙这个造星工厂横空出世。从这之后，各地电视台纷纷效仿，掀起海选明星热潮，但哪里也盖不住长沙的风头。说到看娱乐节目，人们首先想到湖南，想到长沙。

娱乐节目竞争也是十分激烈的，各电视台使用浑身解数博取收视率，湖南台却总能稳坐桂冠，不得不说，制作团队和宣传用尽心思。继全民海选年轻歌手之风后，湖南台推出《百变大咖秀》《我们约会吧》这些明星真人秀节目，风格别具一格，特别受年轻观众的喜爱。《爸爸去哪儿》节目再次掀起综艺界高潮，这是一档关于爱与成长的亲子互动节目，五个爸爸带着自己的宝贝，去户外探险游历。爸爸们笨手笨脚地做饭，给闺女扎小辫，陪儿子踢球。平凡琐碎的细节处处流淌着脉脉温情，触摸人的心灵深处最柔软的一角。电视机前的父母也可以感悟到很多，人生之中，亲情弥足珍贵，父亲在孩子成长中担任的责任不可替代。

湖南对影视广播行业比较重视，有什么新剧热剧，总是第一时间播出，收视率节节攀升。湖南金鹰影视文化城，位于长沙市开福区，是湖南广电的大本营，也是旅游者向往的地方，因为很多节目在这里录制，随时可以邂逅大牌明星。有些经常带团的导游，还可以带着参观者进去亲临现场，参与到节目中去，和明星零距离接触。中国金鹰电视艺术节，每年的第四季度固定在这里的国际会展中心举行。每到这时，长沙星光熠熠，美女如云。电视剧中长期霸屏的花旦，刘亦菲、李小璐、王珞丹、刘诗诗、赵丽颖、唐嫣先后担任金鹰女神，一身金色礼服美艳无匹，双手托起展翅高飞的金鹰，象征电视行业的欣欣向荣。金鹰电视艺术节是中国电视剧最高评奖舞台，设在长沙，正是对它在电视行业地位的充分认可。

长沙世界之窗和海底世界也设在文化城中，是长沙人休闲放松的好去处。世界之窗相当于欢乐谷、嘉年华、方特、万达，是集陆地与水上各种游玩项目为一体的主题公园，各种惊险刺激的项目一网打尽。过山车像一条飞车，蹿上蹿下，不时听到兴奋尖叫声；冲天大摆锤和无敌海盗船前也排起长队，每一个项目前都是跃跃欲试的人群；双层万米清凉水世界，在盛夏格外诱人，游泳的，冲浪的，碧蓝的水里浮动着花花绿绿的泳衣，像在水面上开了一朵朵鲜艳的花儿。世界之窗还特意为小朋友辟出一块细伢砣儿童乐园，推出各种适合孩子玩的项目，打造一个快乐的童年。走过一条神秘的海底隧道，来到一片梦幻的水域。幽蓝的海水在头顶，在身边，大白鲸悠闲地在水中游弋，憨憨的企鹅在跳舞，胖胖的海豚在顶球，一摇一摆的，逗得人哈哈大笑。锦鲤在水中抢食，在视窗可以看到人鱼共舞表演，相当精彩，不容错过。

曾有人编出这么一个段子：拿一张北京地图，随便戳两下，就能戳到一个厅局级国家单位；而拿一张长沙地图，戳几下后，百分百戳到一个足疗店。虽是段子，也是实情。甚至有好事者打趣地把长沙称为洗脚城。长沙人酷爱泡脚，讲究这个。大大小小的足疗店，有的豪华气派，有独立的包厢，备有电视音响，时令水果，配有各种按摩用的设备，训练有素的技师提供良好的服务。有些则比较简陋，一个大屋子里呼啦啦十几张躺椅，椅前一盆温热的水，劳碌一天的长沙人把双脚伸进去，烫得美美地吸口气，也可以找人捏脚，拔个火罐或者刮下痧，痛并快乐着。不少人一听足疗，就会想入非非，以为是烟花之地，不正经的场所。当然，不排除会有个别的现象，但总体来说是很正规的。足疗是中国传统的养生项目，通过按摩脚上的穴位，活络筋血，祛除百病。

做足疗当然是晚上多。长沙的夜生活是活跃沸腾的。人们说：长沙这座城市，白天不堵车，晚上堵车。足疗就不说了，酒吧也是长沙人爱赶的场子。酒吧的意义不在于喝酒，而是休闲。灯光迷离，忽明忽暗，饮上几杯酒，微醺之际滑入舞池，尽情摇摆，在劲爆的音乐中释放心中激情。很多酒吧有驻唱歌手，嗓音一流，他们在这里表演，也是在寻梦，期待被伯乐发现，一鸣惊人，成为明日之星。长沙解放西路的酒吧一条街，入夜灯火通明。北欧风情的玛格丽特酒吧，环境雅致，放着轻音乐。魅力四射酒吧，偏重新潮前卫的表演风格，红男绿女穿梭其间，时而扭动腰肢跟着音乐舞动，时而击着拍子放声歌唱。一条街的酒吧点缀得长沙的夜色分外妖娆。

烧烤摊也是不甘寂寞的，尤其是夏夜。长沙的夏季很漫长，不吃烧烤，未免辜负了大好时光。天还没黑，路边的大排档已经拉开了阵势，一排排的红色塑料桌椅摆得齐齐的，肉串、腰花、香肠、鸡翅、啤酒整装待发。不用吆喝，一拨拨人流自动涌入，摊子上充满了滋滋的香气，铁板上腾起烟雾，桌子上横七竖八地摆着啤酒瓶，人们谈天说地，眉飞色舞。至于口味，长沙人无辣不欢。比如螃蟹，别的地方都喜欢用清水蒸，突出蟹的鲜味儿，膏黄肉嫩。长沙人却要吃口味蟹，油盐姜醋多多地调味，辣得舌头肿胀，辣得嘴角起疱，却还是一口接一口地吃。虾，也不要水煮椒盐的，嫌味儿淡了，必须做成口味虾，红通通的和朝天椒一个颜色，又麻又辣。还有嗦螺，大个的田螺和辣子一起炒，吃时用嘴一嗦，鲜辣的螺肉和汤汁一并吞下肚，每家大排档桌子上一堆虾皮螺壳，深夜都有人光顾。有美食的夜晚是生动的。

臭豆腐，是长沙经典小吃，俗话说："臭豆腐闻起来臭，吃起来香。"这确实是一道不可思议的美食。把雪白鲜嫩吹弹可破的豆腐，放到长出一层白毫，切成小小的方块儿，再丢到油锅里，炸成黑炭头模样。闻起来味道怪怪的冲鼻子，撒下葱蒜榨菜末，浇上一勺精心调制的辣椒汁。顾客能按自己的喜好要求炸得硬一点还是软一点，外皮是酥脆的，里面还是豆腐的滑嫩。插上一根竹签，小心翼翼地从汤汁中捞出臭臭的豆腐，咬上一口，烫、辣、香，可谓回味无穷。

当然长沙也是有甜食的，比如糖油粑粑，用糯米粉搓成团子，煎得泛起浅黄就下糖汁，出锅后油亮亮的，又甜又香。但口味重的长沙人还是喜爱食辣。湘军勇猛，湘女多情，湘菜香辣。爱吃辣的长沙姑娘活泼又爽朗，有一点刁蛮任性，但个个水灵，称呼也特别：妹陀。地道的长沙方言，朴实又亲切，生气都像在聊家常："妹陀，你么子意思咯？"

长沙火宫殿，可以吃到正宗长沙风味小吃，火红的口味虾、黝黑的臭豆腐、金黄的糖油粑粑都吃得到。火宫殿有八小吃十二名肴，闻名遐迩，初来长沙的人必然来这觅食。长沙的娱乐是总体偏平民化的，不那么阳春白雪，高高在上。洗脚泡吧是平民的享受，综艺剧场是平民的爱好，风味小吃是平民的消费。长沙人乐在其中。

星城长沙，古老又年轻。长沙的文风，纳于名山岳麓。“沅生芷草，澧育兰花。”长沙的抱负，见于湘江秀水，绿洲沃野。长沙的娱乐，则在日常岁月的点点滴滴中，从电视荧屏到夜市排档，简单却又丰富的，属于长沙人自己的快乐。

活力武汉　九省通衢

黄鹤楼

（唐）崔颢

昔人已乘黄鹤去，此地空余黄鹤楼。
黄鹤一去不复返，白云千载空悠悠。
晴川历历汉阳树，芳草萋萋鹦鹉洲。
日暮乡关何处是？烟波江上使人愁。

湖北省省会武汉，交通便利四通八达，有九省通衢的美名。武汉有着中国最多的淡水资源，火热的天气和同样火热的心。武汉有三大名胜：黄鹤楼、古琴台、晴川阁。作为中部崛起城市的龙头，武汉充满青春的活力。

黄鹤楼中吹玉笛

黄鹤楼，是武汉的第一形象代言人。来到武汉定要去黄鹤楼，去黄鹤楼定要吟诗。题黄鹤楼的诗那么多，最好的当推唐代崔颢的，众人共识。《唐诗三百首》中把它作为七律之首。“昔人已乘黄鹤去，此地空余黄鹤楼。黄鹤一去不复返，白云千载空悠悠。晴川历历汉阳树，芳草萋萋鹦鹉洲。日暮乡关何处是？烟波江上使人愁。”全诗一气呵成，意境深远。仙人跨鹤而去飘然无踪，碧空朗朗，白云悠悠，人去楼空更觉渺然。登楼远眺，汉阳树郁郁葱葱，鹦鹉洲芳草茂盛，江边暮霭沉沉，不免令人怀古思乡，几分怅然几许幽思。

崔颢一生留诗半百，唯此首《黄鹤楼》一枝独秀。崔颢年少时流连花丛，多题闺怨诗，主流诗人是瞧不起他的，批评他“浮艳”，上不得台面。后来崔颢转了性子，深沉起来，转写边塞诗，悲凉慷慨的，也没有特别经典的。还是黄鹤楼成就了崔颢。“诗仙”李白一生喜爱游历名山大川，性之所来随口赋诗。但他来到黄鹤楼时，却掷笔而去，“眼前有景道不得，崔颢题诗在上头”。李白都不敢题了，崔颢的黄鹤楼成了绝唱。凡登楼之人，或大声吟哦或低声默诵，诗与楼融合在一起。

江南三大名楼分别为湖北武汉的黄鹤楼、湖南岳阳的岳阳楼、江西南昌的滕王阁，再拉上山东的蓬莱阁，便是中国四大名楼。单从名称来说，黄鹤楼最有诗意。“黄”，有色，明亮。“鹤”，有形，灵动，给人无限的想象空间。黄鹤飞升，使楼阁有了仙气。黄鹤楼有很多传说。流传最广的，是说一个姓辛的人，开了一家小酒店，生意并不景气。有一老者落拓潦倒，天天来讨酒喝。辛老板并不嫌弃他，任凭他喝，礼遇有加。喝了一段时间的霸王酒后，老者估计也不好意思了，拿出个橘子皮在墙上画了只黄鹤，抵作酒钱。黄鹤活灵活现，只需三击掌，就会从墙上走下跳起舞来。这种稀奇事谁不想看？小酒店很快宾客盈门，辛老板赚得盆满钵满。若干年后，老者重至。这里故事开始分歧，有说辛老板起了贪恋，索取无度。老神仙恼火了，收走了黄鹤，辛老板惭愧而建楼。但有点前后不搭，辛老板寒微之时都对乞酒的穷人那么客气，富贵后又怎么可能忘恩负义呢？武汉人也不是这个性格。所以更可能是另一种版本，辛老板主动表示要奉养老者，老神仙淡然一笑，驾鹤远去。辛老板因感激而建楼。

不管怎样，传说让黄鹤楼更有味道。从三国时代开始，孙权建城始建黄鹤楼，它屡建屡废又屡废屡建，现在呈现在人们面前的是20世纪80年代重建的。它与武汉长江大桥相对，整体呈黄色，层层屋檐临空翘角，如鹤翼振翅欲飞。楼内外皆绘有仙鹤，在中国传统文化中，鹤有吉祥福寿的寓意。黄鹤楼景区不止一座楼，南区有鹅池，王羲之在这里放过鹅，现在养着澳洲进口的天鹅。白龙池有最大的室外花岗岩浮雕，雕有99只仙鹤，有的栖息，有的飞翔，千姿百态嬉戏在松竹流岩间，加上仙人所骑黄鹤正好100只。奇石观中陈列近300块奇石。李白题字“壮观”，故意多写了一点，意为黄鹤楼壮观多一点。

武汉人说：“湖北有座黄鹤楼，半截插在云里头。”这有点夸张了，但黄鹤楼确实高，它在两千余里的蛇山之上，远望龟伏蛇盘，怒江辟峡，如刺入苍穹。黄鹤楼的主楼底层正壁有大型“白云黄鹤”陶瓷壁画，画中黄鹤楼临江而立，仙人横吹玉笛驾鹤而去，人们在楼畔翘首欢送。画边题有张之洞的名联：“爽气西来，云雾扫开天地撼；大江东去，波涛洗尽古今愁。”二楼、三楼、四楼记载了黄鹤楼的历史，名人轶事，以及各朝诗人游览黄鹤楼的题诗墨宝。据说孙权曾把刘备困于黄鹤楼中，幸得诸葛亮神机妙算，在草船借箭时存下一只周瑜的令箭，危急之时助刘备脱身。五楼至高，设为观景台，楼中江天浩瀚的壁画波澜壮阔，走上跑马廊俯视，天高地阔，壁画如在眼前铺开，长江汉水泾渭分明，如铺开两条白绸。龟蛇两山隔江对峙，莽莽青山，浩浩江水。武汉长江大桥飞架南北，汉口闹市朝气蓬勃。极目楚天舒，江城美景尽收眼底。

“极目楚天舒”是毛泽东1956年重至武汉，在长江游泳后写下的豪迈诗词。“才饮长沙水，又食武昌鱼。万里长江横渡，极目楚天舒。”然而，在1927年的时候，毛泽东住在武汉黄鹤楼下督府堤，此时国共第一次合作即将破裂，中国黑云压顶城欲摧。即便是运筹帷幄的毛泽东，此时的心情也是迷茫而惆怅的。登上黄鹤楼，看浩浩长江流向天际，他写下《菩萨蛮·黄鹤楼》：“茫茫九派流中国，沉沉一线穿南北。烟雨莽苍苍，龟蛇锁大江。黄鹤知何去，剩有游人处。把酒酹滔滔，心潮逐浪高。”直到毛泽东找到中国革命出路，新中国成立，并开展“一五计划”、三大改造，社会主义制度逐渐建立，再至黄鹤楼，他的心境明显不一样了。“风樯动，龟蛇静，起宏图”，壮怀激烈。这两首毛泽东词均刻在黄鹤楼景区，相互对照，感受到武汉乃至中国在曲折中前进的跌宕命运。

再往前推，让历史回到1911年。那年的武汉是全国的焦点，辛亥革命的惊雷从这里炸响。从鸦片战争开始，西方步步相逼，清政府腐朽而懦弱，中国人在半殖民半封建社会苦苦挣扎。农民阶级的太平天国运动和义和团运动失败了，地主阶级的洋务运动失败了，资产阶级的维新变法失败了，改良的道路走不通。仁人志士们意识到，此时要救中国，唯有革命。泱泱大国，在哪革命合适呢？火种落到武汉，落到武昌。

形势危急，武昌成立革命团体。由于四川保路运动声势浩大，清政府惶恐，不得不抽调湖北新军去镇压，造成武昌防守空虚，给革命提供了契机。但由于起义军的花名册泄露，计划提前。1911年10月10日，新军工程营后队的熊秉坤、金兆龙打响了第一枪，星星之火迅速燎原，武汉三镇光复。革命浪头席卷全国，摧枯拉朽一般，十几个省脱离清政府独立。次年中华民国建立，清帝退位，两千多年的君主专制制度从此退出中国历史舞台。

革命中成立了以黎元洪为都督的湖北军政府，现为武昌起义纪念馆。它西邻黄鹤楼，主体为一幢红墙红瓦的西式建筑，被武汉人亲切地称为红楼。武昌起义第二天军政府发布公告稳定民心，黎元洪不敢签，大喊："莫害我。"革命党拉着他的手硬是签了个"黎"字。武汉流传：床底下拖出个黎元洪。他不敢站在革命的风口浪尖上，叫他当都督，他不吃不喝三天逃避责任，直到革命形势如火如荼才放下心来。红楼进行旧址复原，能参观黎元洪起居室和政府各个部门。会议厅主席台上覆盖着辛亥革命的十八星旗。十八颗黄星，意为十八省炎黄子孙。底色赤红如血，九轮角黝黑如铁。铁血精神照汗青，辛亥革命凭着钢铁般的意志在风雨如晦的中国杀出一条血路。

西配楼分为七部九厅，主要是武昌起义的史迹陈列。对历史感兴趣的人，可以从当年的文献资料中走一遍民国的革命之旅。民族的历史是不应该忘记的，辛亥革命推翻了封建帝制，创立了民国，推动了民族资本主义经济的发展，使实业救国和民主共和的思潮深入人心。虽然它的成果被袁世凯窃取，也没有改变中国的社会性质，但仍有重大的历史意义。武汉市经常组织中学生到红楼参观，走进民国之门，珍惜革命先烈用鲜血换来的幸福生活。

辛亥革命的中流砥柱，以孙中山、黄兴为首。孙中山一生心系天下，从成立中国同盟会开始，把握全局，是第一领袖人物。黄兴在武汉群龙无首之际赶回部署革命事宜，深受人们爱戴。在红楼的同心广场上，有孙中山的铜像和黎元洪拜黄兴为将的拜将台。孙中山目光炯炯、凝视前方。“红楼凝碧备，黄鹤绕青松。”革命风云不可忘怀。

高山流水遇知音

武汉是知音之乡。古琴台就是明证。什么是知音？它比朋友的定义更高，是懂得，是欣赏，是一种心灵的共鸣，精神上的相互理解。流传在古琴台上的一曲《高山流水》，诠释了知音的内涵。

古琴即为七弦琴，它来历不凡，上古伏羲帝看到一只凤凰栖在梧桐树上，久久盘旋不去。伏羲就取树干制琴，用手相击，上端之音太清，下端之音太浊，中间一段清浊相间，最为合适。制成七弦琴后果然声音清越，如瑶池仙乐，所以又名瑶琴。好琴须得妙人弹。楚人俞伯牙，雅好音律，尤擅七弦琴。俞伯牙四处拜访名师，琴声行云流水。后来老师也觉得没什么可教他了，就把俞伯牙领到蓬莱岛上，让他与大自然接触，再深入领悟。看日落潮涌，听鸟啼鹿鸣，俞伯牙日日徜徉于山水间，境界与技艺又上一层。传说他奏琴时虎不啸猿不吼，但高处不胜寒，曲高则和寡，没有人真正听懂他的琴曲，俞伯牙深感寂寞。

一日俞伯牙行至龟山脚下，忽逢暴雨，天地苍凉，疾风骤雨拂乱心绪，俞伯牙抚琴一曲《高山》，一个樵夫寻声而来，侧耳倾听。一曲终了，樵夫击掌称赞：“峨峨兮若泰山。”俞伯牙十分惊讶，原来他叫钟子期，识音律，完全听懂了俞伯牙的琴声。俞伯牙重奏一曲《流水》，樵夫凝神细听后说：“洋洋兮若江河。”无论他弹什么，钟子期都能听懂，并且对琴的来历也知根知底。知音难觅，俞伯牙激动无比，当即焚香燃烛，二人结为兄弟，挥泪作别，约定明年再会。然而第二年俞伯牙如约而至，钟子期却已因病亡故了，俞伯牙痛心不已，知音不在，弦断有谁听？他在钟子期坟前再奏《高山流水》后，把心爱的瑶琴摔得粉碎，并发誓终身不再抚琴。

春风满面皆朋友，人生何处觅知音。俞伯牙和钟子期的故事，千古传颂。人生得一知己足矣，管仲与鲍叔牙，马克思与恩格斯的交情，也是如此。鲍叔牙处处为管仲着想，识才重才，大力向齐王举荐他。管仲感叹："生我者父母，知我者鲍叔牙。"马克思若没恩格斯鼎力相助，难以取得非凡成就。他们的友谊经历风风雨雨几十年的考验，互为知音。

古琴台位于龟山之下，月湖之滨。与黄鹤楼、晴川阁并为武汉三大名胜。古琴台并不大，却自有乾坤。月湖波光粼粼，琴台林木葱茏，有江南山水园林之趣。刻有"印心石屋"处，是道光皇帝亲笔所题赠予两江总督陶澍的。印心即心心相印，也是知音的意思。小门额上"琴台"二字为大书法家米芾所写。汉白玉筑成的伯牙台，相传是当年俞伯牙抚琴之处。栏板上刻着浮雕，展示了俞伯牙摔琴谢知音的故事，旁边的琴童手抱瑶琴，俞伯牙躬身相谢。碑廊上有岭南才子宋湘题诗，当年宋湘游至琴台，心潮激动，手中无笔，采一束竹叶饱蘸浓墨挥毫而就，笔力苍劲、文采斐然，堪称诗书双绝。古色古香的琴堂中，陈列着一些珍贵的琴、瑟等乐器。高山流水厅中，经常举办武汉音乐的盛事，将知音文化一脉相传。蜡像馆里，俞伯牙和钟子期的蜡像栩栩如生，仿佛逆走时光，让人生出太多感慨。

知音世所稀。一生之中，你会遇到形形色色的人。从陌生人开始，相见两忘，彼此没有在脑海中留下印象。熟人关系是一种递进，彼此认识，见面时会微笑着寒暄几句，有什么事也可以搭把手。上学时遇到的同学，工作时遇到的同事，有过共同的经历，见证过彼此的青春和梦想，感情又进一层。然而，真正懂得自己的知音却是不多，甚至一生也遇不到。人之相识，贵在相知。你说什么，他都心领神会；你想什么，他都一望便知。可以秉烛夜谈，切切思思。可以患难与共，一生扶持。不论贫富与贵贱，也不论性别与年龄，交之以心。相见时彼此欢喜，相别则不舍依依。不一定会锦上添花，但愿意雪中送炭。相交淡如水，又浓如骨肉至交。曹雪芹说："万两黄金容易得，知心一个也难求。"知音，生平有一个足够。

武汉有一本杂志《知音》，多年稳居全国期刊发行量首位，国际期刊排行榜前五。从三万元起家，到今天发展成庞大的知音传媒集团。只要是看杂志的人，没有不知道《知音》的。全国任何一家火车站、报刊亭，都能看到它的身影。在纸媒日益滑坡的今天，它的稿费仍保持千字千元的高价。为什么《知音》的文章这么值钱？因为它每一篇文章都精挑细选，层层把关。它崇尚“人性美、人情美”，强调故事的真实性和感染力。在故事中传播正能量，给人力量引人深思。

《知音》没有一篇文章是作者寄来就发了的，它强调编辑与作者之间的互动。每一篇稿子先报选题，这选题既要结合时新热点，又必须是真人实事。选题经过编辑、主编、总编一关关审核，通过后才能采写。写稿中编辑与作者深入交流，磨合细节。再经过主编、总编过目，一一通过才会录用。其间还设审核组审核文章的真实性，并寄协议书给作者签字，这样才发稿。如此认真的工作态度确保了《知音》每篇文章皆是精品。武汉知音传媒下设《知音》《知音海外版》《打工》《知音女孩》等多个子栏目，并有广告公司、印务公司、发行公司、物业公司、影视文化公司，还有知音网站和知音职业技术学院。

《知音》的笔触细腻，文风平实，将故事娓娓道来，有甜蜜爱情的波折，有婚姻围城的百味，有奋斗人生的励志，有身陷囹圄的深思。“知音体”火爆网络，看起来狗血离奇，其实都发生在人们身边。它不是苍白的心灵鸡汤，它就是广大读者的知音，几十年来滋润着人们的心灵。

相遇知音，最妙在花季。武汉大学的樱花，全国闻名。武汉大学有千株樱花，它最初由占领武汉的日军所种，樱花是日本国花，最为正宗。但由于中日之间的历史问题，武大樱花似乎和民族情绪连在一起。其实，樱花无罪，何况随着时光流逝，日军所种第一批樱树几乎枯死，现存的多为武汉三镇光复后，中国政府所种，也有一些珍贵花种是中日恢复邦交后日本所赠。武汉大学几乎有所有的樱花品种，早樱、晚樱、日本樱花、山樱花、垂枝樱、红木高盆樱，等等，散布于校园各个角落，每年阳春三月，樱花最盛，校园笼上绯色云烟。武汉大学被评为最美大学，与樱花不无关系。

樱花最集中的莫过于樱园。花开时节，人满为患。很多游人不远千里来武汉大学看樱花，风暖熏开花万朵，樱枝上缀绿凝脂，有的素白如雪，有的粉红如霞，有的嫣红如锦。樱园中轻烟冉冉，花气袭人。“樱花红陌上，杨柳绿池边。燕子声声里，相思又一年。”这是周恩来年轻时写樱花的诗，虽不是在武汉大学，却十分相宜。全国有樱花的地方那么多，为什么大家争相来武汉大学观赏呢？因为武汉大学的樱花最青春。花朵与大学的人文气息和青春梦想交织在一起，朵朵珠玑，团团锦绣。

武汉大学，起源于湖广总督张之洞所办的自强学堂，是有百年历史的综合性大学。处东湖之滨，坐拥珞珈山麓。校门的石碑上刻着“自强、弘毅、求是、创新”的校训，激励着代代武大人锐意进取。中华人民共和国成立后，武汉大学第一任校长李达，是毛泽东至交好友。毛泽东日理万机，中华人民共和国成立后只视察过两所大学，其中之一就是武汉大学。那一天是9月12日，所以武汉大学有九一二广场，被称为武汉大学最美的地方，樟树林中有李达的铜像，两边的建筑风格很有特色。武汉大学走出了查全性、杨弘远、易中天、池莉等众多知名校友。它就像鲲鹏广场的鲲鹏，自由自在翱翔九天。

走在武汉大学的樱花大道上，有些含苞欲放，有些繁英满枝，樱花嫣然欲笑，芳姿娉婷。迎面可见青春的学子，年轻的脸庞和樱花相映如画。武汉樱花出名，但武汉的市花却是梅花。武汉是白云黄鹤之乡，梅与鹤最相宜。梅花也是湖北省省花，湖北产梅，武汉人更爱梅花傲寒斗雪的品质。在武汉春可赏樱，冬可赏梅。若携上知音好友，同游花丛，最是人间幸事。

晴川历历汉阳树

三楚胜境，千古巨观。晴川阁位于龟山东麓，明代所建，它的得名就来源于崔颢的《黄鹤楼》，后人题曰：楚国晴川第一楼。但是历经战火，晴川阁被毁，重修后晴川阁扩大规模，与黄鹤楼隔江相对，互映生辉。它的三大建筑为主楼、禹稷行宫、铁门关。主楼晴川阁依山筑台，临江而建，在这种险峻地势建楼阁是很少见的，也更显得雄奇秀美。晴川阁正面牌楼悬有金字匾额。朱墙红柱彩绘贴金，飞檐上挂四角铜铃，风吹而响，楚风楚韵。禹稷行宫又称为大禹庙，是武汉历代祭祀大禹的地方。长江从武汉穿城而过，对于治水有功的大禹，武汉人心怀感激，给他塑起金身，世代供奉香火。铁门关是三国时吴魏相争所设关隘，后来战事平息，商贸往来，铁门关热闹起来。

汉阳造，入选为武汉十大城市名片之一。汉阳造指晚清汉阳兵工厂制造的中国第一代国产步枪。面对中国落后挨打的局面，洋务派提出“师夷长技以自强”，掀起了一场洋务运动。它涵盖了军事工业、民用工业、海防、教育各个方面。汉阳兵工厂就是张之洞在此时创办，目的是强国御侮。洋务运动虽然失败了，却是中国近代工业的开端。汉阳兵工厂生产的步枪也成为中国军队主力枪械。汉阳造的毛瑟枪、重机枪、驳壳枪射程远，威力强，辛亥革命时用它们摧毁了中国的封建制度，抗战时期与解放战争时期它们又立下汗马功劳。汉阳造是武汉的铠甲，中国的龙爪。

现在武汉政府在汉阳兵工厂原址上建成个性创意产业园，里面有娱乐区、摄影区、动漫区等，遍布画廊、书店、酒吧、影楼。原来的工业气息被艺术氛围取代。主干道笔直，道边绿树成荫，爬山虎满墙都是，像挂了绿窗帘。红砖老房子里流淌着时光的味道。墙上的涂鸦看似漫不经心，却是个性十足。随手摆放的小雕塑，都与周围的环境协调统一。这里是文艺青年的最爱，角角落落里都冒出小惊喜。可以 45 度仰望天空，忧郁的眉眼与这里很搭调。经常看到爱绘画爱摄影的人，背着画夹、摄影机捕捉美景。

若要看梅花，还是东湖最好。东湖的梅花几乎涵盖了世界上所有梅花品种，梅园位居全国四大梅园之首。东湖的樱园也是世界著名的三大樱园之一。武汉东湖、杭州西湖，听起来就如一对姊妹花。东湖的湖面面积是西湖的六倍，应该是姐姐，比西湖这个妹妹要低调，但美貌不在西湖之下。东湖有六个片区，著名的东湖绿道贯通磨山、听涛、落雁三大片区，沿途有绿树红花、碧湖蓝天，东湖绿道是不允许机动车行驶的，所以这里没有汽车尾气的污染，也没有乱糟糟的鸣笛声干扰，是一条真正的绿色道路。散步自然最佳，手挽着手徐徐行来，一路呼吸着东湖的新鲜空气，让人心旷神怡。绿道很长，如果觉得累，途中有自行车可租用。有单人骑的，也有情侣双人自行车和一家三口的，按需要选择。在这里骑车感觉很舒服，路面平整干净，迎面吹来的风里带着花的清香，湖面的空气湿润怡人。有些骑行发烧友会在东湖绿道举办赛事，风驰电掣地呼啸而过，一路畅通无阻。

水杉是武汉的市树，有些市民都不知道，因为城中路旁栽种梧桐、樟树为多。但在东湖的听涛区有很多水杉，它其实是一种很珍贵的树种，有“活化石”之称，科学家们几乎以为它灭绝了，到20世纪中期才发现少量存活。水杉的叶子如羽毛，会随季节改变颜色，春夏从嫩绿逐渐变深，绿到深翠，金秋时节渐渐转黄，越入深秋越呈金红色，很具观赏性。水杉的树干粗壮挺直，枝条紧紧围绕着枝干，有一种积极向上的态度和凝聚力，所以有水杉精神之说。

东湖产武昌鱼，就是毛泽东诗词“才饮长沙水，又食武昌鱼”中的鱼。武昌鱼肉质细嫩，个头适中，一条正好摆作一盘，清蒸、红烧、油焖一样鲜美。来武汉怎能不吃伟人所爱的武昌鱼呢？湖北名菜清蒸武昌鱼，将洗好剖净的鱼身斜切兰花刀，白嫩如玉，佐以香菇冬笋姜丝葱段，增色增味。上好的清蒸武昌鱼还要淋上鸡汤提鲜。据说正宗的武昌鱼共13根鱼刺，吃的人总要饶有兴趣地数上一数。

谈起武汉的代表性美食，人们会脱口而出一大串：热干面、汤包、三鲜豆皮、煨汤、鸭脖子，等等。武昌户部巷、黄陂好吃街、汉口吉庆街都是著名美食街。武汉把吃早点叫“过早”，来碗筋道的热干面，有滋有味。吃面条很多地方要喝汤的，武汉偏不要，干吃。武汉热干面和河南烩面、山西刀削面、四川担担面并称四大名面。面条可以先煮好，客人来了，捞出来滚水一烫，沥干水浇上热油，拌上花生米、萝卜丁等各种配料，最要紧的是芝麻酱，它是一碗热干面成败的关键，芝麻酱的味道至关重要，要浓，要香，要拌得匀。拌好的热干面色泽金黄，撒着碧绿的葱末儿，芝麻酱滴滴香浓地糊在面上，勾人食欲。喜欢食辣的勾一勺辣椒油，喜欢食酸的兑一勺陈醋，想更香点浇上牛肉卤水。

热干面好吃，但大清早吃这么干的面，真咽得下吗？有人吐槽吃完热干面，一上午抱着饮水机。这话武汉人可不爱听，嫌干，你可以配牛奶喝豆浆啊，还能叫卖热干面的老板冲一碗蛋汤搭着吃。武汉人无论走到哪里，都怀念家乡的热干面，吃其他地方的面，总觉得味儿不正。对漂泊在外的武汉人来说，它是一抹乡愁。年关时风尘仆仆地回到武汉，一下火车就去蔡林记吃碗正宗的热干面，才感觉自己真的回家了。

武汉老通城的三鲜豆皮，是鼎鼎有名的老字号。豆皮由脱壳绿豆和精制米浆制成，调馅有三鲜：鲜肉、鲜虾、鲜蛋。摊豆皮是要技术的，一个大锅薄薄地摊上一层，一定要匀净，保证出锅时豆皮轻薄又不露馅料。再铺一层蛋液，也要匀净，让蛋液与豆皮充分融合。然后铺一层雪白的湘产糯米，再在糯米上铺一层调好的三鲜馅心。这时，铁锅里已经满满当当的了，大师傅两手握紧锅把手，猛地一翻，硕大的一锅豆皮神乎其技地调了个面，金灿灿地盛在锅中，撒上葱末就大功告成了。师傅慢条斯理地把豆皮横竖各切几刀，一块块盛在盘中，趁热取用。

鸭脖子是武汉人爱吃的，不分季节，不分时间，随时可吃。武汉的周黑鸭、绝味、久久丫等众多品牌，在全国都有直营店，主打鸭脖子。久久丫要清淡些，绝味比较辣，周黑鸭又辣又麻。鸭子是凉性的，比较不上火，但经过种种调料重重工序的鸭肉就不一样了。吃的时候还不觉得，吃完后嘴里火烧火燎，暗暗发誓不吃了，却又受不住这种麻香的诱惑。鸭脖子的肉其实不多，但它是鸭身上的一块活肉，最细嫩，吃的时候要从骨头上把肉一点点啃下来。昏昏欲睡的午后，啃几块鸭脖子，精神一振，有提神醒脑的作用。鸭脖子下酒最好，不用顾忌形象，边啃边侃大山，吃得豪爽。武汉人喜欢打麻将，边打红中癞子杆，边啃鸭脖子，不知不觉手边堆了一堆吃剩的骨头，根本停不下来。

武汉三镇，武昌是政治文化中心，武汉的高等学府也都汇聚于此；汉阳工业历史悠久，是高新技术聚集之处；汉口主打商业。汉口的汉正街，有“天下第一街”的盛名，繁华热闹可想而知。从乾隆年间时，汉正街就商贾云集，把握着武汉的商业命脉，也留下了很多百年老店，现在做批发生意的最多，全国各地大小商贩赶来汉正街进货，各种方言交织在一起，红红火火。大型摩天轮“汉江之眼”位于汉正街知音桥上游，凝视汉江，给古老的汉正街穿上了时髦的新衣。

武汉人很精明，头脑灵活，会做生意。这是因为九省通衢的武汉，各种信息源源不断地传递过来。武汉人容易接受新生事物，积极开拓创新。武汉人脾气躁，但心肠软，就像热干面和鸭脖子，要慢慢品味。江城武汉，山峦青，百湖翠，活力四射，始终紧跟着时代步伐。梅影樱风，萋萋芳草，再不愿西辞黄鹤楼。

旖旎青岛　绿野仙踪

寄王屋山人孟大融

（唐）李白

我昔东海上，劳山餐紫霞。
亲见安期公，食枣大如瓜。
中年谒汉主，不惬还归家。
朱颜谢春辉，白发见生涯。
所期就金液，飞步登云车。
愿随夫子天坛上，闲与仙人扫落花。

青岛在山东的名气，不亚于省会济南。维新派领袖康有为客居青岛时用“红瓦绿树，碧海蓝天”赞美青岛，使人对它的旖旎多姿心生向往。东方瑞士唯青岛，冬不严寒夏不酷热，宜居宜人。

东海崂山餐紫霞

“我昔东海上，劳山餐紫霞。亲见安期公，食枣大如瓜。”这是浪漫主义诗人李白游览青岛崂山时写下的诗篇，在诗人笔下，崂山云蒸霞蔚仙气缥缈，金波调出玉液，甜枣大如蜜瓜。李白由衷感叹：“愿随夫子天坛上，闲与仙人扫落花。”在朝堂受挫的李白，寄情于山水之间，一生游遍名山大川，但是将游山、观海与寻仙三者结合为一体者，想必唯有崂山。

青岛的仙气来自崂山，从春秋战国开始，崂山就是人们心目中的东海仙山。崂山巨峰林立，树木葱茏，流泉飞瀑，很多方士高人在此修炼养生。秦始皇、汉武帝，皆到此欲访仙踪。秦始皇统一六国，威震四海，最渴望的就是长生不老、永享富贵，特别醉心于炼丹求仙之术。有人跟他说：东海有神仙洞窟，内存神丹妙药，得之益寿延年，甚至可以白日飞升。秦始皇深信不疑。据史载，秦始皇曾派方士徐福率领一众童男童女从崂山附近出发，寻找长生之术。求之不成，秦始皇亲自来到崂山，诚心可鉴，但由于秦始皇的到来使当地劳民伤财，崂山又有“劳山”的称呼。西汉初年，经历农民起义的战火，全国满目疮痍，经济凋敝，所以从汉高祖刘邦开始就提倡道家思想，休养生息、清静无为。

道教，是中国土生土长的宗教，崇尚修身养性，道法自然，天地和谐。崂山是道教发祥地之一，自汉代张廉夫在崂山建庙修道后，崂山道士走遍全国。崂山太清宫，曾是全真派道观，以丘处机为代表的全真七子来此讲道修功。崂山留下了丘处机不少诗词石刻，像“仙鹤洞”“霞朱半天”等字迹，苍劲有力，即为长春真人丘处机真迹。太清宫中的丘祖殿，即为丘处机所建。

太清宫是崂山最悠久、最具代表性的道观，跨过宫观山门，即为俗世。主殿三清殿，供奉的玉清原始天尊、上清灵宝天尊、太清道德天尊，合为三清。太清就是老子，老子是道家代表人物，道教创教时尊他为始祖。东配殿是天上阳神总管东华帝，西配殿是阴神总管瑶池王母。太清宫规模宏大，殿宇多，神仙多。三官殿供奉尧舜禹，为天官、地官、水官。三皇殿供奉伏羲、神农、轩辕，为天皇、地皇、人皇。另外像关羽、岳飞这样的忠臣，扁鹊、华佗这样的神医，也在太清宫中有自己的一席之地。

在道教中地位极高的张三丰曾多次来崂山修炼全真道。张三丰是武当派祖师，丹道修炼集大成者；同时他还是武学奇人，医家圣手。张三丰幼时双目失明，后遇全真道长治好眼疾，并传授道学。后来张三丰与道结缘，毅然抛弃坦荡仕途、贤妻幼子，进山修道。张三丰美髯如戟，仙风道骨，喜欢云游四海，是一个神龙见首不见尾的奇人。他游至崂山时见景致清幽，山石秀美，因喜爱而逗留，并将他的道法在崂山发扬光大。

张三丰修道的明霞洞，掩于崂山的峭壁古藤之中，是一方不大的石洞。朝晖夕阳照进洞中，幽暗的明霞洞折射出万缕霞光，仿佛华丽的绮罗，形成崂山著名的明霞散绮一景。受金庸小说影响，人们爱想象张真人在此躬身盘坐时，有没有想到青春年少时的那一刻心动？那个叫郭襄的美丽姑娘，曾赠他一对铁罗汉，百年来他一直贴身收藏。郭襄难忘杨过，张三丰也难忘郭襄吧？或者他可想过他引以为傲的武当七侠呢？有没有为他们的不同命运而唏嘘？还有他的徒孙张无忌，聪慧俊朗一如他年轻的模样。也许他什么也不会想，他早已割舍红尘俗世。松崖石啸，蓬岛花开，他心中一片清明。崂山张仙塔，传闻是张三丰飞仙之处。人们只看到他含笑上山，久久不至，后来只寻到他一件布衲和一双芒鞋，想来他已逍遥列入仙班。

出了明霞洞，平台上视野开阔，崖下乱石纵横，海水浩荡无边。也许张三丰会在月明之时，踏波而来，在崂山的古柏凌霄间静坐悟道，或穿过一重重道观殿院，与仙人对弈手谈。崂山的耐冬树，是他从南方移植而来，至今仍开得如火如荼。耐冬即为山茶，花期长，从早冬开到晚春。三官殿就有两株古耐冬树，左白右红，素雅与明艳相互衬托。右边一株耐冬树已有六百年，金蕊绛萼，翠枝红瓣，开花时花瓣展开贴于树枝上，冬日如落一层红雪，故称为“绛雪”。

绛雪走进了蒲松龄的《聊斋志异》中。蒲松龄屡试不第，却爱著书，也常游历名山大川寻找灵感，他住崂山这株耐冬树所在的院落里，观耐冬树笼红滴翠，写了一篇《香玉》。香玉是绛雪的姊妹，是一株生于太清宫的白牡丹，皆是花中之神。姐妹俩把臂同游，红白相映，惊艳了道观中借宿的黄生。黄生渴慕芳姿，香玉也暗生情意，二人双宿双飞。绛雪却很孤傲，无论黄生香玉怎样盛情相邀，也不肯侍奉枕席。后来，一个来道观游玩的官员看上了白牡丹，连根移植而去。香玉和黄生挥泪作别，而白牡丹也很快就枯萎了。黄生这才知道香玉是白牡丹所变，夜夜痛哭。绛雪被他的痴情打动，现身劝慰，一起和诗悼念香玉。黄生想与她亲近，绛雪却不愿意，只肯小坐一会儿。黄生说："香玉吾爱妻，绛雪吾良友也。"直到香玉复生，绛雪对黄生的感情，一直发乎情止乎礼，代人作妇，又退而为友。这在《聊斋志异》中是一个很特别的人物形象，她的个性魅力甚至超过女主角白牡丹。

"独坐松林深处，遥望夕阳归舟。激浪阵阵打滩头，惊醉烟波钓叟。苍松遮蔽古洞，白云霭岫山幽。逍遥竹毫拿在手，描写幻变苍狗。"蒲松龄住在崂山写了不少故事。在《崂山道士》中，一名王姓富家子来崂山求道，还真遇到仙家，只不过仙人为磨其心志，天天叫他上山砍柴。王生吃不了苦头，正要辞行时，崂山道士给他露了一手，在蒲松龄笔下，十分奇幻。天色昏暗，崂山道士用纸剪下一轮明月，霎时满室清辉。邀客人饮酒，小小的一只酒壶取之不尽。空饮无管弦，就掷出一根筷子到月中，嫦娥从广寒宫飘然而至，曼舞轻歌助兴。王生看得啧啧称奇，但他还是受不了苦，执意辞行，并痴缠崂山道士学穿墙术。道士嘱他不可卖弄，他也不听，一回家就丢人现眼。这个故事固然鞭挞了王生的不学无术没有恒心，也让人对崂山道士的神秘法术悠然神往。

崂山遍铺绿纱，有各种珍稀树木和美丽花卉，棕榈、黄杨、红枫、水杉、白果、芍药、金桂、腊梅……装点得崂山葳蕤生姿。山，崎岖成岭，丘壑临崖，奇石耸立。水，涧流潺潺，海水浸绿，洪涛叠浪。它是康有为眼中的一朵碧芙蓉："天上碧芙蓉，谁掷东海滨。青绿山水图，样本李将军。"

登上崂山主峰巨峰之顶，观日出的景色，只见云海茫茫中一轮旭日，冲破乳白色薄雾跃然升起，紫气东来，彩云漫卷，太阳从粉色越变越红，如火球窜上蓝天。崂山披上红纱，海水跃动金光。明道观的峰顶上，南极仙翁和北极仙翁对弈的巨大棋盘石静静地躺在那里，等着仙人再来厮杀一局。狮子峰如雄狮立于云霞之中，朵朵白云飘于山腰间，如束束玉琼花。华楼峰一块块巨大的岩石叠在一起，山巅树起高楼。蔚竹庵中茂竹成林，松树如盖，泉水叮咚成曲。潮音瀑飞珠溅玉，奔涌的急流掠过石面，如奏九天弦乐。

海上第一名山，当然产茶。崂山茶，相传由丘处机和张三丰从江南移植而来，悉心栽培。南茶北引，却意外大获成功，崂山的清泉沃土和湿润的空气很适合茶树生存。更重要的是，崂山水质好，纯净清澈无污染，而且富含人体所需的多种矿物质和微量元素。人们称赞它："深知海上长生药，不及崂山第一泉。"因此，崂山矿泉水一直畅销市场。好水养好茶，以绿茶最佳，叫"崂山绿"，另外也有红茶、乌龙其他品种。在清晨摘下鲜嫩芽叶，杀青烘干，冲好的茶汤颜色青碧、香味醇正，不仅能解渴生津，还有瘦身降脂、抗菌防癌等多种功效。"陡壁东溟上，登临意豁然。鲸鱼吹海浪，鸥鸟破螟烟。"千仞崂山，紫霄白雾，黄海碧波，确实是一个神仙洞府。

"五四"风雷云水怒

很久很久以前，青岛还是一个如养在深闺的海边小镇，由于它三面临海、背依大陆，军事地位优越，朝廷开始在这里设立卫所，同时移民屯垦，兴办海运。青岛环抱胶州港，拥有天然良港，很快商船云集，喧闹繁盛起来。而侵略者的铁骑也踏上了这片富饶的土地，刚完成统一的德国迫切需要在远东建立港口，为它的军事扩张和经济侵略服务，于是看上了胶州湾。清政府也终于在 19 世纪的尾巴上想起了在青岛正式建置，可是来不及了。在德国提出建海军基地的无礼要求被拒绝后，他们决定以武力胁迫中国。

正逢巨野县的农民打死了一个恶贯满盈的德国传教士，德国终于找到一个兴兵的借口。胶州湾事件爆发，德国强占青岛。懦弱无能的清政府不敢迎战，匆匆签订和约，让德国取得胶州湾租借权，山东开始了活在侵略者阴影下的屈辱命运。但从近代化的角度来说，青岛却获得了一个迅速发展的机会，青岛港兴建了，胶济铁路通车，青岛出现了海滨浴场、俱乐部、咖啡厅，电灯亮了，自来水哗哗响，柏油马路修了起来，路旁还栽种了漂亮的法国梧桐，德国小汽车在平整的路面上嗖嗖行驶。青岛成为山东第一贸易口岸，华丽蜕变成一座现代化城市。

第一次世界大战爆发，德国无暇东顾，决定将青岛返还中国，却引来另一个狼子野心的侵略者日本。日德战争爆发，德日军队强迫中国人修炮台运粮草，硝烟与炮火让青岛遍体鳞伤，而这一切似乎与中国政府无关，他们自顾自地完成青岛交接仪式。日本以一个胜利者的姿态在这方领土耀武扬威，不仅接管了德国工厂，还投资兴建了一大批工厂，使中国的民族工业举步维艰。日本人占领胶济铁路后，经常殴打工人，烧杀抢掠无恶不作。

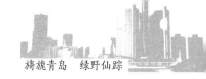

弱国无外交，西方国家一直对日本的侵略行为纵容绥靖，甚至狼狈为奸。1919年巴黎和会召开，与会列强无视同为战胜国的中国政府的合理诉求，直接把德国在山东的权益转给日本。消息传来，中国人群情激愤，特别是青年学生，怒火在燃烧，热血在沸腾。

北京的学生首先冲上街头，打出了“誓死力争，还我青岛”的标语，轰轰烈烈的“五四运动”开始了。愤怒的学生振臂高呼：“外争主权，内惩国贼。”他们冲进交通总长曹汝霖宅中，火烧赵家楼，痛打章宗祥。北洋军阀出面干涉，但“五四”的雷声震天动地，全国各地的学生以罢课形式捍卫主权。天下兴亡，匹夫有责。为了声援学生运动，工人罢工，商人罢市。“五四”风雷越过了太平洋，1921年华盛顿会议召开，次年中日双方签订协议，中国收回山东半岛主权。

25年的殖民岁月，汇成一曲慷慨悲歌。爱国自救、不屈不挠的精神让世界认识到中国暗藏在民众中的力量。在这场运动中，学生、工人、商人、农民空前的团结在一起，青岛也不仅是一个城市，而是代表着中国。五四运动是中国近代史上的一座里程碑，成为新民主主义革命的起点，广大的无产阶级在这场运动中成熟起来，毅然走上历史舞台，并成为这个舞台上流光溢彩的主角。马克思主义思想也在“五四运动”后广为传播，对于青岛对于整个中国都是一场具有划时代意义的事件。

五月的鲜花开遍了原野，青岛的五四广场上，矗立着一个雄伟的红色雕塑：五月的风。钢板结构的雕塑像火红色的飓风，腾空而起，旋转上升；又如一束燃烧的烈焰，照亮了整个青岛城。如果不了解青岛历史，这里也就和普通广场没有区别，一样是巍巍绿树、茵茵草坪、百米喷泉，但回顾五四运动，不由得胸中荡起豪情，感受到中国日益强大，青岛越发神采飞扬。五四广场北区正是青岛市政府办公大楼，南面的浮山湾是奥运会帆船比赛的场地。千帆竞发，碧海欢歌。

历史的苦难渐渐散去，青岛中山公园里日本人为阵亡战士所建的忠魂碑早已不见踪迹，殖民者当年所栽种的樱花仍每年开放，但不再像当年那么让人伤感。青岛德国风情街，保留了当年的德日建筑，还原了青岛华尔街的风貌。如今，德国与青岛的交流与合作仍不断发展，时代的车轮正滚滚向前。

黄昏渐至，在五四广场吹海风看日落是很美的。红日西沉，一点一点落下海平面，海天交界处呈现橙色、金色、粉色各种耀眼的光芒，慢慢汇入湛蓝的背景中。落日不忍离去，依依不舍地在海面久久逗留。终于禁不住时间的催促，黯然地消失了，天地间幽暗起来。还未来得及怅惘，一回眸就惊喜地发现，广场上的“五月之风”开亮了景观灯，越发红得耀眼。它化作一个巨大的火球几欲燃烧，又仿佛天边的太阳不曾离去。向远处看，海上的灯塔忽明忽暗，奥帆中心的港湾里停泊着一艘艘雪白的帆船。音乐广场传来美妙的钢琴声，中心剧场的演出正精彩开场。

青岛八大关是很多游人钟爱的地方，不明真相的人乍听之下以为是崇山峻岭，其实是以关隘名称命名的马路，是繁华的街区。八大关是著名的旅游疗养胜地，原有八条街道，后增两条，但人们还是习惯了叫八大关。这里有几十个风格各异的别墅花园，英式、美式、德式、俄式、希腊式、瑞士式，各种各样的建筑坐落于八大关幽静的树丛花圃间，常有穿着洁白婚纱的新娘在楼间嫣然微笑，自然也是影视剧组钟爱之处。

居庸关路有一座翡翠色的公主楼，像一颗绿野中的明珠。公主楼的设计是丹麦风格的，而它也确实像在安徒生童话中走出的梦幻城堡。绿色小楼高低错落，红色的瓦片铺在不规则的倾斜屋顶上，在一丛碧树下显得格外赏心悦目，窗棂是洁白的，有着漂亮的弧线，挂着和海水一样湛蓝的窗帘。传说，年轻的丹麦王子阿克瑟来到青岛旅游，一踏上这块土地就深深着迷，青岛的海洋文明征服了他。王子在青岛四处游玩，并决定建一幢北欧田园风的小楼，下次将带着自己心爱的妻子玛格丽特一起来享受青岛风光。玛格丽特是瑞典公主，性格活泼，喜爱丹麦童话。浪漫的阿克瑟王子就送给妻子一幢童话里的别墅，并取名公主楼。

也有人说，阿克瑟建公主楼是为了丹麦公主，他的幼妹，那朵全王室放在掌心呵护的娇嫩鲜花，是为了让自己的妹妹在异国他乡也能住在丹麦一般的宫殿里。还有些较真的人说，公主楼的故事根本不存在，因为人们没有等到公主的大驾光临，它其实是一位寓居中国的丹麦商人建的，也有说法是丹麦理事。但青岛人愿意相信公主楼的传说，它与爱情有关，也与亲情有关。公主楼的内部装修也是非常用心的，洋溢着欧陆风情和宫廷气息。精巧的壁橱上雕着花卉，里面可以摆放公主华丽的长裙；纯木的地板平整光滑，公主开心的时候可以赤着足走在房间里，也可以慵懒地躺在地板上。楼上的气窗是为公主眺望海滨用的，还有一方阳台，可以享受青岛的清新空气。

公主楼外，有笔直的银杏树。居庸关路银杏最多，入秋后杏叶金黄，如阳光一般灿烂。冬天白雪纷飞，绿色的公主楼在粉装玉砌的世界里更似童话中的仙境。居庸关路还有一幢宋家花园，是拍摄《宋庆龄和她的姊妹们》所在处。

其余各关也不乏特色建筑。山海关的元帅楼，曾住过彭德怀、刘伯承、贺龙这些横刀跃马、立威沙场的大元帅。黄海路的花石楼也很有名气，楼梯由花岗岩砌成，楼内楼外都装饰了滑石，是一幢融入希腊罗马多国建筑风格的城堡式别墅，外墙上攀爬了翠绿的爬山虎，庭院里盛开了粉红的月季花，使古朴的石楼如花园一样生机盎然。

植物，是八大关不可或缺的存在，而且各关都有自己代表性的花卉树木，风景各不相同，一关一树，一树一诗。韶关路碧桃如云，“满树和娇烂漫红，万枝丹彩灼春融”。宁武关路遍植海棠，“出浴太真冰作影，捧心西子玉为魂”。正阳关路紫薇花开，“一丛暗淡将何比？浅碧笼裙衬紫巾”。嘉峪关路枫树和居庸关路的银杏装点了青岛的秋色，紫荆关路的雪松和临淮关路的龙柏在隆冬时节傲霜斗雪。茂盛的植物与精美的建筑相得益彰。

栈桥回澜海波平

栈桥是青岛的象征，就如同长城对于北京，泰姬陵对于印度，凯旋门对于巴黎。不同的是，栈桥经历了更多辛酸磨难，目睹了青岛的荣辱兴衰。

自清代青岛设防建制后，为了运送军事物资的需要，驻扎青岛的登州总兵章高元着手修筑栈桥码头。在民间传说中，章高元做了一个离奇的梦，他泛舟海上时被仙女们邀进龙宫，推杯换盏兴尽方归。可是当时海上没有桥，茫茫海水不知归途。这时只见仙女们整齐排成两排，齐齐伸出手臂，平托起一条玉色丝绸，章高元就在这条绸桥上回到岸边。梦醒之后，章高元回味无穷，当即着手按梦中场景造桥。仙女们的身影化作坚固的桥墩，她们身穿的细绫罗即是桥上的铁护栏，起伏的玉色绸缎也变成了平整的石头桥面。

德军入侵，从栈桥上岛，悲伤烙进了栈桥新铺的轻轨上，它是为德国人运货的车子准备的。日本取而代之后，也在栈桥举行阅兵式示威中国。栈桥不断被扩建，载着青岛沉甸甸的心事伸向无边的海中，万顷碧波都是青岛此时落下的眼泪。

所幸的是，噩梦终究苏醒，殖民者的脚步远去了。随着大港码头兴建，栈桥的运输功能逐渐淡化，但它已成为青岛人心灵深处的一个结，一种家国情怀，有事没事总爱来这边走走。政府也意识到这一点，为了方便人们游览，再次将桥身延长翻修，并在桥的尽头修建了双层八角的回澜阁。却没料到，抗日战争爆发，栈桥再次被日本占领，这时的栈桥多了一份从容镇定，它是属于中国青岛的。新中国成立之后，栈桥新建眺望台，配上欧式桥灯，回澜阁与桥身重新加固，栈桥再度苦尽甘来。

行至栈桥上，宛在海中央。栈桥的飞阁回澜为青岛第一景，回澜阁丹柱黄瓦，极富民族特色，24 根亭柱上各有一窗绕阁，像镜框一样把青岛美景嵌入其中，从螺旋上升的扶梯走至回澜阁高处，茫茫海水波澜起伏，点点白鸥穿行云间，栈桥如一条长虹卧于碧波之上，抖落掉身上历史的伤痛，显得容光焕发。

回澜阁对面即为小青岛，它也是这座城市得名的由来。小青岛果然小，快走十几分钟几乎走完。小青岛也确实青翠可人，岛上种了很多黑松，栽了石榴树，种上了碧桃，和岛上的青岛百合一样亭亭玉立。小青岛又称琴岛，因为它的形状像一把琴，而海浪拍岸的声音也如同在鼓瑟摇琴。小青岛上有一尊琴女雕塑，她手握古琴，秀发在海风中飞扬。琴弦在手而不弹，她在凝望，或者说在等待，等待她心爱的男子平安归来。等待的琴女让人们感动，其实她的爱人已经葬身海底，但她一直在翘首盼望着奇迹出现。生活中真的有这样的痴情人，怀揣着几乎幻灭的希望，等待着，不死不休。

“茫茫海湾有红灯，时明时灭自从容。”这是青岛人津津乐道的琴屿飘灯。在小青岛上有一座白色的灯塔，夜间红灯闪烁，给来往的船只照亮航程。海水拍打着礁石，波光辉映着灯影，灯塔与栈桥两两相望。栈桥人来人往，灯塔独自沉吟。栈桥的存在让灯塔不会寂寞，陪伴它的还有幽深的大海和满天繁星。在栈桥上，在海岸边，远望跳跃的灯光，心里自然安定下来，它陪伴着青岛入梦。

小青岛附近是海军博物馆，展览着中国海军的发展历程，有一些珍贵的文献资料和实物资料。新中国成立那年，中国人民海军诞生，三支舰队中的北海舰队驻地就位于青岛。青岛海军博物馆承载着中国海军的光荣与梦想。陈列着肖劲光所穿的海军大将礼服，周恩来乘坐过的鱼雷快艇，斯大林赠送毛泽东的私人飞机，邓小平检阅过的潜地导弹，还有上甘岭嵌满弹片的一截枯树枝。青岛港是中国海军的故乡，著名的《军港之夜》就出自青岛北海舰队的一个港口：“军港的夜啊静悄悄，海浪把战舰轻轻地摇……待到朝霞映红了海面，看我们的战舰又要起锚。”中国海军默默付出，用青春与热血守护着海港的安宁。

坐上游轮，欣赏栈桥的海上风光，舒适地躺在大海的怀抱里，海水时而豪迈地撞上甲板，溅起白浪，伸开双臂就如在海风中飞翔。有时，海水也很温存，静静地环抱游轮，悠悠荡荡，像慈爱的母亲轻轻推动婴儿的摇篮。岸边的海上皇宫，像从海水中拾到的珍珠贝，雪白晶亮。它本是一座豪华大饭店，奢侈昂贵，能在海上皇宫吃顿饭，倍儿有面子。海上皇宫后因种种原因歇业多时，但仍是栈桥独特的景观。到了夜间，海上皇宫的贝壳外形变成金色，灼灼闪亮，真如皇宫一般金碧辉煌。

青岛啤酒家喻户晓，它的商标便是栈桥的图案。啤酒是青岛的王牌，建厂后第三年，即在慕尼黑国际博览会斩获金奖，之后无论国内国际的比赛，总能一次次捧得桂冠。在对外销量上，青岛啤酒占中国出口总量的 50% 以上。青岛啤酒选用甘洌的崂山矿泉水酿制，装在碧绿晶莹的酒瓶中。一开瓶，清透雪白的泡沫升起，倒入杯中如流动的琥珀，口感正如它的广告词："百年酵母，传世麦香。"一饮而尽，清爽整个夏天。

青岛是国际啤酒城，在酒杯的碰撞中交流情感，欢聚中引爆激情。青岛每年都会举办国际啤酒节，这是青岛的盛会，与世界共同干杯。喝啤酒必吃海鲜，青岛 38 元一只天价虾的热闻，让人们对青岛美食似乎有些畏之如虎，其实这只是个别现象，青岛海鲜的价格还是很公道的。辣炒蛤蜊是青岛人的第一心头爱，从 20 世纪开始，青岛居民就喜欢买上几斤蛤蜊，再打点散啤，回家享受神仙一般的日子。青岛辣炒蛤蜊用大火滚油，加上一把红辣椒爆炒。不用放水，蛤蜊本身含有水分，爆炒后的蛤蜊张开口，鲜嫩的肉质吸饱了调料香味，脱壳而出，收尽的汤汁黏稠在壳与肉之间，最好下酒。

鲅鱼饺子也是青岛人喜欢的风味。每年春归，鲅鱼洄游，"鲅鱼跳，丈人笑"，毛脚女婿们急急忙忙把它捕上来，去刺去皮，恭恭敬敬送去丈人家。丈母娘笑眯了眼，赶紧围上围裙剁成鱼肉蓉，添加些配料搅拌匀停。搅拌时适当加水，加牛奶也行，口感更香滑。馅中也可加入韭菜香菜之类，增加维生素的同时多点绿意。一盘热乎的鲅鱼饺子，又当主食又当菜。饺子刚从锅里的沸水中冒出头，性急的小舅子已经等不及地抄起了筷子，饺子有点烫嘴，味儿实在鲜，全家人围坐趁热开吃，吃完再接着煮一锅。

作为滨海城市，海底世界是必不可少的。青岛的海底世界有大量海洋生物，创造了很多业内第一。更为特别的是，它有一段是真正建在海底的。游客从海底隧道进入海洋深处，坠入一个光怪陆离的蓝色王国里。缤纷的珊瑚和鲜艳的海葵筑成精灵的庭院，仿佛是童话书里海的女儿的闺房，那个曾为了向往的爱情，甘愿每一步踏在刀尖上的小美人鱼。海水中的美人鱼正舞动长长的鱼尾，每一片鱼鳞都闪闪发光。水母们像彩色丝带一样簇拥着她，大鲨鱼也被她的美貌惊住了，张着嘴巴傻在那里，海底的精灵们欢快地跳起芭蕾舞。太阳升起的时候，海的女儿也没有变成泡沫，她就在青岛的海底与英俊的王子双宿双飞。

海底世界的螺壳贝羽，被聪慧的青岛人制成了贝雕。贝壳大小不一，色彩与形状各不相同。青岛的艺人们依势取形，再精雕细琢，形成一件件巧夺天工的工艺品。大到办公室挂画、客厅屏风，小到一枚脖子上的吊坠，都赋予了贝壳全新的生命。青岛草编也是传统工艺，一束琅琊草，眨眼间变成漂亮的草帽，或者是一个精致的提篮，纯手工编成，森林系女生的最爱，戴在头上拎在手中，整个人都温柔了起来，连走路的脚步都放轻了。贝雕与草编都是很文艺的，让人想到山林间的风和海岸边的细浪。这是可以带走的青岛风情。

爱海的人是舍不得青岛的，这一片黄金海岸。崂山幽岩千峰锁绿，栈桥烟涛碧色连天。青岛青又青，山海皆有情。不如来一打甘醇的青岛啤酒，流金浮雪，不醉无归。

冷艳冰城　北国风光

沁园春·雪

毛泽东

北国风光，千里冰封，万里雪飘。
望长城内外，惟余莽莽；大河上下，顿失滔滔。
山舞银蛇，原驰蜡象，欲与天公试比高。
须晴日，看红装素裹，分外妖娆。
江山如此多娇，引无数英雄竞折腰。
惜秦皇汉武，略输文采；唐宗宋祖，稍逊风骚。
一代天骄，成吉思汗，只识弯弓射大雕。
俱往矣，数风流人物，还看今朝。

冰城，是黑龙江的省会哈尔滨，玉洁冰清，童话一般的世界。冬天选择去哈尔滨旅游的人甚至比去海南的还多，因为哈尔滨的冬天最地道，当寒冽的北风兜头兜脸地吹来，触目处一片银装素裹，立于琼楼玉宇之上，恍然分不清这是天上，还是人间？

冰雪处，有奇缘

哈尔滨是冰城，要去的人不免要问一声：“冷不冷呀？”如果是冬天，那不是明知故问吗？室外最低温度可到零下38度，平均温度也在零下18度左右，基本是在冰箱里行走的节奏。把一杯热水扬上天空，立即冻成冰凌。出门超过半小时，眉毛上挂满寒霜，像个圣诞老人，舌头也不听使唤了，捋几遍也说不成话。“腊七腊八，冻掉下巴。”赶紧摸摸你的下巴还在不在。小孩子的父母会告诫他：不要在外面尿尿，更加不能伸出舌头舔外面的门窗，否则你会被粘在那里动弹不了啦。去买啤酒喝，店主问你：“要普通啤酒还是冰啤酒啊？”你说当然是普通的了。他就会从冰箱里给你拿一罐。为什么？只因放在室外的啤酒比冰箱里还冷得多。

当然，这也是见仁见智的。很多人不以为然，甚至觉得哈尔滨比南方还暖和些。哈尔滨的室内暖气是很足的，外面天寒地冻，进了房间却暖如春阳，外套穿不住了，毛衣也用不上了，不少人穿个短袖衫满屋子溜达。就算在室外，哈尔滨人也是不畏寒的，他们理直气壮地说：北方的冷是干冷，冷得清爽冷得干脆。而南方是湿冷，黏糊糊的，湿答答的，连绵不断的雨夹雪，还没暖气。那才是真冷呢！

说归说，冬天在哈尔滨出门还是需要点勇气的。羽绒服、厚大衣是不必说了，帽子、围巾、口罩、手套、高帮毛鞋也是一样不能少，全身武装起来。哈尔滨的冬天是真正的冬天，值得去冷空气里体验一下。风呼呼地刮，寒浸浸从脖子里灌进全身，一张开嘴，呵气成霜，吞云吐雾的，声音被截成几截。满街看起来都是胖子，里三层外三层的，臃肿却鲜艳，姑娘们没办法显示曼妙的身材，就在色彩和搭配上下工夫。围巾的款式，手套的花色，都要精挑细选，既能保暖又能美美地摆造型。小孩子更可爱了，裹得严严实实的，像小熊猫憨态可掬，又像一个大大的花皮球在路上滚动。仿佛是冷习惯了，人们走在寒风中精神抖擞的，且说且笑。就像重庆的三伏天满头大汗吃火锅一样，哈尔滨的街头经常看到啃冰棒的，无畏无惧大口嚼着，一脸享受的样子。零下几十度的空气里来根冰棒，绝对是透心凉，从脑门上凉到脚后跟。更有甚者，凿开冰封的河面，脱得只剩条泳裤跳进扎骨的河水里去冬泳。在哈尔滨冬泳是什么感觉？只能说一般人不敢轻易尝试。

雪，纷纷扬扬地下，不是雪点，不是雪珠，而是一片一片的鹅毛大雪。层层叠叠，铺天盖地的。一夜过来，已是一个洁白无瑕的世界。呵气成霜的日子开始了，大树上堆满了蓬松的雪球，房顶上盖了层云朵一样的被子，路上铺上了银白的地毯。哈尔滨的冬雪很厚，也很长情，不像江南的雪，有点阳光就匆匆消融了，只留下一地狼藉的水渍。哈尔滨的雪是要痴守一个冬天的。积雪厚的地方，能没进长靴里，相爱的人喜欢牵手在雪地中走，因为一个时辰就能一起走到白头。头上全是雪，如果不戴帽子的话，一头乌发刹那间两鬓斑白。积雪少的地方，像公园里的栏杆上，薄薄一层，像涂了甜奶油。河面上结了厚实的冰，晶莹剔透的，像一面巨大的琉璃镜子，又像一整块天然水晶。哈尔滨的屋檐上挂满了冰条儿，一根根垂下来，或长或短，清澈透明，像一行行凝固的诗歌。

冰是好东西，储藏起来，夏天可制冰镇酸梅汤等各种冰镇饮料，清凉解暑气。高级饭店里，也会用冰雕出一些造型，摆在盘中为美食增色。而在雪域冰城，这些都太小儿科了。冰雕可以很大，冰灯光照千里。各种户外活动精彩纷呈。在很久以前，哈尔滨人是冬天不出门的，实在太冷了，就不管不顾地猫在家里，称为猫冬。大家都猫冬，街上就冷冷清清，一派萧索苍凉。年还是要过的，有钱人家会买来花灯，悬在屋梁下，添点喜气。穷人买不起花灯，就用瓶瓶罐罐盛上水，冻成一块冰，把顶凿开，点一根蜡烛，冰灯就做好了。若嫌颜色太素，可兑颜料进去，要红要绿自己决定，冰灯就变成彩色了。1963 年哈尔滨的领导突然来了灵感，决定像广州办花会一样办一个冰雪会，把猫冬的人们喊出家门。冰雪游园会就这样办了起来，选址在兆麟公园内。平时空旷无人的公园一下子人山人海，看灯的人快把大门挤破，人们惊讶地瞪圆了双眼，平时随处可见的冰，雕琢一下，竟如此神奇，人物灯，栩栩如生；动物灯，活灵活现。冰雪游园会第二届时，开始采用电照亮冰雕，五光十色更夺人眼球。这是一个冰做的迪士尼乐园，给冬天的哈尔滨带来无数欢乐。

现在如果去哈尔滨，更好的地方是冰雪大世界。它虽然没有兆麟公园的冰雪游园会历史悠久，但规模更大，气势更足。它从 1999 年开始，截至 2017 年，已办了十八届。因为哈尔滨不是一年四季都是冬天，冰会融化，所以每一届冰雕都要重新制作，而且每一届都是不一样的主题。比如首届要迎千禧年，那么就以此为特色，千禧巨龙遍身金鳞，摇头摆尾冲入云霄；第七届是中俄友好年，就突出和平的主题，比如有仿凯旋门制作的冰雪和平门；第九届是在 2008 年，奥运盛事举国瞩目，冰雪大世界也迎来了奥运梦想，高 40 米的奥运圣塔抒发了哈尔滨人的奥运情怀；第十七届，响应最炙手可热的话题“一带一路”，冰雪大世界的主题是冰筑丝路，雪耀龙疆，让人们在冰天雪地体验不一样的丝绸之路。

无论是哪一届冰雪大世界，设计者无不用尽心思，力图呈现哈尔滨最美的一面。这里的冰雕不是放在案几上把玩的小小模型，而是有几层楼那么高，用大块大块的冰切割雕塑成型，澄澈透亮；又那么宏伟壮观，让人想到东海龙王的水晶殿，嫦娥仙子的广寒宫。冰滑梯有几百米长，仿佛从银河里荡下来。飞禽走兽，仕女才俊，亭台楼阁，无不精雕细琢。全世界各地的景致都能在冰雪之城重现。这是一个粉妆玉琢的世界，如梦境，如幻影。到了夜里，灯光成为主角，冰雪大世界华丽变身，玉树琼枝染上了七彩霓虹，就像不施铅华的天然美人走进了化妆间，描眉画眼，一身锦衣华服，顾盼生姿。冰本无色，灯光使它妖娆，异彩纷呈的冰雕，点亮了人们的双眼，也点亮了哈尔滨的夜色。

仅仅走马观花地看一下又怎么能满足呢？热情的冰城人民不会怠慢远来的客人。冰雪大世界准备了无数有趣的节目，先从长长的冰滑梯溜下来，一定兴奋得连声尖叫。然后去溜冰吧，这可是真正的冰场，与人工溜冰场的地面完全不是一个感觉，这得需要些技巧了。穿着溜冰鞋呼啸而过，好像武侠小说里的轻功水上漂。顺着高高的冰岩攀登上去，集中全身精力往目标接近，不一会就汗出如浆，当攀到巅峰时，那种成就感与满足感是无与伦比的。

滑雪也是哈尔滨的王牌项目。哈尔滨有很多滑雪场，冰雪大世界里也有。亚布力滑雪场、月亮湾滑雪场都很有名气。滑雪场有初级道也有专业滑雪道，适应不同程度的滑雪者，为儿童也贴心地准备了专用的滑道。滑学场白茫茫的一片，成百上千的人一齐从顶端呼啦呼啦滑下来，是一道独特的风景线。脚下踩着洁白的雪，耳边拂过哈尔滨的冬风，风里也有雪的气息，很清新。滑雪场也可以玩雪，雪粒很细软，捧在手心里像绵白糖，不过是冰冰凉凉的。堆雪人打雪战是最普通的，雪地摩托车、雪地卡丁车、乘马拉雪橇都吸引了兴致勃勃的游客。还有雪地足球赛，与绿茵场上相比，别开生面，竞技中充满了乐趣。

每年的 1 月 5 日哈尔滨国际冰雪节开幕，是世界的狂欢，无数人涌到美丽的哈尔滨。千里冰封，万里雪飘的哈尔滨城，像一大块无瑕的美玉，每一处都那么迷人。

丁香雨，欧陆风

冰城绝非浪得虚名，但别以为哈尔滨没有春天。它其实是四季分明的，只是它的春天要稍微来得迟一些。当吹拂过来的风不再那么寒冷刺骨，当道旁的柳树悄悄抽出了绿芽，哈尔滨渐渐温柔起来。它位于松花江畔，每年隆冬，松花江冻得结结实实，像一条银色的飘带，围在哈尔滨的脖颈上。人们可以自由地在冰面上跑来跑去，半米多厚的冰层十分安全。而到了四月，春意融融，松花江要开江了，这是非常壮观的场面，大块的冰层裂开了口子，夹杂着积雪开始融化，上游的江水裹着冰块奔涌下来，一路唱着欢歌，抒发被冰封了一个严冬的激情。松花江像被打通了任督二脉，舒畅地活动着筋骨，哈尔滨的春天有磅礴之势。

花香，是谁在冰城喷洒了香水？清冽，醉人，让哈尔滨笼罩在一个紫色的梦里。那是丁香花，哈尔滨的市花。哈尔滨的春光短暂，来得迟又去得快，很多美丽而娇气的花朵不易在哈尔滨存活，而丁香花耐阴耐寒，有着顽强的生命力，它的花期恰好在哈尔滨的春季。芬芳的丁香花让冷艳的冰城变得春意盎然。

哈尔滨几乎有全世界的丁香花品种，最常见的是紫色的，一种有着诗意，唯美而梦幻的颜色，琼瑶小说里的多情女郎最钟爱的就是紫色。丁香花瓣很小，单看一朵觉得平常。但一簇簇聚集在一起，漫山遍野的盛开，效果就十分惊艳了。丁香花的花语是谦逊、光辉，期望爱情，有着淡淡的忧愁与深深的思念。在法语中“丁香花开的时候”指一年中最美的时光。丁香花总让人联想到美，像戴望舒的《雨巷》中那“丁香一样结着愁怨的姑娘”。丁香花苞被称为丁香结，暗指愁思，一颗小小的含而不露的心。李商隐有诗“芭蕉不展丁香结，同向春风各自愁”，丁香总是和绵绵情意、濛濛雨丝联系在一起，似乎更有意境。一场春雨之后，哈尔滨的丁香枝头水滴盈盈，风姿楚楚。行人走过丁香花丛，掠过一阵香风。丁香花的香味不浓烈，很清醇，深深地呼吸一口空气，淡雅的香味从鼻子里钻到五脏六腑，很让人沉醉。

芳心暗许丁香结，只把相思梦里藏。白的、粉的、紫的丁香花，星星点点，簇簇团团，在哈尔滨各个角落肆意绽放，如云如霞。春光好，最是赏花时。哈尔滨有很多可以欣赏大片丁香的地方。群力新区的丁香公园，有一尊丁香仙子的雕塑。丁香花妖娆缤放，仙子手握五瓣丁香，轻盈欲飞。丁香花一般是四瓣的，传说如果能在一株开得繁茂的丁香树上找到五瓣丁香，就能得到永恒的幸福。

丁香花越开越多，有时从花树下走过，落英缤纷飘在肩头，像下了一场浪漫的丁香雨。松花江的水越来越蓝，像在冰城铺开了蓝色的绸缎，夏季迫不及待地来了。去太阳岛吧，这里树木多，凉爽宜人。门口有一块天然奇石太阳石，它的神秘身份是来自太上老君的炼丹炉。太阳岛上风光绮丽，是植物的世界，也是动物的乐园。各种花卉竞相开放，草坪碧绿可爱。太阳湖水光潋滟，坐着龙凤游船，逍遥似神仙。松鼠岛上养着几千只小松鼠，机灵又大胆，见到游人会过来讨食吃，可喂它们松果和瓜子。有的小松鼠蹦蹦跳跳跑过来吃了，吃完还舔舔你的手心表示友好；有的小松鼠则比较机警，先打量一下环境，迅疾地蹿过来叼起松果，一溜烟跑掉了。鹿苑里有很多漂亮的梅花鹿，也可以喂食，还能搂着它们修长的脖子亲密地合影。天鹅湖也是太阳岛上受人喜爱的地方，湖面上游弋着白天鹅和黑天鹅，它们似乎也知道自己很美，高傲地扬着头，不时拍拍翅膀，派头十足，像欧洲古堡的王子和公主。

哈尔滨有浓郁的欧陆风情，闻名遐迩的中央大街，有几十栋欧式建筑，涵盖16世纪文艺复兴风格、17世纪巴洛克式风格、18世纪启蒙运动时期折衷主义风格、20世纪现代主义新艺术运动风格，是一条欧洲建筑艺术的博览街，又是一道文化长廊。中央大街的地面被称为“金子铺的路”，全是花岗石雕铸的条形方石，齐齐整整，一块块紧紧凑凑严丝合缝地铺在一起，像一摞金条码在那里，又像一块块俄国面包。一开始每到换季，中央大街的石板路就会翻浆，道路布满泥泞，交通十分不方便。后来人们想到妙计，将木条钉入路面，像梅花桩一样稳稳当当，再在上面铺上条形石，使路面变得光滑平整。一块条形石价值一个银圆，相当于贫民一个月的生活开销，中央大街有近90万块条形石，算起来真可谓黄金铺的路。时长日久，中央大街历经风雨洗刷，条形方石被人们的脚步磨得锃光瓦亮，但依然结实平坦。

中央大街是哈尔滨历史的见证者，它本名中国大街。当年清政府积贫积弱，甲午中日战争后，列强在中国纷纷强占租界地，划分势力范围，侵略方式从商品输出变为资本输出，投资办工厂、建银行、开矿、修铁路。中央大街就是俄国人拿到远东修铁路特权后，让无数中国劳工在这里运送铁路器材而开辟的一条土道。劳工白天忙碌工作，夜里就歇息在道旁，故名中国大街。日俄战争后，哈尔滨成为大后方，这条尘土飞扬的道路一下子繁华起来了，商店逐一出现，俄国的毛皮大衣，美国的食品罐头，英国的呢绒围巾，瑞士的手表军刀，仿佛全世界的商品都在这里贩卖。

踏上中央大街光滑如镜的面包石，异国风扑面而来，恍若置身遥远的欧洲。各种尖顶的、圆顶的建筑美不胜收，仅仅看这些各个时期的不同建筑，就已经感觉不虚此行。难怪人们说：到北京必去天安门，到哈尔滨必逛中央大街。只是现在它的商业气息比较浓，古色古香的欧式建筑上挂满了时髦现代的商店招牌，多少有点不伦不类，但也给逛街的人们增添了很多乐趣。

街上充满烤红肠的香气，华丽的店堂里有，路边摊也有，简直是逛街的标配，在冷得打寒噤的冰城街头，咬一口喷香的冒着热气的现烤的红肠，满嘴都是油，肉感十足。大列巴，同样人手一袋，称为哈尔滨一绝。大列巴就是超级大面包，有四五斤重，堪称面包界的战斗机。秋林公司的大列巴人气超旺，要排着长队购买，从中央大街打车15分钟能到，外皮酥黄焦脆，内瓤蓬松柔软有劲道，很多在家乡不吃面包的人，也要来一探究竟。吃红肠配大列巴，哈尔滨味十足。刚出炉的大列巴酥软，凉了就偏硬有嚼劲，所以最好切成片，放微波炉加热一下，抹奶油抹果酱悉听尊便，然后一口大列巴一口红肠，赫然变成哈尔滨的土著。马迭尔在中央大街也是大名鼎鼎，就是冰棍，一年四季都有销售，即便在冬天也十分畅销，勇士们排队购买。它包装简朴，奶香纯正，尝过的人都赞不绝口。

离中央大街不远，是哈尔滨的地标索菲亚教堂，是中国目前保存最完美的拜占庭式建筑，无论从哪个角度拍，都是一帧漂亮的风景。索菲亚教堂是俄罗斯传统的洋葱头造型，圆润别致，绿色的穹顶像一块块天然翡翠。主穹顶和其他帐篷顶有六个十字架，是灿烂的金黄色。清水红砖的墙面上有精致的窗户，配着彩色玻璃。正门顶部是钟楼，可以发出美妙的声音。墙体檐口有各种装饰纹理，显得气势雄伟又高贵典雅。它本是沙俄当年修建的教堂，现在内部改成展馆，票价便宜，可以进去参观，既能看见教堂内部的设计，还可以了解哈尔滨的历史。夜晚灯光一开，索菲亚教堂金碧辉煌，精美绝伦。

索菲亚教堂还有一个亮点，就是广场上的白鸽。这里一直散养着白鸽，它们绕着索菲亚教堂飞舞，像一个个小精灵。鸽子代表和平，它们那白色的小身影点缀在巍峨又古朴的教堂上，更给人一种圣洁宁静的感觉，很多恋人来这里拍照，许下一生的誓言。广场上，不时有鸽子在停停走走，或是亲热地飞到行人的肩头和手臂上。很多人自发地在这里喂鸽子，孩子们尤其喜欢。广场音乐喷泉不断变幻图案，庄严的索菲亚教堂与优美的白鸽，像一首现成的赞美诗。

喝啤酒，听音乐

知道中国第一家啤酒厂在哪里吗？在哈尔滨，是俄国人于1900年创建的。作为中国首家啤酒品牌，哈尔滨啤酒可谓老字号了。最早一批出现在哈尔滨的啤酒馆，门口总喜欢用铁架吊起一只装生啤酒的大木桶，长长的铁链悬下来，还要配上木桌木椅，标志鲜明。客人在路边翘首盼望，洋车夫赶着马车来了，橡木啤酒桶在车上滚动着，里面是最新鲜的生啤酒。到了啤酒馆得把酒桶滚进去，酒馆的人用专用的工具压出啤酒。二话不说先畅饮一杯，鲜啤酒爽口味甘，咕嘟咕嘟灌下去，一天的美好生活开始了。当然也可以去高档的马迭尔餐厅，啤酒瓶堆起来像座小山，还有一个酒池，金黄的啤酒泛着白色的泡沫，中世纪欧洲贵族的感觉呼之欲出。

在哈尔滨喝酒只能甘拜下风，东北人普遍性格粗豪，喝酒喝得惊天动地。“大面包像锅盖，喝啤酒像灌溉”，这不是吹的。哈尔滨年啤酒销售量一直雄居全国榜首，啤酒之城实至名归。在哈尔滨熟人见了面，问你“昨晚喝几个？”不是几杯。一个一瓶，喝啤酒要用大杯子，椭圆的带手把的大口玻璃杯，杯里有凹凸不平的花纹，一瓶啤酒能装进去一多半，黄澄澄的酒泛着琥珀的光泽，这是哈尔滨人的琼浆玉液。哈尔滨啤酒的种类很多，有清爽、冰爽、小麦王、冰纯、冰畅、金樽纯生、特制纯鲜，等等，但可以统称为哈啤。哈啤和英文快乐的发音相似。哈尔滨人打开酒瓶，看着白白的泡沫冲上来，常常兴奋地喊一句：“一起哈啤吧！今夜不醉不归！”喝，不是一小口一小口地抿，浅斟慢啜不是哈尔滨的作风，而是大家举起杯子撞一下，各自一饮而尽，然后把杯子重重地放在桌面上，像绿林好汉一样，豪气横生。

喝完了，满上，接着再来。桌上摆得最多的不是菜肴，而是啤酒瓶，一瓶一瓶，像小树林一样码在那里。有人看这阵势，不免胆战心惊。也会纳闷，肚子只有这么大，怎么能装下那么多啤酒呢？而且这么多一模一样味道的液体一口气灌下去，又有什么意思呢？问这话的，多半是外地人。哈尔滨不分男女，酒量杠杠的。至于为什么这么热衷于喝啤酒，只有冰城人自己才能体会其中的美妙滋味。

喝啤酒当然要整点儿下酒菜，但哈尔滨的爷们儿对这个不大讲究。一碟子油炸花生米，干豆腐卷上大葱沾点豆瓣酱，或是新鲜的毛豆搁点花椒泡盐水里一煮，价格便宜又实惠。小院子里一摆，不知不觉几瓶啤酒下去了。若是切上一盘酱牛肉，卤点猪肚子肥肠，磕上几瓣大蒜，那滋味简直不要太美。两三个汉子吃着喝着，一箱 24 瓶的啤酒一下见了底。吃什么不重要，关键是酒桌上的那个气氛。一杯杯啤酒下肚，知心的话儿掏出来，称兄道弟的，敞开胸怀。中途若是手机响了，把手机对面的人喊来开喝。若是和邻桌的人拉呱了几句觉得投机了，索性把桌子并在一起开喝。天南海北的人能在哈尔滨的酒桌上变成朋友，谈人生谈理想，指点江山，胸脯拍得咚咚响；说到经历的坎坷受过的情伤，眼泪掉得哗哗的。酒到兴起，吆三喝四地划起拳来，那叫一个热闹，有人扯直了嗓子放声歌唱。激情与梦想、快意与忧愁都能挥洒在一瓶瓶啤酒中。

啤酒之城，当然要有啤酒节。从 1988 年夏季开始，哈尔滨啤酒节和首届国际博览会同时问世。啤酒节的口号是“欢乐灌溉，情醉冰城”。在哈尔滨冰雪大世界举行，设有十几个啤酒大棚和啤酒花园，不仅有哈尔滨本地的啤酒，还有德国、美国、韩国、荷兰世界各地的顶级啤酒品牌参与盛会。这是一场几十万人的狂欢。当巨大的酒桶打开，冰城上空燃起绚烂的烟火。可以欣赏大型歌舞表演，可以品尝各种舌尖盛宴，可以露营烧烤，边喝啤酒边撸串。啤酒节持续十几天时间，现场星光熠熠、名流云集。最令人兴奋的，是喝啤酒大擂台，那些海量的啤酒客，举起酒杯，像打开水龙头一样灌下去，真正是灌的，气吞山河。酒不醉人人自醉。啤酒，让冰城更加摇曳生姿。

只是干巴巴地喝啤酒，未免豪放有余，风雅不足。哈尔滨其实是很风雅的。除了啤酒之都的美名外，哈尔滨还有一个文艺的名字，音乐之都。它是亚洲唯一的获得联合国授予此项殊荣的城市。这也是因为哈尔滨当年的历史。像古老的移民城市一样，20 世纪的哈尔滨活跃着欧洲的侨民。一些犹太音乐家在冰城建起露天剧场，成立社团并创办音乐学校。动听的音符携着异域文化在哈尔滨扎下根。露天剧场上有乐团自发地表演，以交响乐为主，进入20世纪，更多的西方音乐家入驻哈尔滨。犹太人创办“意马尔达格”希伯来音乐、文学和戏剧协会以及格拉祖洛夫高等音乐学校。学校按俄国音乐学院的教学大纲教学，有钢琴、大提琴、小提琴、手风琴、黑管、双簧管、打击乐、小号、圆号等各种专业，在哈尔滨培养了大批音乐人才。柴可夫斯基、贝多芬、莫扎特的名曲经常飘扬在冰城的上空。可以说，整个东亚地区的西洋音乐潮流源自哈尔滨。

百年的音乐传承，哈尔滨人对音乐的热爱与坚持，使这里诞生了很多音乐大师。洛杉矶爱乐交响乐团终身演奏家、前中央交响乐团首席薛苏里来自哈尔滨，钢琴王子郎朗的师祖拉扎列夫是哈尔滨艺术学校老师。中国音乐学院院长金铁霖、中国音协主席傅庚辰、中央歌剧院院长刘锡津、原解放军艺术学院音乐系主任李双江都是哈尔滨籍。哈尔滨交响乐团，被称为远东第一交响乐团，芭蕾舞剧与歌剧，也有百年的历史积淀。早期的渤海乐、少数民族的宫廷乐笛鼓、欧洲古典音乐、现代流行音乐共同筑就了哈尔滨的音乐之路，为冰城的精神生活锦上添花。

夏季的哈尔滨，全城沉浸在动人的旋律中。哈尔滨之夏音乐会，位居中国三大音乐会之首。从1961年第一届开始，哈夏音乐会已经举办三十多届，具有相当大的国际影响力。花车在城中巡游，满城欢声笑语，人们载歌载舞共享音乐大餐。有来自世界各地的专业的音乐团体，美国百老汇音乐剧、俄罗斯舞蹈团、德国交响乐团等各国音乐团体纷纷献艺。也有民间自发组织的合唱团，万人大合唱声彻云霄。哈夏音乐会期间，还举办大型声乐比赛等活动，与国际接轨。爱好音乐的人从四面八方涌到哈尔滨，参与到这场音乐盛会中去。

音乐，与哈尔滨血脉相融。哈尔滨的居民生来爱歌唱，不管是高雅的交响乐，还是通俗的民歌，音乐让哈尔滨永不寂寞。除去冰雪交加的冬天，去哈尔滨的任何一家公园走走，杨柳枝下，桃花溪边，总能听到美妙的音乐声，也许是笛子，也许是手风琴，或者只是一曲清歌，余音绕梁。立交桥下，地铁通路中，常有些流浪歌手抱着吉他自弹自唱，如果你乐意，停下脚步打赏几个，他会礼貌地点头致谢，但并不会停下演奏；即便路人行色匆匆，无人欣赏，他也无所谓，悠然自得地陶醉在自己的音乐世界里。

漫步在中央大街或者果戈里大街的街头，哪里都是音乐会，哪里都是演奏厅。金发碧眼的俄罗斯女郎，肤白貌美，用手拍着小花鼓翩翩起舞，脚踝上的小铃铛随着她快速旋转的舞步发出清脆的声音。非洲大哥一口气灌下两杯冰啤酒，鼓着腮帮子吹萨克斯。街头的音乐会也会有固定的小亭子，三五个演员静静坐在那里，弹着钢琴或吹着小号，引得游客纷纷驻足。还有阳台音乐会呢，一般是在马迭尔宾馆之类的阳台上，正对着熙熙攘攘的大街。于喧闹之中忽闻一声天籁之音，抬头一看，阳台上一个穿着白裙的妙龄少女正侧着头拉小提琴，长发如瀑，琴声像月光一样倾泻在街面上，来来往往的人像被施了法术定在那里不动了，屏声静气地竖着耳朵捕捉流淌的音符。一曲终了，大家仿佛从梦中惊醒，对阳台上的演奏者报以雷鸣的掌声。

冰城哈尔滨，天鹅颈下的明珠。春天它是丁香花园，芬芳袭人；冬季它是冰雪王国，妙不可言。松花江的水哺育了它，哈尔滨大方直爽，像它为之自豪的啤酒。冰城处处音乐声，赋予哈尔滨浪漫的灵魂。它还有很多惊喜，等着人们去发现。